ハンナの戦争

ギオラ・A・プラフ 著
松本清貴 訳

GLIMMERS OF LIGHT IN A BETRAYING LAND

Written by Giora A. Praff
Translated by Kiyo Matsumoto

ミルトス

ハンナの戦争／目次

Uncle Eju, with no tie
ノータイのエジュおじさん

Aunt Hanna
ハンナおばさん

Aunt Tova, on one of
her happiest days
めずらしく笑顔の
トーヴァおばさん

Uncle Peter,
the English man
英国人ピーターおじさん

Josef, my grandfather
祖父ヨセフ

HANNA, my mother and
Naftali, my father
母ハンナと父ナフタリ

Ilonka, my grandmother
and her first
granddaughter Lydia
祖母イロンカと彼女の初孫リディア

Giora A. Praff
ギオラ・A・プラフ

ホフベルグ家の人々
Hanna & Her Family

アーロン・ホフベルグ ＝ **リヴカ・ドライファス・ホフベルグ**

アーロン・ホフベルグ
1890年11月1日
ポーランド、グリニャーニ*

リヴカ・ドライファス・ホフベルグ
1893年2月12日
ポーランド、プシェミシラーニ

チポラ
1920年4月10日
ポーランド、グリニャーニ

ムニュ
1921年12月12日

ハンナ・ホフベルグ ＝ **ナフタリ・プラフ**

ハンナ・ホフベルグ
1923年5月12日

ナフタリ・プラフ
1920年9月6日
ハンガリー、ブダペスト

エジュ
1924年8月3日

ギオラ・アーロン・プラフ（著者）
1952年10月9日
イスラエル、ハイファ

＊第二次世界大戦前。現在はウクライナ領。

ハンナに起きた出来事

1939年	九月、ハンナの住むグリニャーニ村にソ連軍がやってくる。
1940年	一月、村を出て都会の寄宿学校に入学。ソ連軍人と恋に落ちる。
1941年	五月、戦争の激化にともない村に戻る。ドイツ軍が姿を現わす。
1942年	二月、家族とともにゲットーに移住させられる。後に強制労働収容所へ。
1943年	三月、仲間とともに収容所を脱走。森に隠れ住む。
1944年	六月、ポーランドを出る。ハンガリーを経てチェコスロバキアへ。十月、オーストリアへ。
1945年	五月、オーストリアで終戦を迎え、新天地イスラエルへ向け旅立つ。

ヨーロッパ地図　Map of Europe

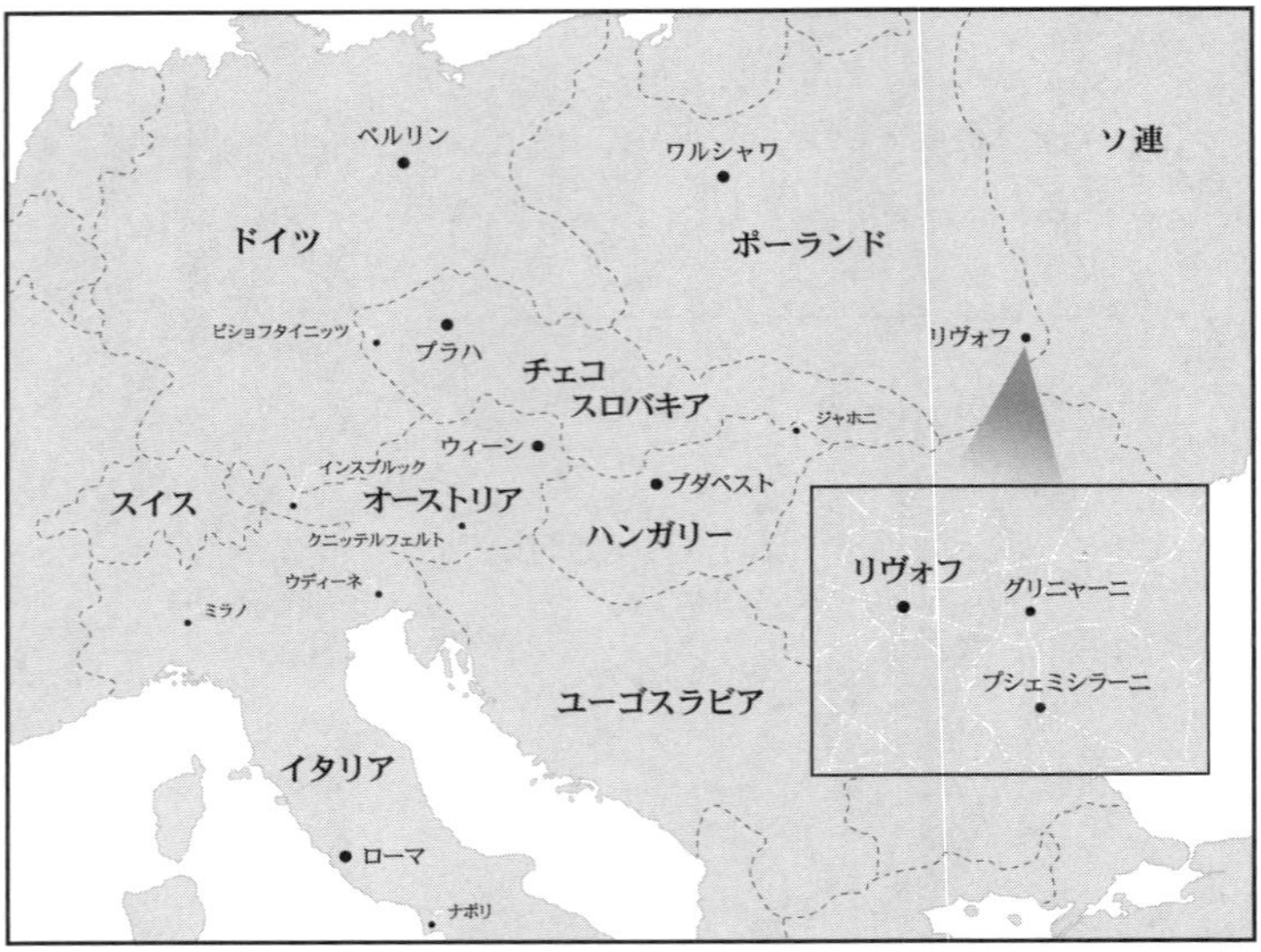

第二次大戦前（1919~1939年）

第二次世界大戦の推移

1939年	1940年	1941年
九月、ナチス・ドイツがポーランドに侵攻し、ヨーロッパ戦線の口火を切る。ソビエト連邦は独自に東部ポーランドを占領。イギリス、フランスはドイツに対し宣戦布告した。	半年間停滞していた戦局は春になると活発化。ドイツ軍はデンマーク、ノルウェー、オランダ、ベルギー、フランスを次々に占領し、イギリスへの空襲を開始する。九月、日独伊三国同盟が成立。翌年にかけ、ドイツ・イタリア軍は北アフリカ、バルカン半島、中東諸国へと進出していった。	六月、ドイツはソ連への侵攻を開始。たちまちレニングラードを包囲し、首都モスクワに迫る。十二月、日本がハワイ・真珠湾を攻撃。アメリカが日本、ドイツ、イタリアに対し宣戦布告するに至り、世界規模の戦争に発展した。

イスラエル地図　Map of Israel

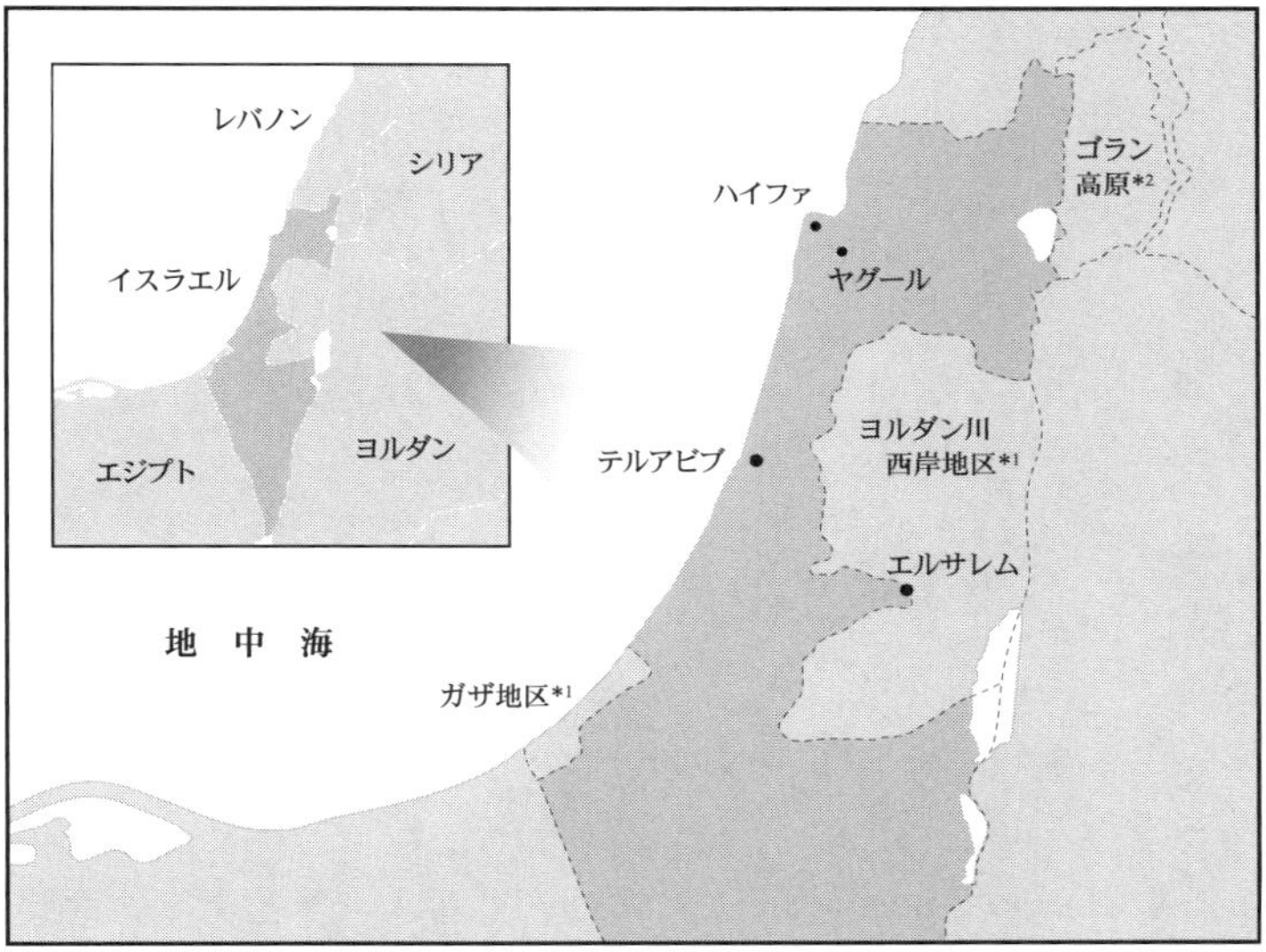

2010年現在　＊1-パレスチナ暫定自治区　＊2-イスラエル＝シリア間・係争地

1945年	1944年	1943年	1942年
三月、連合国軍はドイツ国内への進攻を開始。ソ連軍も東欧諸国を占領しつつ進撃。五月、ベルリンは東西から包囲され陥落。ドイツは無条件降伏した。	六月、連合国軍は北フランス、ノルマンディー半島への強行上陸に成功。戦局に一大転換をもたらした。	二月、半年間つづいていたスターリングラード攻防戦において、ソ連軍はドイツ軍三三万を包囲、殲滅。以後全面反撃に転じる。また、前年末からの連合国軍の反攻により、五月、ドイツ軍はアフリカからの撤退を余儀なくされた。九月、イタリア降伏。	一月、枢軸国との徹底抗戦を目的として二六カ国が連合国共同宣言を発表。連合国軍はイギリスを拠点にヨーロッパ本土爆撃を開始する。また、ドイツ占領地帯でのレジスタンス運動が活発化しはじめる。

主要な登場人物（登場順）

ハンナ　主人公。十六歳から物語が始まる
リヴカ　ハンナの母親
アーロン・ホフベルグ　ハンナの父親
エジュ　ハンナの弟
ムニュ　ハンナの兄
チポラ　ハンナの姉
ヴァシリー　ハンナの家に住んでいたソ連軍人
アシェル・コレック　アーロンの在イスラエルの友人
ハイム・マンゲル　ハンナの恋人。ユダヤ系ソ連軍人
ゼニグ・タス　同じ村のウクライナ人。村長
ネス医師　同じ村の医師。アーロンの友人
ビリゲル歯科医師　アーロンの幼なじみ
ベルゲル少佐　ドイツ国防軍第五装甲師団所属の少佐
シェレンベルク大尉　村に駐屯したドイツ軍司令官
カンプキ隊長　ナチスドイツSS将校
ローラ　ハンナの従姉妹。プシェミシラーニ村に住む
ダニエル　ローラの兄。ハンナの従兄弟
ヤーコブ・カネル　ユダヤ人。パルチザンのリーダー
ルデミラ・ピフルカ　ハンナの隣人。ウクライナ人
ファンゲル　ユダヤ人。森に住む風変わりな大男
リーヒ・ヴィンツェヴィッチ　ユダヤ人を匿う木こり
ローレンス　ドイツ国防軍衛生兵。ハンナを救う
ムージエ　ドイツ国防軍軍医。ハンナを救う
ヴァルター・ローゼンクランツ　情報士官。恩人
アナ・スタヴィンスカ　ハンナの変名
ユルカ・プチコ　逃亡中の友。ポーランド人
ハンス・ヴェルバー　ドイツ軍人。農場の炊事班長
コッツィ　収容所内製材所の工場長。イタリア人
アンドレアス　ユルカの兄
ミシェル　フランス人捕虜。ハンナを助ける
クジンスキー　ウィーンの病院の医師
ヨーゼフ・ジンゲル　クジンスキーの本名
ツヴィ・ブーフビンダー　アシェル・コレックの息子
ブルリア　ハンナの従姉妹。ベイトオーレンに住む
ヘドヴァ　ハンナのヤグールでのルームメート
デボラ　エルサレムに住む従兄弟シャロームの妻
ネリー　ハイファの『家』に住むルームメイト
ナフタリ・プラフ　ハンナの夫となるイスラエル人
イロンカ　ナフタリの母

ハンナの戦争

家族　FAMILY

ハンナはどうしても口の両端が上がってしまうのを堪《こら》えられなかった。窓から見える隣の家の庭のように、まるで世界中がいっぺんに薔薇《ばら》の花で埋め尽くされた気分だ。

「ねぇママ、街の寄宿学校に行けるのは、私だけなんでしょう?」

キッチンを駆け回っているふくよかな体つきの女性が、ハンナの母リヴカ。その日は朝早くから娘の旅支度に大童《おおわらわ》だった。

「ねぇってば、ママ!」

と、ハンナはフォークを立ててテーブルを小突いた。

「ねぇ、他にもだれか行けることになったの?」

「なんです、子供みたいに。ちゃんと聞こえてますよ」

リヴカが返事をしなかったのは、ただ忙しかったからではない。心の中で祈りを捧げていたのだ。

〈ボリシェヴィキ*に神の祝福がありますように……〉

それは〝ロシア人〟を意味する言葉だった。東の大国、ロシア帝国が『ソビエト社会主義共和国連邦』に生まれ変わって以来、だれもが必ずと言っていいほど、嫌悪、もしくは恐怖の情とともにその呼び名を口にしていた。ボリシェヴィキ——つまり社会主義は、国境を脅かしつづけていた敵だったのである。

では、いまのリヴカの祈りはなんだったのだろうか。まるでロシア人たちに村を占領されてしまったことを歓迎しているかのようではないか……。そのとおり、リヴカは嬉しくてならなかった。理由は、いくつもの鍋から上がっている湯気と、漂っている良い匂いにある。毎日の食卓に以前よりずっと美味しいものを出せるようになっただけでなく、長い間箪笥《たんす》の奥にしまったままだった贈り物の布地のことを思い出し、〈新しい服を誂《あつら》えようかしら〉などと、心楽しく想いを巡らすゆとりさえ生まれていた。

そして、なによりも大きな驚きであり、歓喜せずにいられなかったのが、次女ハンナに勉強をつづけさせてやりたいという願いが突然叶ったことだった。リヴカはあらためて感謝を捧げたのだ。だれにも知られぬよう、口には出さずに……。

「一番厚いウールコートも入れておくわね、ハンナ。リヴォフ*の夜は寒いのよ。さぁ、早く食べて、支度なさい。そろそろナシュカが馬車でやってくるころよ」

「ナシュカって、ナシュカ・ビラーなの？」

と、ハンナはつぶした茹《ゆ》で卵を口に運びながら、鼻に大きな縦皺《たてじわ》を寄せた。

「当たり前でしょう」

と、リヴカはいたってすました顔。

「お行儀が良くって、願ってもないあなたのルームメイトだわ。なにが気に入らないの？」

「だって……新しい友だちをたくさん作れると思っていたのに……」

「ナシュカといてもお友だちはできますよ。さぁ、いまのうちにお父様にご挨拶してらっしゃい」

「はぁい……」

ハンナが居間を覗《のぞ》くと、彼女の父、アーロン・ホフベルグはいつものように熱弁を振るっているところだった。

相手はヴァシリー――ハンナの家に三カ月前から同居しているソビエト連邦の軍人である。真っ黒い髪に白い肌、背が低くてずんぐりした体つきのヴァシリーは、軍隊が嫌いな少々変わった軍人で、故郷のスターリングラード*に残してきた妻と子供たちのことを恋しがってばかりいた。

軍の補給部隊に籍を置く人物に部屋を提供したことこそが、そのころのホフベルグ家の人々が幸せを享受していた大きな理由だった。ヴァシリーは小麦粉と砂糖をいつでも手に入れることができたのである。

リヴカはこのロシア人青年のことを好ましく思っていた。礼儀正しく、温厚で物静か。ときおり軍服のまま玄関先の階段に腰かけ、ハンナの弟エジュの相手をしてくれていることも嬉しく感じていた。

「ねぇヴァシリーさん、マッツォ・ボールを召し上がりませんこと？」

マッツォ・ボールはユダヤ人特有の〝ゴーシェル料理〟＊のひとつ、小麦団子入りのスープのことで、ヴァシリーの大好物になっていた。だが、リヴカの声は会話に夢中の青年には聞こえなかったらしい。

居間では、アーロンがステッキで床を叩きながら、口角沫《こうかくあわ》を飛ばしていた。

「もう一度言わせてもらうが、帝政よりもけしからんものだよ！　決して私がユダヤ人だから言うのではない！　共産主義はあらゆる人間の創造的精神を蝕《むしば》み、政治的弾圧をもってして、文明をすべからく破壊せんとしておる！」

ハンナは思わず首をすくめた。彼女の父は興奮するとステッキを宙に掲《かか》げ、激しく振り回すのだ。

「スターリン＊はけしからん独裁者だ！　彼の時代など長つづきしやしない！」

ハンナは父アーロンのことを心から愛していた。小さなころは、いつも母親のスカートにしがみついている弟に焼き餅を妬《や》き、自分だけが叱られているような気がしたことから〈ママは私を嫌っている……〉と思い込み、もっぱら父親ばかりに甘えていた。毎晩のように膝の上に乗り、ヘブライ語の詩や散文を読んでもらっていた習慣は、さすがにそれほど頻繁ではなくなったものの、いまもつづいていた。ただし、声を荒げているときだけは、なるべく近寄らないことにしている。

「しかしですね、アーロンさん」

と、ヴァシリーはいたって冷静に応じた。彼は小さなころに『コムソモール*』に加わった生粋の共産党員で、社会主義に対して露ほどの疑いも抱いていなかった。

「僕らが来て、あなた方の生活は変わったでしょう？　道は清潔になったし、夜も安心して歩けるようになった。食品庫はいつもいっぱいですし、石炭も灯火油《ランプオイル》も充分にあって、奥様も喜んでおられる。ハンナさんが寄宿学校に通えることになったのも、その独裁者の助成金のお陰ではないですか。それに息子さんのムニュ君はもう失業者なんかじゃない。僕の助手として補給物資の在庫管理と帳簿付けをやってもらっている。あなただってそうですよ、アーロンさん。ウィーンで手術を受けた後、毎日の手当に必要なガーゼや包帯など、すべて無料で支給してもらっているではないですか」

アーロンは言葉に詰まった。〈この青年の言うことは正しい……〉のだ。いくら共産主義を毛嫌いしようとも、村が救われた事実は否定しようがなかった。いったいなぜ、経済が以前とは打って変わって好転したのか――ハンナの父は自問した。

第一次世界大戦が終わって以来、ずっとインフレと物資不足に悩まされていたグリニャーニ村は、ソ連軍が進攻してくるや一夜にして復興した。食料難がなくなるとともに、男は例外なく就労を義務付けられ、居候《いそうろう》等の他人に依存する行為が禁じられるなど、多くの新しい規則が整えられた。緊迫した情勢の中、ヨーロッパ各国は敵国の侵略に備えて軍隊の増強に躍起になっているのだが、ソ連軍は村の若者をそれほど多く徴兵しなかった。

ユダヤ人にとって好ましくないこともあった。ユダヤ人国家の建設を目指すシオニスト*の活動が全面的に禁止され、主だった指導者たちが極寒の流刑地シベリアに強制移住させられたのである。ハンナの父もそのひとりだったのだが、幸運にも……と言おうか、癌の手術――それも前例の少ない人工肛門造設術を受けた直後だったため、見逃された。もう長くないとみなされたのである。

新しい支配者は、村のウクライナ人たちの民族主義活動も禁じたのだが、これはユダヤ人たちにとって手放しで歓迎すべきことだった。村じゅうに一応の平安がもたらされ、大人たちが親しく近所付き合いするほどではないにしても、子供たちは同じ学校に通い、わだかまりなく一緒に遊ぶようになっていた。死者が出ることも珍しくなかった民族間の衝突はなくなったのである。ソ連軍は、ポーランド政府にはできなかった厳しい手段を執って過激な活動を押さえ込んだため、ウクライナ人たちは独立への大望をいったん忘れ、ユダヤ人やロシア人への憎しみを腹の底にしまい込まざるをえなくなっていた。

アーロンは眉間《みけん》に皺《しわ》を寄せ、宙を見つめていた。

〈たしかにヴァシリーは好青年だ……だが、ボリシェヴィキが真に社会改革を望むことなどありえるのだろうか……？　いや、彼は特別なのだ。共産主義はどうあろうと諸悪の根源だ。実現すべきは、諸民族の自由と平等だ。真の国際化と平和は、諸民族の自立の上にのみ成り立つ。ウクライナ人が民族主義を掲げて国家建設を謳《うた》うように、我々ユダヤ人も同じく、何者にも虐げられることのない自立を目指すべきなのだ〉

ヴァシリーは静かにアーロンの次の言葉を待っていた。彼は目の前にいる、鬢《びん》に白いものが混じりはじめている学者のことを心から尊敬していた。

〈重い病で村長の座から退いた後も、村人たちの生活のために腐心しつづけている……〉

そのことに深い感銘を受けていた。講演の依頼がポーランド中から舞い込んでくることも、人々がひっきりなしに相談に訪れることも、至極当然だと感じていた。学識に優れ、ポーランド語、ロシア語、ウクライナ語、ドイツ語、イディッシュ語*を思いのままに操る上に、驚くほどユーモアに富む人柄だったのだ。学者らしい細く尖った口髭《ひげ》の似合う顔に——いまは苦虫を噛み潰したような表情だが——いつも大らかな笑みを湛《たた》えていることに、知り合ってまだ幾ばくも経たないながらも、単なる好意以上の感情を抱いていた。

〈なんて思いやり深い人なんだ……〉

ヴァシリーがそう嘆息《たんそく》したのは、相談に訪れた若いユダヤ人夫婦の話に熱心に聞き入っている姿を目にしたときだった。夫は小さな農場の経営に行き詰まり、妻は気苦労からはじめての子を流産していた。

「うまい話に乗った僕が馬鹿だったんです。はじめから農場をだまし取るつもりだったとしか思えません!」

若者の恨み言をすべて吐き出させた後、アーロンは静かに口を開いた。

「過去を恨んではならない。人を恨んではならない——それが律法《トーラー》*の教えるすべてだ。苦難は乗り越えるためにあるのだよ。希望を捨てず、清い心を持ちつづけていさえすれば、神は必ずや救いの手を差し伸べてくださる。私を見るがいい、尻の穴をなくしてもこうやって生かされているではないか！」

そう言って夫婦を元気づけ、シオニスト委員会の代表としてメンバー全員に資金援助を呼びかけることを約束した。

アーロンはアハッド・ハアム*を信奉する心の底からのシオニストだった。ヘブライ語*を完璧に話し、「シオンこそは諸民族の光になる精神的センターだ」という揺るぎない信念を抱いていた。父は著名なトーラー学者、祖父エゼキエルに至っては高名な宗教裁判所判事――ユダヤ教徒ならその名を聞いただけで思わず居住まいを正さずにおれないほどの人物だったこととも相まって、ユダヤ人だけではなく異教徒の村人たちでさえ、人種も、性別も、貴賤も分け隔てしないアーロンの意見に静かに耳を傾けた。

祖父から受け継いだステッキを肌身離さず携え、服の着こなしは隙《すき》がなく端正――アーロンはいつもオーストリア＝ハンガリー二重帝国*時代に身につけた気品を漂わせていた。ハプスブルク*王朝について語るときには心の底から懐かしげな表情を見せた。慣れ親しんだゲルマン*文化を大いに尊重し、日々の生活に取り入れる一方、ロシアのスラブ*文化を嫌い、子供たちを思いのままに教育していた。

学問教育には「村一番」と言われるほど熱心なうえ、行儀作法にも厳しく、我儘《わがまま》は少しも許さなかったため、ハンナたち兄弟にとって「うるさいパパ」になることもままあった。

長女のチポラは十九歳。すらりと背が高く、明るい茶褐色の髪をいつも太い三つ編みにして背中に垂らしている、村で評判の美人教師だった。務めている小学校の校長、ツヴィ・メイダネクと婚約したばかりだったのだが、この結婚はアーロンが強引に取り決めたものだった。

メイダネクが、ヘブライ語を流暢《りゅうちょう》に話すうえに、素晴らしい美声の持ち主だったことから、アーロンは彼の歌をはじめて聴いたとき、感動に打ち震えて叫んだ。

「彼こそホフベルグ家の伝統を受け継いでくれる生粋《きっすい》のシオニストだ！」

娘に二十も歳の離れた太鼓腹の男との結婚を強要したのである。

チポラには以前から別に相思相愛の相手がいたが、アーロンは認めなかった。ウィーンで薬学を学んでいる青年アンシェル・ドレズナーは、赤毛でスマートな好男子。人柄も良く、成績も優秀だったが、家族がにわか成金で、さらにユダヤ人の運動にも無関心だったため、アーロンは「低俗で精神性に欠く！　交際は禁ずる！」と声を荒げた。ホフベルグ家の娘の結婚相手には、学識が高く、シオニズムとイスラエル建国の志を同じくする人物こそふさわしい——そう言って譲らなかったのである。

「ほっといてよ、パパ！」

チポラは涙ながらに訴えた。

「たしかにあの方は、だれからも尊敬されている素晴らしい教育者だわ。それに歌も上手よ。でも歳が離れすぎているわ！　男性としての魅力を少しも感じないの！　アンシェルなら歳も近いし、ご両親もとても良くしてくださっているのに！　ねぇママ、パパになんとか言ってよ！　ママたちだって恋愛結婚だったんでしょう？」

リヴカはなにも言わなかった、言えなかったのだ。結婚を押し付けられた娘のことを不憫《ふびん》に思いつつも、夫の気持ちも痛いほど良くわかっていたのである。病と戦っているアーロンが、ユダヤ民族の自由と独立をどれほど強く願っているか、彼女ほどわかっている者はいなかった。

　アーロンが病に倒れたとき、リヴカは献身的に看病した。大手術を受けて命をつないだいまも、排泄物を溜める袋の周辺を毎日消毒するのは彼女の役目だった。傷口が膿《う》むことがままあり、そのたびに村のネス医師に膿を吸い出す処置を施してもらわねばならなかった。そんなときアーロンは決まって高熱を出し、ひどいときには幻覚症状に苦しめられた。リヴカはそんな夫を、ベッドから片時も離れずに看病した。

　二人が出会ったのは第一次世界大戦直後、ロシアの前線から帰還してきたフランツ・ヨーゼフ＊皇帝軍を迎える式典でのことだった。チポラの言ったように、ユダヤ人部隊の青年兵と、近くの町から来ていた金髪に灰色の瞳の少女は、お互いに一目惚れし、熱烈な恋に落ちた。当時のしきたりであった仲人による縁組みではなかったため、両家の親族はそろって眉をひそめたが、ひとりリヴカの父親だけは手放しで喜んだ。なによりもホフベルグ家が学者の家柄であることが意に叶ったのだ。持参金と寝具や食器などの家財道具を無理をして揃え、結婚を後押しした。

　グリニャーニ村に新居を構えた二人は、四人の子宝に恵まれた。一番上がチポラ、次が長男のムニュ、そしてハンナにエジュ――それがグリニャーニ村のホフベルグ一家である。

　一九三九年九月一日、ヒトラー＊率いるナチスドイツが突如ポーランドに攻め入り、それに呼応して東からソ連軍が村にやってきたころ、リヴカが一番気にかけていたのは長男のムニュのことだった。

ムニュは十八歳。色白で細身だが、芯の強い若者だった。ソ連兵のヴァシリーとすぐに親しくなり、数学が得意だったことから、補給部隊の仕事を手伝うようになっていた。

仕事が気に入った様子で毎日元気に働きに出ていた息子のことを、リヴカはなぜだか不安に思っていた。なにか良くないことが起こる――そんな胸騒ぎがしてならなかったのである。

やがて、冬に入って間もなく、彼女の不安は的中した。まだ雪は降り積もってはいなかったが、ヨーロッパ東部のガリツィア地方らしい、身を切るような寒さの夜だった。

楽しいはずの夕食のひととき、突然戸外でロシア語の怒声が響いた。アーロンがステッキを手にあわてて飛んでゆくと、玄関先の闇の中に大勢の兵士たちが立っていた。

先頭にいたのはウラジミール――一家の顔見知りだったが、いつもは礼儀正しいソ連軍人はそのとき、他の兵士たちを引き連れてズカズカと家の中に踏み込んできた。

「ムニュはどこにいる?」

顔付きと同じく、ひどくきつい口調だった。

「同行してもらいたい。聞きたいことがある」

ハンナとエジュは怯え、母リヴカの背後で身を寄せ合った。

「いったいなに事ですか?」

ヴァシリーが立ちはだかったが、ウラジミールは険しい表情を変えなかった。

「隠し立てすると許さんぞ!」

「ムニュは――」

と、リブカがあわてて応じた。夫アーロンがソ連兵たちに向かって罵声《ばせい》を浴びせかけるのを怖れたのだ。

「倅《せがれ》はいまおりません。シオニスト青年クラブに出かけています」

「本当だな？」

「本当ですとも。決して嘘など申しません」

ウラジミールは部屋を見渡し、大きく舌打ちした。

「チッ、悠長にトランプ遊びに興じておるのか！」

「同志ウラジミール、いったいなにがあったんですか？」

冷静に問いかけたヴァシリーに、ウラジミールは睨《にら》みをきかせた。

「同志ヴァシリー、君もただではすまないかもしれんぞ。ムニュが砂糖と小麦粉を横流ししているという情報が私の元に届いた。奴は盗人《ぬすっと》だ。ウクライナ人のリーヒを知っているだろう？　捕らえて取り調べたところ、軍の補給物資をムニュから買ったことを白状した。他にもやっているに違いない」

リヴカは気を失いそうになるのをかろうじて堪《こら》えた。アーロンも青くなって震えていたが、彼の場合は怒りからだった。夫が今度こそステッキを振り上げて兵士たちに罵詈雑言《ばりぞうごん》を浴びせかけると見たリヴカは、いち早く進み出て、軍人の顔を正面から見据え、毅然《きぜん》とした態度で言った。

「いますぐ呼んでまいります！　そんな不正を働くとは、我が家の恥です！」

あわててコートを羽織り、帽子を握りしめて外に飛び出す母を、ハンナは震えながら見ていた。

リヴカは玄関先で振り返り、声を張り上げた。

「スターリンと赤軍*に神の祝福があらんことを！」

しばらくの沈黙の後、ウラジミールは他の兵士たちに外で待つよう命じた。兵士たちがいなくなると、急に態度を和らげ、アーロンに向かって非礼を詫びた。

「突然で驚いただろうが……嫌疑が掛けられている以上、軍の規律に従い、連行して取り調べないわけにはいかないのだよ」

ウラジミールは勝手に椅子を引いて腰かけ、軍の補給物資が以前から紛失していたこと、厳しい捜査が執り行なわれていること、村の名家・ホフベルグ家の息子を連行する役目を言いつけられ、本心では快く思っていないことなどを、言い訳めいた調子で長々と語った。

黙って聞きながらも、アーロンは憤然たる面持ちを少しも崩そうとしなかった。

話が尽きたウラジミールは、手持ち無沙汰だったらしく、子供たちにこれ見よがしの笑顔を向けた。ハンナも笑顔を見せたのだが、それは決して気を許したからではなく、金歯が剥《む》き出しになったのがおかしかったせいだった。

軍人は少女に歩み寄り、頬を軽くつねった。

「まったく可愛い娘さんだ。君の心を射止める幸せ者はいったいだれだろう？」

ハンナは軍人の腕をすり抜け、エジュと一緒に二階へ駆け上がった。ウラジミールは家中に響くような笑い声を上げた後、ヴァシリーと打ち解けて話しはじめた。

ドアが開き、リヴカが、つづいてうなだれたムニュが入ってきたのはそのときだった。リヴカはそのまま暖炉に駆け寄り、灰をかき出す鉄製のスコップを引っつかむと、取って返して息子を殴りはじめた。

「こそ泥め！　犯罪者め！　なんてことをしてくれたの！　この恥さらしめ！」

　リヴカはロシア語で繰り返し叫んだ。

「部屋に入っていなさい！」

　泣いて許しを請うムニュをその場から追いやると、ウラジミールに向き直った。

「あの子のしたことが重い罪だということはわかっています。ですが、我が子をＮＫＶＤ《エヌ・カー・ヴェー・デー》＊に引き渡すなど、どうしてできるでしょう？　そんな血も涙もないこと……あぁウラジミール、あなたと私たちは知らない仲でもないでしょう？　歯医者のビリゲル先生のところから質の良い金歯を二つ届けさせますから、どうかご容赦ください……どうか……」

　長い沈黙の後、ウラジミールとヴァシリーは小声でなにか囁《ささや》き合い、外に出て行った。

「ボリシェヴィキどもめ！」

と、すかさずアーロンが吐き捨てた。

「私の倅《せがれ》を盗人呼ばわりするとは、なんたることだ！　いまに見ていろ！　いつかこの償《つぐな》いはさせてやるぞ！　エレッツ・イスラエル＊に私たちの国家が建った暁《あかつき》には、思う存分仕返ししてやる！」

「あなたは黙ってて！」

　思わず声を荒げたリヴカは、自分の言葉に当惑した。夫に向かってそんな口を利いたことなどついぞなかったのだ。両手で顔を覆い、嗚咽《おえつ》を漏《も》らしながら部屋を出て行った。

ひとり残されたアーロンは、しばらくの間その場にたたずんでいたが、やがてステッキの音を響かせながら書斎に向かった。

椅子に深々と腰を下ろすと、机の引き出しを開け、手紙の束の中からひときわ厚い一枚を選び出し、丁寧に広げた。

気が滅入ることがあったとき、パレスチナに移住した親友、アシェル・コレックからの手紙を読み返すのが彼の習慣だった。ヘブライ文字に目を走らせ、だれもが笑顔で暮らせる国――シオン*を頭に思い描いていると、なにも耳に入らなくなり、気分が晴れ、心の底から勇気が湧いてくるのを感じるのだ。

その夜も同じだった。ものの五分と経たないうちに、ハンナの父は、パイプ煙草をゆっくりと燻《くゆ》らせながら、なにもかも――憤《いきどお》りも、悲しみも、ムニュに真相を問い正さねばならないことも忘れ、夢の国イスラエルに魂を飛ばしていた。

初恋　FIRST LOVE

西へ向かう荷馬車に揺られながら、ハンナはずっと小刻みに震えていた。もうすいぶん長い間、一軒の農家さえも見かけていなかった。草原の中の道は果てしなくつづいているように思えた。

ナシュカが横から身を寄せてくると、ハンナも、いつもは張り合ってばかりいる幼なじみに少しだけ身をもたせかけた。

「気をつけてな、ハンナ！　元気でな！」

村を出たときのことをまた思い浮かべた。別に好きだったわけでもないのに、馬車の後をずっと追いかけてきたグリシャのことが頭から離れなかった。

そのころのグリシャは、ハンナよりも一足早く十七歳になっていただろうか。近所の農夫、ウクライナ人のヤン家の長男は、肩まで伸ばした巻毛の金髪を自慢にしていた。ハンナに気があるらしく、小さなころからいつもなにかにつけてちょっかいを出してきていた。

「受け取れっ！」

グリシャは最後に林檎を放ってよこした。

ナシュカは、足元に転がった赤い果実を拾い上げ、ニヤニヤしながらハンナに手渡した。

「素敵な贈り物だわ。大切に食べなさい」

「もう、やめてよ！」

荷馬車の上の少女たちは、丘の上で手を振りつづけている少年を見やりながらクスクス笑い合った。

夜になるとますます冷え込んできた。二人の少女は、夕食に油で揚げた魚をはさんだパンを食べた後、抱き合うようにして寒さをしのいだ。ナシュカはそのうちハンナの肩にもたれて眠ってしまったが、ハンナは興奮していて少しも眠くならなかった。街と呼ばれる場所に行くのはそれがはじめてだったのだ。

寄宿学校のあるリヴォフは「大きな劇場やお洒落なカフェが建ち並ぶ、とても美しいところ」だと、いつも両親から聞かされていた。家族と離ればなれになることを思うとまた体が勝手に震えはじめるのだが、〈新しい世界に出て行くんだわ〉と思い直すと、今度は胸がうるさいほど高鳴るのだった。

満点の星空を眺めながら、ハンナはまだ見ぬ国を想い描いた。荘厳《そうごん》な宮殿の庭に、きらびやかな衣装に身を包んだ皇太子が、従者を引き連れて歩いていた。市内の街路は、村とは比べ物にならないほど幅広く、すみずみまで石畳に覆われ、最新型の自動車が流れるように行き交っていた。自動車はハンナの憧れだった。村に一度だけやってきた光り輝くその姿を目にして以来、いつか自分でも乗ることを夢見ていた。

〈リヴォフに行けば自動車にだって乗れるかもしれない……バレエやオペラ観賞は無理でも、映画館には行けるかしら……休みの日にはきれいな道を散歩して、カフェで読書したり、新しい友だちとおしゃべりしたりするんだわ……素敵な男性に誘われたりすることもあるかもしれない……もしそうなったら、どうしよう……〉

そんなことを考えているうちに、いつしか眠りに引き込まれていたらしい。目を開けたとき、荷馬車はリヴォフを一望する丘を下りはじめているところだった。

抜けるような青空の下に、夢のつづきのような光景があった。ハンナは急いでナシュカを揺り起こした。

「リヴォフが見えるわよ！　私たちの街よ！」

二人の少女は馬車から身を乗り出し、平原に広がる大都市を食い入るように見つめていた。

ハプスブルク王朝の栄華――ハンナは父の言葉の意味をはじめて理解した。リヴォフの街は、どこもかしこも活気に満ちあふれていた。オーストリア＝ハンガリー二重帝国時代の堂々とした石造りの建物で埋め尽くされ、美しい庭園やお洒落なカフェがあちこちにあった。

警笛を鳴らして行き交う自動車を運転しているのは、きちんと帽子をかぶった運転手たち。後部座席には想像したとおりの高貴そうな人々が鎮座していた。軍服姿のソ連兵も大勢見かけたが、皆のんびりと休暇を楽しんでいる様子で、戦争の緊迫感などまったく感じられなかった。

〈お城みたい……〉

街の中心部――裕福な人々の住む区画にあった寄宿学校を見上げ、ハンナはため息を漏らした。一歩足を踏み入れるや、幸せな気持ちでいっぱいになった。夢に見た宮殿のように光り輝いていたのだ。吹き抜け天井の玄関ホールは、舞踏会が開けるほど広く、背の高い窓はすべてベルベットの厚いカーテンで覆《おお》われていた。

「伝統ある我が校へようこそおいでなさりました」

六十歳くらいだろうか、床を掃くようなロングスカートのポーランド人女性が現れ、胸を張り、驚くほどよく通る声で言った。

「長年にわたりオーストリア＝ハンガリー二重帝国の婦女子にすぐれた教育を施してきたことが、我が校の誇りですのよ。勉学に励み、規則正しい生活を送ることが、あなた方の務めです」

その後は囁《ささや》くような声になった。

「共産主義者が来て以来、マルクス主義とレーニン主義*も学ばねばなりませんよ」

また元の声音に戻ってつづけた。

「あなた方がここにいる間、生活全般を監督するのが私《わたくし》の役目です。いつ、いかなる場合も、あなた方は規則に従わねばなりません。校内ではポーランド語で話すように。また、ロシア語以外使ってはいけない時間もあります。自室においてもイディッシュ語は厳禁です――」

すぐには憶えきれないほどたくさんの注意事項を聞き終え、丁寧にお辞儀した少女たちは、ようやく自分たちの部屋を点検することを許された。窓からは花壇のある広い中庭と青空が見えた。家具は必要最低限のものしか置かれていなかったが、机も、ベッドも、小さな箪笥《たんす》も、ピカピカの新品のようだった。

何事にも物怖じしない明るい性格だったハンナは、すぐに新しい生活に慣れ、友だちを大勢つくることができた。勉強家で成績も良く、特に語学クラスでは、ドイツ語、ロシア語、ウクライナ語、ポーランド語を流暢に話せることから、優等生のひとりに挙げられるようになった。

「ハンナのいるところでは内緒話はできないわね。何語で話しても知られてしまうもの」

と、友人たちからからかわれることもたびたびだった。

休日、ハンナは決まって街の散策に出かけた。荘厳なたたずまいの博物館やオペラ座、ラジオや電気蓄音機が並べられた楽器店、高級な帽子屋や靴屋、色とりどりの布地が積み重ねられた洋裁店、絵画や花瓶、甲冑や刀剣でいっぱいの骨董品店——いろいろな珍しいものを見て回るのが大好きだったのだ。

やがて、行きつけのカフェができたころ、読書好きでいつも笑顔を振りまいている少女に想いを寄せる青年たちが現れはじめた。

ソ連の大都市レニングラード*生まれの誇り高きユダヤ人、ハイムもそんなひとりだった。背が高く、軍隊カットのよく似合う涼やかな瞳の美男子との運命的な出会いは、リヴォフで迎えた最初の春が過ぎようとしていたころ——まだ肌寒いものの、素晴らしく天気の良い日曜日だった。

ハンナがポーランド人の友人イルディと一緒に学校近くのカフェにいるところに、ソ連兵の一団が通りかかった。兵士たちの姿を見かけるのは別に珍しいことではなかったのだが、そのときは急に向きを変え、どやどやとカフェに入ってきた。そしてテーブルにつくや、ひとりが鼻唄を歌いはじめた。それがユダヤ教の伝統的なメロディーのように聞こえたため、ハンナはこっそりと横目で盗み見た。鼻唄の兵士とまともに目が合ってしまい、あわててうつむいた。しばらくしてもう一度おそるおそる目を向けると、兵士はにっこりと微笑みかけてきた。ハンナはまたあわてて目を伏せながら、

〈なんて真っ白い歯なのかしら……〉

と思った。金歯が大嫌いな彼女は、はじめて見るきれいな歯並びに感動したのだ。

「ミルクのたっぷり入ったメラーンジュ・コーヒーがお好きなようですね。では、アイスクリームはいかがですか？」

ハンナは椅子から飛び上がった。突然声をかけられたことに驚いたのではない、イディッシュ語だったのだ。どぎまぎしながらやっとの思いで口を開いたとき、緊張のあまりロシア語が出てきた。

「ハ、ハンナ・ホフベルグです！　父はグリニャーニ村のアーロン・ホフベルグ！」

名前を聞かれたのではないことに気づき、あたふたしながら言い直した。

「は、はい！　アイスクリーム、だ、大好きです！　あ、あの！　友だちの分もよろしいですか？」

すぐさまハンナは心の中で〈しまった！〉とつぶやいた。青年の気が、赤毛できれいな顔立ちをしたイルディに向くかもしれないと思ったのだ。だがそれは余計な心配だった。青年はハンナから目を放そうとせず、「もちろんいいですよ」と微笑んだ。

「アイスクリームがお好きなことと、あなたのお名前、ついでにどこのお生まれなのかまでわかりました。今度は自分に自己紹介させてください――」

言いながら、青年兵士はハンナの真向かいの席に移ってきた。まぶしいほどの笑顔だけではなく、軍服の上衣を肩に羽織るようにして粋に着こなしていることにも、ハンナは感銘を受けた。

「ハイム・マンゲルといいます。郊外に駐留している戦車部隊《タンク》の指揮官です」

「タンク……？　水を貯める水槽？　具体的にはどんなものですの？」

ハンナの的外れな問いに、ハイムはまた白い歯を見せた。

「大砲の付いた大型の自動車のようなものですよ」

「それは……いったいなにに使うものですの？」

「ドイツ人は信用なりませんからね。いざとなれば我々が戦車や、機関銃や、戦闘機で戦います。地上戦では機動力が勝敗を左右します。自分たち戦車部隊は、機甲部隊と呼ばれ、高い機動力とともに攻撃力を兼ね備えていて――」

ハイムはさまざまな兵器の説明をはじめたが、ハンナにはチンプンカンプンだった。それよりもっと気になることがあった。

「あのう……その二つの星には、どんな意味がありますの？」

と、ハイムの軍服の襟にある金色の星のことを訊ねた。胸にいくつも並んだ色とりどりの小さなバッジが、武勲を立てた兵士に与えられる勲章であることは知っていた。

「ああ、これですか？　自分の階級ですよ。大尉なんです」

兵器のことはよく理解できなくとも、これには大いに感銘を受けた。

「まぁ、そんなにお若くていらっしゃるのに？」

「ははは、そんなに若くもないですよ、つい先日二十一歳になりましたからね。他になにをお知りになりたいですか？」

「まぁ！　そんなつもりでお聞きしたわけじゃあ……」

「ははは、いいですよ、なんでもお教えします！」

ハンナが頬を赤らめつつ出身地を尋ねると、ハイムはレニングラードに住む家族について話しはじめた。父親は十月革命*に参加し、帝制ロシアを崩壊させた筋金入りの共産主義者で、両親ともにユダヤの言語と文化に少しも関心がない――という、どちらかといえばあまり喜ばしくない内容だったため、ハンナは最初のうち、

「パパはなんて言うかしら……」

と思っていたが、次第に青年の語り口に引き込まれていった。村の男の子たちが束になっても叶わないほどの話し上手だったのだ。

イディッシュ語を祖母から教わったこと、モスクワの陸軍士官学校を優等で卒業したこと、リヴォフ近郊の機甲部隊に士官として配属されてきたこと、部隊ではユダヤ人への偏見を許さず、一

度は無礼な相手を完膚《かんぷ》なきまで打ちのめしたこと、そのため軍法会議にかけられそうになったが、模範的な士官だったため許されたこと——などを、ハイムはユーモアを交え、ときにはスリルたっぷりに話しつづけた。そして最後に突然、こう付け加えてハンナを真っ赤にさせた。

「明日、一緒に映画を観に行きましょう！」

ハイムと付き合いはじめると、ハンナの生活は一変した。それまで外から眺めているだけだった劇場や高級レストランにたびたび連れて行ってもらえたのだ。

〈まるで夢のよう……〉

そう思わずにはいられなかった。自動車に乗ってみたいという願いが叶ったどころではない、上流階級の人々に混じり、バレエやオペラ、演奏会までも、心ゆくまで楽しむことができたのである。

待ち合わせはいつも近くの公園——彫刻に囲まれた大きな噴水の前だった。運転手付きの軍用車輛でやってくるハイムとのデートは、高級店でのショッピングからはじまることが多かった。出かけるたびにドレスや靴などの贈り物をしてくれたのだ。

寄宿舎にもたびたび大きな花束が届けられたため、

「お姫様のお部屋は、まるでお花畑みたいね」

と、友だちにからかわれたり羨《うらや》まれたりした。

リヴォフの華やかさを存分に味わいながらも、ハンナはそのことを家族への手紙には書かないように気をつけた。ロシア人嫌いの父アーロンが激怒することはわかりきっていたからである。学校の教師にはそのうち知られてしまったが、勉強を少しもおろそかにしなかったため、頻繁な外出を咎《とが》められることはなかった。夏から秋へ、そして冬へと、ハンナは時が経つにつれてますますハイムに惹かれていった。幸せな日々は終わらないものと思っていた。

リヴォフにふたたび春が巡ってきたある日、いつもの待ち合わせ場所にハンナはずっとひとりきりでたたずんでいた。ハイムは姿を現さなかったのだ。二時間近く待った後、あきらめて寄宿舎に戻ったところに、ひとりの見知らぬ兵士が訪ねてきた。その青年兵は、ひどく緊張した面持ちで歩み寄り、耳打ちした。声を震わせていた。

「マンゲル大尉の命令で……グリニャーニ村にお連れいたします。いますぐにです。我々の部隊は西方に移動せよとの命令を受けました。司令部は……ドイツ軍の侵攻がはじまると考えているようなのです」

「ロシアのような大きな国に歯向かうなんて、ありえないわ……」

ハンナはそうつぶやき、ポーランド西部が侵略されてからどのくらいの月日が経ったのか数えようとした。ドイツは西ヨーロッパの国々を蹂躙《じゅうりん》した後、大英帝国まで敵にまわして戦いを繰り広げている——そう聞かされてはいても、リヴォフにいる彼女が不安を感じるようなことは一度たりともなかった。それどころか、戦争は〈どこか別の世界の話〉だとさえ感じていたのだ。

つづく青年兵の囁きに、ハンナは鋭利な刃物で胸をえぐらえたような気がした。

「ナチスが……やって来ます」

ハンナは、夢のような時間が突然終わったことを悟り、同時に父アーロンの手紙のことを思い浮かべた。

「ナチスに占領されているポーランド西部で、ユダヤ人の同胞が恐ろしい虐待を受けはじめたという話が広がっている」

ハンナの父は「だが、噂話を鵜呑みにはしてはならない」と付け加えていた。

「ゲーテやシラー*をはじめ、多くの偉大な文豪たちを生んだ国の人々が、そんな非道を行なうはずがない。根も葉もないデマが広がらないよう、重々注意せねばならない」

大変なことが起こるかもしれない——不吉な予感がハンナの背筋を駆け上った。

「ナシュカは、友だちのナシュカはどうなるんですか？」

運悪く、幼なじみのルームメイトは外出中だった。兵士は残念そうに首を振った。

「一刻の猶予もなりません……お友だちには、お父様が急病で帰郷すると、そう書き置いてください」

グリニャーニ村へ戻る道中の風景は、以前とどこか違っていた。

〈種まきが終わったばかりなのに、畑で働いている人がひとりもいない……〉

西へ向かうソ連軍のトラックと何度もすれ違った。やがて、家財道具を山のように積んだ農民たちの荷馬車が次々と脇道から出てきて、ハンナの乗る軍用車輛に合流しはじめた。途中、屋根に青と黄色の旗を掲げている家をいくつも見かけ、ハンナは不安で胸が押しつぶされそうになった。

〈空が……いつもより暗いみたい〉

彼女がそう感じたのは、気のせいだけではなかった。前方から戦車の大部隊が、土煙を巻き上げてやってきていたのだ。

グリニャーニ村は以前のまま少しも変わっていなかった。

玄関先に腰かけていたリヴカは、まず庭にソ連軍の車輌が入ってきたことに驚き、つづいて降り立ったハンナを見て、さらに目を丸くした。

「いったい何事なの？　こちらの兵隊さんはどなた？　どうして急に帰ってきたりしたの？」

ハンナは即座に真実を口にした。

「ママ、ドイツ軍が攻めてくるの。赤軍は戦いの準備をしているわ。パパはどこ？」

一年ぶりの再会を喜び合うことも忘れ、リヴカは眉をひそめ、娘に耳打ちした。

「あなたがスターリンの兵隊と一緒にいるところなんか見たら、お父様はなんて言うかしら？」

「ママ、そんなことを言っているときじゃないの。どうするかすぐに決めないと。エジュは？ムニュ兄さんはどこ？　チポラ姉さんは？」

「お父様はシオニスト協会の講演に出かけているわ。ムニュも一緒よ。エジュはビリゲル先生のところよ。手紙に書かなかったかしら？」

少々内向的なところもあったが、ハンナの弟のエジュは利発この上ない男の子だった。小さなころから聖書の格言をヘブライ語で諳《そら》んじては、家族の者たちを驚かせていた。

「ビリゲル先生の見習いになったの。あの子もずいぶんしっかりしてきたのよ。我が家から歯医者さんが出るなんて、誇らしいことだわ。チポラはしばらく戻りませんよ。カルパチア山脈に新婚旅行なのよ、アンシェルと」

「アンシェルと？　どういうこと？」

「そうそう、それがねぇハンナ、大変だったのよ。あなたがリヴォフに行って、ひと月後くらいだったかしら、ツヴィは神経衰弱になって入院したの。結婚はなかったことになったのよ。ラビ*もお許しくださったわ。あなたには心配させたくないから、言わないでおいてくれって言うから。あの子はやっとアンシェルと結婚できて、神様はとってもいいことを――」

「ママ！　そんなときじゃないの！」

リヴカのおしゃべりを遮《さえぎ》り、ハンナはすぐに会議所に向かった。

村にも青と黄色の旗を掲げている家が一軒あった。グリニャーニ村の村長、ゼニグ・タスの家だった。ウクライナ人協会の幹部のひとりでもあるゼニグは、もともと副村長だったのだが、アーロンの病による辞任にともない、村長に昇格していた。

庭先を通りかかったとき、ハンナは窓辺に大勢の人影を見かけ、ギョッとして思わず駆け出した。ウクライナ人たちが何事かを話し合っているようだった。懸命に走りながら、真ん中で熱弁を振るっていたゼニグ・タスの薄ら笑いが頭から離れず、ハンナは泣き出しそうになった。次々に浮かんでくる恐ろしい考えは、いくら振り払おうとしても消えなかった。

〈そんなのいやよ！　早くなんとかしないと！〉

シオニスト委員会の会議所には大勢のユダヤ人たちが集まっていた。ハンナの父は人垣の一番向こう――演壇に立って声を張り上げていた。

「みなさん、恐れることはありません。うろたえてはなりません。ドイツ軍が攻めてくるという話は、まだ憶測にすぎません。私は断言します。もし、万が一にも、攻撃がはじまり、ボリシェヴィキが村から退却することになろうとも、我々の立場が悪くなることはありません。ウクライナ民族主義組織と同様に、我々シオニストの活動も再開できるのですから！」

ひとりの中年男性が立ち上がり、不満げな声を上げた。

「首都ワルシャワのことはどうなんだ。大勢殺されているというじゃないか！」

とたんにあちこちでざわめきが起こった。

「そうだ、そうだ！」

「逃げないと危険だ！」

だが、アーロンは自信たっぷりに応じた。

「みなさん！　それは誇張された噂にすぎません！　繰り返しますが、多くの偉大な作家や詩人を生んだ高雅な国が、先年オリンピックを大々的に開催したばかりの一等国が、また、つい先日も私の癌を、最先端の技術をもってして治療してくれた、高度な文化文明を誇る国が、そんな野蛮かつ理不尽きまわりないことに手を染めるなど、あろうはずがないではありませんか！」

なおもざわめきつづける人々に向かって、アーロンは一喝した。

「父祖の伝統を受け継ぐのです！」

静まり返った群衆をひとしきり見まわし、つづけた。

「歴史を振り返れば、我々ユダヤ人は、幾度となく迫害を受けてきました。しかしそのたびに、一致団結し、篤い信仰心をもってして、高い叡智をもってして、尽きることのない忍耐をもってして、乗り越えてきたのです！　それが我々の血であり、伝統なのです！　いま我々は、時代に、神に試されているのです！　我々が行なうべきはただひとつ――父祖のごとく、苦難を乗り越えるために、力を結集することなのです！」

アーロンは拍手に包まれ、意気揚々と演壇から降りてきた。

ハンナはそんな父を腹立たしい思いで見ていた。間違っている――そう思った。

「ハンナじゃないか！」

娘を見つけたアーロンは、驚き、喜びに目を潤《うる》ませた。

「よく戻ったね。元気そうじゃないか。しかしいったい……ここでなにをやっているんだね？学校はどうしたんだ？」

ハンナは小声だが、きっぱりと言った。

「パパの言ったことを信じたいのは山々だけれど、私たちも荷物をまとめて逃げるべきじゃないの？　東へ向かう荷馬車をたくさん見たわ」

とたんに眉間に皺《しわ》を寄せ、雷を落としそうになった父を、ハンナは敢然と遮《さえぎ》った。

「パパ、怒らないで聞いて。私はリヴォフでロシアの兵士と知り合いになったの。ユダヤ人で、大尉なの。私たち家族を安全なところへ逃がしてくれるって言ってくれているの」

アーロンは怒りを隠そうとしなかった。

「なんたることだ！　私の娘がスターリンの部下と親しくなるとは！　我が一族は逃げたりしな

いぞ！　自由を捨てるなどありえん！」

ステッキが空中に踊った。

「すぐに家に帰りなさい！　部屋から出てはならん！」

父に背を向けられ、ハンナはどっと涙を溢れさせた。

「パパ、お願いだから話を聞いて！」

アーロンはもうハンナには耳を貸そうとせず、ひとりの男と話しはじめていた。

仕立て屋のヨセフは、秘密めいた調子で言った。

「ホフベルグさん、ひとつお聞きしたいことがあるんです。重要なことです。私の娘のマルタはソビエト連邦市民と一緒になっておりまして、私たち家族全員を受け入れてやると言われているのですが、どうお思いですか？　東へ行くべきでしょうか？」

「ヨセフさん」と、アーロンは鷹揚《おうよう》に応じた。

「ボリシェヴィキの口車などに乗ってはなりませんよ。共産主義は諸悪の根源であり、ユダヤ人に幸せをもたらすことはありません。この地を離れようなどとは考えず、ユダヤ民族の独立、ならびに他民族との友好関係の実現のためにご協力ください」

仕立て屋は満足そうに笑った。

「私も最初からそのつもりでした。あなたから直接聞きたかったんですよ。これまでもおっしゃるとおりにしてきました。もちろん今回もそうしますとも」

去り際に言い足した。

「あぁそれに、奥様のドレスが仕立て上がっておりますから、明日お届けするとお伝えください。いい仕上がりですよ。きっとお喜びいただけるものと思います」

ヨセフだけではなかった。村のユダヤ人たち全員が「事態は収束に向かう」というアーロンの言葉を信じ、なんの不安も抱くことなく、そのままの生活をつづけることを決めた。

やがて、負傷兵を乗せて東へ戻っていく軍用トラックを見かけるようになった。青と黄色の旗を屋根に掲げた家は数を増してゆき、だんだんと不穏な空気が漂いはじめた。そのうち「銃声を聞いた」という者が出はじめると、村の商店は休業の札を下げたまま開かなくなった。ときおり機関銃の音が聞こえるようになると、ソ連兵たちの動きが慌ただしくなり、次々に村を離れはじめた。

「あの子ったら！」

ヴァシリーの部隊が去った翌朝、そう言うなり立ちすくんだのはリヴカだった。置き手紙を手にしていた。

パパとママ、それにハンナとエジュへ、

僕は赤軍に入隊することにしました。パパ、勝手なことをしてすみません。でも僕は、マルクス主義まで支持するわけではありませんが、ロシア人のことは悪く思っていないのです。ドイツ人に支配されるよりは、ロシア人と一緒にいたほうが良いに違いないと思うのです。みんなを心から愛しています。

ムニュより

手紙を読んだアーロンは、なにも言わず、すすり泣いている妻を優しく抱き寄せた。

「せめて食べ物を持たせてあげたかったのに……」

母の涙声を聞きながら、ハンナは兄と同じようにしたいと思っていた。また、心の底では、ハイムが迎えに来てくれることを願っていた。

その日の夕刻、玄関ドアを激しく叩く音がした。ハンナは一瞬ハッと身を起こしたが、入ってきたのは村の散髪屋のヤネックだった。

「なにがあったんだね？」

アーロンは驚いてヤネックに歩み寄った。散髪屋は顔をひどく腫《は》らしていたのだ。

「さっき家に帰ろうと店を出たところを、ウクライナ人に呼び止められたんです。四、五人の集団でした。私のことを汚いユダヤ野郎と呼んで、『ボリシェヴィキどもがいなくなればきっちり片を付けてやるぞ』って脅すんです。青と黄色の印の付いた帽子をかぶっている者もいました。私が相手にしないでいると、いきなり殴りかかってきたんです。赤軍の車が近くにいなければどうなっていたことか……この程度ではすまなかったかもしれません」

「もう家に戻りなさい」

と、アーロンは散髪屋をなだめた。

「このくらいのことは私も予想していた。ウクライナ人たちが欲求不満をつのらせているのも当然のことなのだよ。長い間民族主義活動を禁じられていたのだからね。ロシア人がいなくなりさえすれば、彼らも落ち着きを取り戻す。心配はいらない。くれぐれも余計なデマを広げないようにしてくれたまえ」

それから数日も経たないうちに、ついに大砲の音が聞こえはじめた。ハンナは地響きがするたびにエジュと抱き合った。

それは、まだ夜の開けやらぬ早朝のことだった。ホフベルグ家の玄関を激しく叩きつづける者がいた。寝間着のままドアを開けたアーロンは、玄関先に立っている若い兵士をいぶかしげに見つめた。庭の入口に埃まみれの戦車があった。

兵士は無精髭《ひげ》を生やし、ひどく疲れている様子だったが、目をキラキラと輝かせていた。

「すぐに避難してください」

と、敬礼しながら言った。

「自分はハイム・マンゲルといいます。ドイツ軍が近づいています。一両日中にこの村に到達します」

イディッシュ語だったことがアーロンを驚かせた。

「赤軍の兵士がイディッシュ語を話すとはどういうことだ？　エサウの手とヤコブの声*を持つ者はいったいだれだ？」

だがアーロンはすぐさま察した。

「娘がリヴォフで会ったというのは、君だね？」

「そうです。自分はお嬢さんを愛しています。ご家族の皆様をお助けしたいのです。一刻の猶予もなりません」

言いながら青年兵は、許しも得ず家の中に入った。二階の部屋の前に立っているハンナに気づくと、階段を駆け上がりそうな素振りを見せたが、一歩も動かなかった。ハンナのほうは自分を抑えることができなかった。

「きっと来てくださると信じていました！」

そう叫ぶなり階段を駆け下りた。父がそばにいなければ、そのまま恋人に抱きついていたかもしれなかった。

「もう大丈夫だよ。急いで支度するんだ」

ハイムはハンナの耳元にそう囁《ささや》き、後から下りてきたエジュに命令口調で言った。

「少年兵、すぐに荷造りにかかれ。一〇分で出発するぞ」

だがアーロンが遮った。雷のような声だった。

「我々はどこにも行かないぞ！　おまえもだ、ハンナ！　ボリシェヴィキとなど行くものか！　だれも私に逆らってはならん！」

ハイムは少しも怯《ひる》むことなく、アーロンに向き直った。

「お嬢さんとのことがなければ、思いつくかぎりの汚い言葉を浴びせかけているところです。わからないんですか？　ナチスがやってくるんですよ？　彼らはユダヤ人を手当り次第に虐殺しているんです。ご家族がひどい目に遭わされてもよろしいのですか？　地獄がすぐそこまで迫って来ているんです！」

そう言うや、アーロンの返答を待とうともせず、エジュの腕を取って外に連れ出した。そのままエジュを戦車に押し上げ、自分も乗り込み、叫んだ。

「ハンナ！」

だが、ハンナは玄関先に立ちすくんだままだった。

アーロンがステッキを突きながら庭を横切った。

「降りなさい！　すぐに降りるんだ！」

エジュの足をつかんで引きずり下ろそうとした。

ハンナは金縛りにあったように動けないでいた。危険が差し迫っているのは重々承知していた。もちろん恋人と一緒に行きたかった。だが、自分ひとりで行くことなど——家族を見捨てることできなかった。なにをどうすればいいのかわからないでいた。

アーロンは抵抗する息子をステッキで激しく叩いた。エジュはたまらず戦車から飛び降り、家の中に駆け戻った。

息子に抱きつかれたリヴカも一歩も動けないでいた。

戦車の上の青年はもう一度叫んだ。必死の思いが籠《こも》っていた。

「一緒に来てくれっ！」

ハンナは凍りついたような表情でつぶやいた。

「みんなを置いて行くなんて……できない……」

ハイムは自分の耳を疑った。

「行ってちょうだい！　あなたのことは決して忘れない！」

悲痛な叫びに、青年はそれ以上なにも言わず、戦車の中に消えた。すぐにエンジンが獣のような唸りを上げ、キャタピラが激しく地面を噛んだ。

後に残された土煙は、しばらくの間ハンナの庭先に漂っていたが、やがて風にかき消された。

悪夢　NIGHTMARE

村は不穏な空気に包まれた。無政府状態――そんな声を聞くようになると、もうホフベルグ家の人々は夕暮れ以降に外出しなくなった。

すぐ近くに住むユダヤ人の息子メンデルは、ウクライナ人に暴行を受けて以来、言葉をなくした。ネス医師の治療を受け、痛み止めと精神安定剤を処方されたが、ふさぎ込んだままひと言も口を利かなくなった。盗みや略奪、暴行はもとより、殺人でさえも犯罪ではなくなりつつあった。

村役場の屋根に翻《ひるがえ》っていた赤い旗は消えていた。ソ連軍が村からいなくなったのだ。とたんに村長のゼニグ・タスは強権を振るいはじめ、ウクライナ義勇軍*を組織した。褐色の制服に身を包み、青と黄色の腕章を巻いた市民兵たちが、毎朝役場の前の広場で行進訓練をする姿が見られるようになった。

彼らはユダヤ人を襲撃した。特に商店が標的になり、次々に略奪に遭った。ガラスを割られ、ドアを破られ、金品を根こそぎ奪われた。抵抗する者は袋叩きに遭った。

店が開かなくなると、ユダヤ人たちは食料を手に入れられなくなり、貧しい者から順に飢えに苦しめられはじめた。

幸いホフベルグ家には食料の蓄《たくわ》えがあった。リヴカはヴァシリーとの縁に感謝しながら、毎日家族のためにできるだけ工夫を凝らした食事を用意した。もう玄関先のお気に入りの場所に腰かけてひと息つくことはしなくなった。ウクライナ人の気に障るようなことはしたくなかったのだ。

〈あのとき戦車に乗っていれば……〉

またとない機会を逸した——そう悔やまずにはいられなかった。と言うのも、彼女にはウクライナ人たちの行動がある程度予測できていたのである。

宗教や民族にこだわらず近所付き合いをしていたリヴカは、村の〝知恵袋〟のような存在で、料理や子育てなど、生活のさまざまな事柄についてウクライナ人の主婦たちからもたびたび相談事を持ちかけられていた。お礼に畑で採れた野菜をもらうことも始終だった。

「ウクライナの人々は何世紀ものあいだ近隣の大国に支配されつづけ、いままたソ連に押さえつけられている。自民族中心主義とその感情を抑圧され、ガス抜きを必要としている民族の一例にすぎない」

夫アーロンのそんな言葉に反論したことこそなかったが、本心では〈楽観的すぎる〉と感じていた。ウクライナ人たちの心の奥底にある、「ガス抜き」どころでは済みそうもない、敵意と怨恨に気づいていたのだ。それがどれほど根深いものなのか、子供のころから祖母や母に聞かされてもいた。ほんの些細なきっかけでユダヤ人迫害に走るかもしれないと感じていたのである。

だが、そんなリヴカもドイツ人についてはほとんどなにも知らないに等しかった。アーロンと同じく、オーストリア＝ハンガリー二重帝国に対して敬意と憧れを抱き、ゲルマンの文化と伝統は世界に誇る素晴らしいもの――子供たちにそう教え込むことになんの疑いも持っていなかった。たとえポーランド西部で「ユダヤ人が虐待されている」という噂を耳にしても、決してそれをドイツ人と結びつけようとはせず、ただ悪人たちの仕業なのだと考えていた。

だが、ワルシャワに住む友人からの手紙が届けられたとき、リヴカはドイツ人に対してはじめて別の感慨を抱くことになった。それは恐怖以外のなにものでもなかった。

親愛なるリヴカへ、

この手紙を書きながら、終わりの日が近づいていることを感じているわ。ドイツ人がやってきて以来、状況は悪くなるばかりなの。最初に私たちは、ユダヤ人の腕章を着けさせられ、夜の外出が禁止されたり、買い物できるお店が制限されたり、いろいろな規則を押し付けられた。それでもしばらくは、仕事にも出かけていたし、普段とそれほど変わらない生活を送っていたわ。でもそれも、強制居住区《ゲットー》*が作られるまでのことだった。

いま思えば、ドイツ人はとても賢くて、狡猾だったの。じわじわと、少しずつ、私たちを身動きできないよう追い込んだのよ。いまはまったく人間扱いされていない。鉄条網で囲まれた狭い街区に閉じ込められ、ひどい生活を強いられている。みんな飢えに苦しめられている。食べ物はドイツ軍に厳しく管理されていて、外から持ち込もうとすると、その場で撃ち殺されるのよ。

ああリヴカ、こんなことを書いても、信じてもらえるのかしら？　私もいまだに信じられない。これは本当に起こっていることなの。路上に死体がいくつも転がっているの。死が町じゅうを覆っているの。末娘のルチェルはチフスにかかって神に召された。夫のアイゼンは正気を失った。まるで骸骨《がいこつ》のように痩せてしまっているのよ。ポーランド警察はドイツ軍の手先のようなもので、毎日大勢を逮捕しては、どこかへ送っている。ひとりも帰ってこないのよ。きっと殺されているんだって、みんな噂しているわ。

リヴカ、リヴカ、リヴカ……もう一度あなたの笑顔が見られたなら、どんなに素晴らしいでしょう。あなたと一緒に料理を作って、みんなで楽しく過ごした夜が忘れられない。あなたがこの手紙を読むころには、私はもうこの世にいないかもしれない……。

永遠の親友、ギトルより

リヴカははらはらと涙を落とした。

「こんなことになっているなんて……もっと早く村に呼んであげていれば……」

その手紙を持って来たのはゲルションという十九歳の若者だった。リヴカがあり合わせの材料で食事を用意すると、若者は「こんなの何カ月ぶりだろう……」とつぶやき、唇を噛みしめたまますぐには手をつけようとしなかった。

「僕はアーリア人*に見えるから、どうにかゲットーから抜け出すことができたんです……」

ワルシャワから徒歩で、途中ドイツ軍の検問を何度もくぐり抜け、三週間かけてグリニャーニ村まで逃げ延びてきていた。命からがらようやくたどり着いたものの、ソ連軍がいなくなっていることに心底落胆していた。

「二度とあんな目には遭いたくない……」

料理を皿がピカピカになるまできれいに平らげた後、さらに東へ逃げるつもりだと言った。

「明日、夜が明けたらすぐに発ちます。ドイツ軍はここから数日のところまで迫ってきています。僕は東へ行きます。ヒトラーとスターリンのどちらかひとりを選べと言われたら、迷わずスターリンを選びますよ」

リヴカは、息子ムニュと同じようなことを言った若者を抱き寄せ、優しく髪を撫《な》でた。

「いい子ね、ゲルション。明日は食べ物をたくさん持たせてあげましょうね。きっと神様はあなたを見守っていてくださるわ」

そう言うと急にしゃがみ込み、両手で顔を覆った。自分の思うとおりにしていれば、夫に考えを変えるよう意見していれば——悔やんでも悔やみきれなかった。

村役場から戻ってきたアーロンは、すぐにリヴカの様子がいつもと違うことに気づき、明るく声をかけた。

「そんなに心配することはない。いまシオニスト委員会の代表として、ゼニグ・タスに掛け合ってきたところだ。事態の沈静化に努力することを約束させたよ。いま大切なのは、あらぬ噂などに翻弄されないよう、皆の注意を喚起することだ——」

そのとき、窓ガラスが激しい音を立てて割れた。大きな石が居間の床に転がったのを見て、アーロンは窓辺に急いだ。外にいたのは二人の少年——隣家ピフルカの息子たちだった。

「汚いユダヤ野郎！　おまえたちはもうお終いだって父さんが言っているぞ！」

少年らは小躍りしながら歌うように叫びつづけた。

「死ね、ユダヤ人！　死ね、ボリシェヴィキ！　ユダヤ人はお終いだ！」

アーロンが庭に出てステッキを振り上げると、少年らは笑いながら駆けていった。

苦渋に満ちた表情で戻ってきたアーロンに、リヴカは黙って手紙を差し出した。ハンナとエジュ、そしてゲルションもそこにいた。

皆の顔をいぶかしげに見やりながら手紙を受け取り、素早く目を通したアーロンは、見る間に顔色を失った。「二人きりで話そう」とリヴカに囁《ささや》き、ステッキを突きながら階段を上がっていった。

薄暗い屋根裏部屋で、アーロンは手紙を握りしめ、長い間黙り込んでいた。

「もしこれが真実ならば……私たちは非常に危険な状況にある……」

と、そこまでは冷静な口ぶりだった。そして突然泣き叫んだ。ユダヤ教では、男が人前で涙を見せるのは好ましくないとされている。

「こんなことになろうとは思いもしなかったのだ！　なんという愚かなことをしてしまったのだ！　村に残るよう勧めた人たちに、いったいどうやって詫びればいい？　私は病気で、どうせ長くは生きられない！　だがリヴカ、おまえはハンナとエジュを連れてすぐに逃げてくれ！」

「そんなのだめよ！」

そう叫んだのは、階段のところに隠れていたハンナだった。

「パパも一緒に行くの！　なにがあろうと、家族はいつも一緒よ！　離ればなれになんか――」

「黙りなさい、ハンナ！」

リヴカが一喝した。

「あなたとエジュは、明日の朝、ゲルションと行きなさい。東へ、できるだけ遠くへ逃げるのよ。私はお父様とここに残ります。自分の村を出たりするもんですか」

夜になると、村は不気味なほどの静けさに包まれた。犬たちもなにかを感じていたのだろう、いつもはうるさいほどの鳴き声がまったくしなかった。

ハンナはベッドに横になりはしたものの、いつまでも寝返りばかり繰り返していた。頭の中をいろいろな思いが駆け巡っていた。それは目的地のない蒸気機関車のようで、いつまでも同じ線路を行ったり来たりしていた。そのうちに昼間の疲れから眠りに引きずり込まれ、夢を見た。悪夢だった。

リヴォフの寄宿学校につづく道――ミツキエヴィッチ通りでポーランド人の友人ブリギットと立ち話をしていると、突然戦車が現れた。降りしきる雪を突いてずんずんと向かってきた。

「轢《ひ》かれる！　逃げるのよ、ハンナ！」と、ブリギットが叫んだ。

「足が動かないの！」

ハンナは地面に倒れ込んだ。キャタピラに押しつぶされると思った刹那《せつな》、戦車は鼻先で止まった。気がつくと、雪はなく、もうもうとした土煙に包まれていた。激しく咳き込みながら見まわすと、そこはグリニャーニ村の自分の家の庭だった。戦車の砲塔にあるハッチが開き、ヴァシリーが顔を覗かせた。ずんぐりした体つきのソ連兵は、両腕をなくしていた。

「ハイムはどこ？　一緒なんでしょう？」

ヴァシリーはそれには答えなかった。

「戦争は負けだ。お母さんのマッツォ・ボールを食べさせてもらえるかな？」

突然どこからかリヴカが現れ、嬉しそうに泣き叫んだ。

「ああヴァシリー！　戻ってきてくださると信じていましたわ！　私たちを救ってくださるのでしょう？」

「それはできない。——アーロンは救えない。彼は共産主義の敵だ」

「それでもいいわ。いまマッツォ・ボールを持ってきますから、すぐに出発いたしましょう」

「裏切り者！」

と、ハンナは叫んだ。

「パパを見捨てる気なの？　ハイム！　助けにきて！　神様はだれにでも救いの使者を遣わしてくださるわ！　あなたこそ私の守護天使なの！」

「ハイムは来ない！　来るものか！」

ヴァシリーはそう言い放ち、高らかに笑った。

「さぁリヴカ！　出発しよう！」

駆け戻ってきたリヴカは、義手を二本胸に抱えていた。

「ヴァシリー、私があなたの面倒を一生みてあげるわ！」

母の言葉が許せず、ハンナは戦車によじ登り、ヴァシリーの頬を叩こうとした。突然戦車が動きだし、顔から地面に転げ落ちた――。


ベッドから飛び起きたハンナは、暗闇の中でおそるおそる顔に手を当てた。心臓が早鐘を撞《つ》くように鳴っていた。怪我をしていないことに心底ほっとした。

朝になるとゲルションの姿は消えていた。朝食の席で、アーロンはがっくりと肩を落とし、ひと言も口を利こうとしなかった。

早足で近づいてくる蹄《ひづめ》の音に気づき、ハンナが窓辺に駆けてゆくと、宝石商アヴリミールの豪華な馬車が庭に入ってくるところだった。

玄関ドアを開けたリヴカは、親しい友人の深刻な顔つきを見て、たちまち不安に襲われた。

宝石商はだれにも――ハンナとエジュにも声をかけず、椅子に座った。リヴカの勧めるコーヒーも断り、話しはじめた。だれとも目を合わせないようにしていた。

「これは確かな筋からの情報なのだが……ドイツ軍が西のコツォフを攻めたそうだ」

エジュは母に駆け寄った。ハンナは父の腕にすがりついた。アンシェルと新婚旅行に出かけたチポラからの連絡は途絶えたままだったのだ。カルパチアの山々に囲まれた風光明媚《ふうこうめいび》な保養地、コツォフに滞在しているはずだった。

「ユダヤ人たちは力を合わせ、なんとか逃げ出そうとした。倅《せがれ》のヨシュアと、お宅のアンシェルはどうにかルーマニアまで逃げ延びることができたが……」

アヴリミールはそこで何度も唇を噛んだ。

「残念なことに……チポラは途中で捕まった。ユダヤ人たちは一カ所に集められ、大勢の人が見ている前で……射殺されたそうだ」

リヴカはその場で昏倒した。顔に水をかけられて意識を取り戻すと、今度はいきなり泣き崩れた。

「ああ、神様！　あんまりです！　あの子の代わりに私の命を御召しください！」

アヴリミールは立ち上がり、むせび泣くリヴカの髪を撫でた。

「慰めにはならないかもしれないが……君の娘はとても勇敢だったそうだよ。ドイツ兵の顔に唾を吐きかけたそうだ。壁に向かって並んで立たされたとき、ドイツ語とヘブライ語で繰り返し叫んだそうだ。『イスラエルの栄光は必ず現れる*』と……」

宝石商はテーブルの上に、小さいな革袋を置き、そのまま静かに出て行った。

その午前中ずっと――正午を過ぎても、ホフベルグ家は静まり返っていた。

エジュは自分の部屋に閉じこもっていた。ベッドに横になり、小さなころ、毎晩その同じベッドの中で昔話をしてくれた姉チポラのことを――甘い匂いを、温もりを――思い出していた。鏡台の前に座った姉が、魔法のように髪を編んでゆくのを見ているのが大好きだった。

鏡の中の笑顔を、まるでいまもそこにいるかのように想い描くことができた。

「チポラ姉さん……」

とつぶやいたが、喉が詰まって声にならなかった。

エジュはベッドから起き上がり、そっとドアを押し開け、外を覗いた。階段に腰かけているもうひとりの姉を見て、静かにそばに行き、並んで腰を下ろした。

「ありえないわ！」

弟の顔を見もせずに、ハンナはいきなり吐き捨てた。

「おかしいわよ！　ユダヤ人だってだけで殺されるなんて！」

エジュは姉をなだめようとした。

「だ、だけど……こ、こ、これでパパにも、わ、わかったんじゃないかな……だ、だからって、い、いまさらなにも、で、で、できないだろうけど……」

エジュはもう子供ではなかった。父親に同情さえしていた。

「で、で、でも……チ、チポラ姉さんが死んだなんて……ほ、本当なのかな……？」

うつむいたエジュに、ハンナは叱りつけるように言った。

「馬鹿ね！　本当よ！　チポラ姉さんは死んだの！　戦争なのよ！　もう、どこか遠くの町のことでも、ただの噂でもないの！　姉さんは勇敢に死んだのよ！」

エジュは下唇を噛んだ。

「パ、パパが……ゲ、ゲルマン文化なんか、だ、大事にするから……」

「だめよ！　そんなこと言っちゃ！　パパのせいなんかじゃないわ！」

エジュは苦しそうに声を絞り出した。

「ぼ、ぼ、僕も、ム、ム、ムニュ兄さんと、行けば良かったよ。せ、赤軍に、は、入れば良かった」

「なに言ってるの？　無理よ！　あなたまだ十六でしょう？」

「ち、ちがうよ……と、とうに十七になったよ。わ、忘れたのかい？」

「どっちにしろ、あなたみたいな意気地なしの痩せっぽちなんか、軍隊に入れてもらえないわよ。それに、さっきからなによ、その話し方」

「あ……うう……」

「どうしたのよ？　なんだか変じゃない？　うーうー唸ってばっかり」

顔を赤くして立ち上がったエジュは、自分の部屋に戻り、後ろ手に激しくドアを閉めた。

ハンナは弟を邪険に扱ったことを少しだけ後悔した。大きくため息をついて立ち上がり、階段の途中から居間を覗いた。彼女の父、村じゅうの人々から尊敬されていたアーロンは、長椅子に身を沈め、床の一点を見つめていた。

「パパ！」

ハンナは階段を駆け下りながら、明るく声をかけた。

「ドイツ軍が村にやってきたら、パパは私たちユダヤ人の代表になるんでしょう？　とても重要な役割だわ。しっかりしなきゃ！」

アーロンは顔を上げ、頬をゆるませた。

「まったくそのとおりだ。おまえのような娘がいて、私は幸せ者だ。さあ、今度はお母さんを元気づけに行っておくれ」

ハンナは笑顔で敬礼し、行進する兵士のように玄関先に向かった。

雷鳴　THUNDER

東ヨーロッパが一年のうちでもっとも美しい季節——花々が咲き乱れ、緑の沃野にさわやかな風が吹きわたる初夏、ついに彼らは姿を現した。

一糸乱れぬ車輛の隊列が村に入ってきたのが金曜日の午後——ユダヤ教の安息日『シャバット*』の直前であったのは皮肉としか言いようがなかった。

いつもならば、ハンナはエジュと連れ立って、安息日を祝う「グート・シャボス」の挨拶をほうぼうで交わしながら、特別な夕食のための三つ編み形のパン『ハラ』を買いにゆくのだが、その日はまったくそれどころではなかった。ユダヤ人たちは皆、家の中に閉じこもって震えていた。

どの車輛にも側面に奇妙な黒い十字架があった。ウクライナ人とポーランド人はまるで魔法にかけられたように、村役場へとつづく道——青と黄色のテープで飾り付けられた道に集まりはじめ

た。群衆はしばらくの間、隊列を黙って見つめていたが、

「ナチス帝国万歳！」

と、ひとりが叫び声を上げたとたんに、活気づいた。

家々の窓から、屋根の上から、花やキャンディーがドイツ国防軍兵士たちの上に降り注いだ。大きな青と黄色の旗――ウクライナ国旗がいくつも掲げられた。

無表情のドイツ兵たちが群衆に向かって手を振りはじめたのは、ひときわ大きな深紅の旗が空に翻《ひるがえ》ったときだった。その旗には、中央に黒い鉤十字《かぎじゅうじ》が描かれていた。

熱狂した群衆の叫びは、雷鳴のように村じゅうに響きわたった。

「ハイル・ヒトラー！」

「ついに救世主が来てくれた！」

「ボリシェヴィキとユダヤ人はお終いだ！」

ハンナはカーテンの隙間《すきま》から外を覗いていた。軍用トラックの長い列が終わると、ジープに率いられた戦車の隊列がつづいた。どの車輛も新しく、洗練された形をしていた。特に戦車は、ハイムのものよりもずっと機敏そうに見えた。

役場前の広場の中央に停まったジープから、ひとりの将校が降り立った。村長のゼニグ・タスが大あわてで駆け寄ると、長身の将校は右の手のひらをまっすぐに空に掲げ、激しく踵《かかと》を鳴らした。灰色の立派な軍服に身を包み、小さな鍔《つば》の付いた嵩《かさ》の高い軍帽をかぶっていた。

ゼニグは右手を上げ、ドイツ式の敬礼を無格好に真似た後、ひどくかしこまって言った。

「ようこそおいでくださいました。グリニャーニ村は全村民を挙げて偉大なるドイツ軍の皆様を歓迎いたします。我々をロシア人と共産主義の軛《くびき》から解放してくださったことに、心よりの感謝を捧げます。我ら義勇ウクライナ連隊とウクライナ自由国家同盟は、全面的に皆様に協力いたします」

将校は通訳を介してその言葉を聞いたが、なんの反応も見せなかった。王侯貴族のような態度で、まるで自分たちがその主人《あるじ》であるかのように役場に入っていった。

他の兵士たちは、すべての車輛を少しの乱れもなく並べ終えると、直立不動の姿勢を解き、広場の脇で休憩に入った。すぐにウクライナ人の子供たちが集まり、煙草を吹かしはじめた兵士たちの前で、木の棒を肩に担いで行進の真似事をはじめた。

しばらくして子供らが急に駆け出したのは、モトルを見つけたからだった。肉屋のイトゥケの末っ子は、なにが起こっているのか気になって仕方がなかったのだろう、こっそり家を抜け出し、柱の影から広場の様子を覗いていた。

「ジド！　ジド！」

口々にそう叫びながら、棒を手にした子供らはモトルを追った。駆けっこがあまり得意ではなかったモトルは、あっという間に取り囲まれた。

「ジド！　ジド！」

ユダヤ人という意味のウクライナ語である。子供らが寄ってたかってモトルを叩く光景を、若いドイツ兵たちは無表情で眺めていた。モトルが動かなくなると、子供らはまた元のように隊列を組んで行進しはじめた。

モトルの死を確かめたのはネス医師だった。医師は少年の母親までも診察しなければならなかった。悲しみのあまり正気を失ったからだ。

「我が子をなくした悲しみを癒せる医者などおらんよ……」

ネス医師は、頬を濡らして精神安定剤の処方箋を書いた後、その日一日かけて村じゅうのユダヤ人宅を一軒一軒まわり、決して子供をひとりで外出させないようにと触れまわった。

モトルの悲惨な死以降、数日間は平穏に過ぎていった。ウクライナ人の暴挙が止んだ様子に、アーロンは胸を撫で下ろしていた。ドイツ人は野蛮な国民ではないという自分の見解は正しかった
――そう思いはじめていた。

だがハンナの考えは違った。ウクライナ人たちは新しい君主の命令を待っているだけとしか思えなかった。

〈嵐の前の静けさなんだわ……〉

ハンナはドイツ兵たちに恐怖を感じていた。金髪に碧眼《へきがん》の若者たちがこれほど大勢集まっているのを見るのははじめてのことだった。どの顔も冷たく、まるで感情がないかのように思えた。無表情ながらも、ドイツ軍の兵士たちは間違いなく勝者だった。機関銃はピカピカに磨き上げられ、灰色の軍服は真新しく、一点の汚れもなかった。その数日のうちに、ハンナはドイツ人がウクライナ人のことも嫌っていることを知った。

「ウクライナの豚どもはボリシェヴィキと変わらないな」

「まぁ、しばらくは我慢するさ」

兵士たちのそんな会話を耳にしたのだ。当面はウクライナ義勇軍を配下に置き、戦力として利用する——そう命令されているに違いなかった。

やがて、見せかけの平穏は破られた。

その日、朝早くからホフベルグ家の玄関ドアを乱暴に叩く者がいた。元農夫、少し前まで「お隣さん」だったはずのピフルカ家の長、イワンは、応対に出たアーロンの顔を見るなり言った。

「当局の命により、おまえを連行して取り調べる」

イワンは茶色の制服を着て、ウクライナ国旗の腕章を巻いていた。

「イワン」と、アーロンは親しみを込めて言った。

「君と私は古い付き合いではないか。子供たちは小さなころから仲良く遊んでいるし、私は君のことを嫌ったことなど一度たりともない。それに——」

「黙れ！」

イワンは大声で叫んだ。畑では決して出さないような声だった。

「大人しく来るんだ！　さもないと力づくで連行するぞ！」

ハンナやリヴカが心配したように、役場へ引き立てられてゆく途中のアーロンが過度の辱めを受けるようなことはなかった。村人たちは、ただ遠巻きに見ているだけだった。

「まあ、かけたまえ」

村長室でアーロンを待っていたのは、薄笑いを浮かべたゼニグ・タスだった。部屋の壁には、以前はなかった肖像画が二枚並べて掛けられていた。一枚はシモン・ペトルーラ*――ウクライナ人たちが英雄扱いしている、第一次世界大戦中に大勢のユダヤ人を虐殺した男。もう一枚は、口髭を生やした勇ましい軍服姿の男の横顔――アドルフ・ヒトラーであった。

ゼニグの横には、ヒトラーと同じ軍服を着た長身のドイツ人将校が立っていた。髪を短く刈っているため若く見えたが、

「四十歳は超えている……教養ある人物だ」

そう判断したアーロンは、自分から右手を差し出し、完璧なドイツ語で挨拶した。

「お会いできて光栄でございます、隊長閣下」

将校は微《かす》かな驚きを顔に浮かべ、一瞬アーロンの手を握りそうな素振りを見せたが、すぐに元の冷酷な表情に戻った。

「座るんだ！」

と、ゼニグが今度は厳しい口調で言った。アーロンがドイツ語を話せることが気に入らないのだろう、舌を鳴らして通訳を呼びつけ、言った。

「こちらは偉大なるドイツ国防軍・第五装甲師団のベルゲル少佐であられる。ドイツ軍はロシア人どもを追撃しようとしているところなのだが、少佐がおっしゃるには、ひとつ問題がある。村の東方、ブロドゥイへの途上にある橋を赤軍が爆破したそうなのだ。そこで橋の建設のため、ユダヤ人の若者を三百名集めてもらいたい。できるだけ早くだ」

「しかし……」と、アーロンはまずウクライナ語で応じた。

「私にはそんな権限はありません……若者たちにドイツ国防軍のための労働を強いるなど……」

ベルゲル少佐に向き直り、直接ドイツ語で訴えた。

「閣下、ご理解ください。皆家族の面倒をみねばなりません」

将校の顔が赤くなったのは怒りの印だったが、口ぶりはあくまでも冷静、かつ甲高い声だった。

「いいかユダヤ人、二日のうちに必要な人員を集めるのだ。できなければウクライナ人たちを解き放つ。ボリシェヴィキの支配下でひどい目に遭っていたようだな。報復したくてウズウズしているようだぞ」

ドイツ語でのやり取りを遅れて聞いたゼニグは、突然立ち上がり、アーロンの顔を平手打ちにした。

床に投げ出されたアーロンは、自分の身に起こったことが信じられなかった。数十年来の古い知り合いに顔を殴られるなど、夢にも思ったことはなかったのだ。ステッキにすがってようやく立ち上がったところに、甲高いドイツ語が浴びせかけられた。

「いまからきっかり四十八時間後だ。貴様らに与えられたチャンスだと思え。できなかったではすまされんぞ」

家に戻ったアーロンは、家族の者たちになにも語らず、書斎に入り、そのまま何時間も出てこなかった。

リヴカはなにが起こっているのか薄々察していたが、どうすればいいのかわからなかった。部屋の外から思い切って声をかけたのはハンナだった。

「殴られたんでしょう、パパ？　みんなそう言っているわ。ユダヤ人たちは橋を架けるために働かされるんでしょう？　シオニスト委員会を招集して話し合うべきよ」

「私にはわからんのだ……」

アーロンは両手で顔を覆っているようだった。

「皆家族の安全を守ることで精一杯だ……人員をどうやって選べば良いのか、いくら考えてもわからんのだ……私にはできそうにない」

「私だって働けるわよ！」

と、ハンナは声を張り上げた。

「これでも結構力持ちなんだから！　パパが委員会を招集しないなら、私がみんなを集めるわ！」

アーロンはようやくドアを開け、顔を出した。

「そうしてくれハンナ。委員会にすぐに集まるよう連絡してくれ」

会議所で人々の前に立ったアーロンは、深い自責の念に駆られ、容易に口を開くことができなかった。

〈同胞たちを命の危険に晒《さら》したのは私だ……〉

そう思わずにいられなかった。だが、そんなアーロンを責めようとする者はひとりもいなかった。

「我々はどうすべきですか？」

委員のひとりが不安げに切り出した。皆救世主にすがるような目をしていた。絶望を露《あらわ》にした人々を前に、アーロンはもう一度勇気を奮い起こし、ヘブライ語で言った。

「友よ、我々はいま苦境に立たされている。そしてまた、さらなる問題が降りかかった」

委員たちはすでに事の成り行きを知っていたが、静かに耳を傾けていた。

「二日のうちに三百名を集めねばならないのだ。屈強な若者たちをだ。ドイツ軍のために橋を架けるよう言われているのだが、どうすればいいのか私にはわからない。皆の意見を聞かせてもらいたい」

ひとりが苦渋の面持ちで口を開いた。

「すでに……男手を赤軍に取られている家も少なくない……とても無理な話だ」

皆が口々に不満を漏らすなか、ハンナは父の背中に囁《ささや》きかけた。

「パパ、私が健康な若い男の人たちの名前を全部書き出すから、一人ひとりのことを考えてみたらどう？」

「それはできない」と、アーロンは即座に首を振った。

「志願を募るならまだしも、押し付けるなど、人として決してやってはならないことだ」

アーロンは考えあぐねた末、委員たちに言った。

「明日の朝、もう一度ここに集まることにしよう。我々委員会だけでよい。そのときにどうするか決定を下そう」

皆が去った後、父と娘はしばらくその場に残っていた。並んで椅子に座ったまま、なにも言葉を交わさなかった。大きな苦難が待ち受けている、どう考えても抜け道はない——悲観的にならざるを得なかった。やがて父娘は、どちらからともなく立ち上がり、家路についた。

陽はとうに暮れていた。しばらく歩いた後、父は娘の肩を抱き寄せて言った。

「ハンナ、約束してくれ……たとえなにが起ころうとも、おまえはシオンを目指すんだよ……」

ハンナは小さくうなずくだけで、なにも言えなかった。

〈パパは……自分の道を信じて生きてきたのに……〉

ステッキを突きながら歩む父アーロンの、深い心の痛みを感じていた。しばらく黙って歩いた後、夜空に瞬く星を見上げながら、ハンナは歌を口ずさみはじめた。それはヘブライ語の歌——彼女の父の大好きな歌だった。

ごらん、冬は去り、雨の季節は終わりを告げた
花々が咲き誇り、小鳥たちが群れ歌う時がやってきた
夕べの風が騒ぎ、光が闇に紛《まぎ》れてしまう前に
ミルラの山に登ろう、乳香の丘に、私は登ろう＊

二人が家に帰り着いたとき、リヴカはまだエプロンを着けてキッチンに立っていた。悩み事や心配事があるとき、古い鍋を取り出してゴシゴシ磨きつづけるのが彼女の習慣だった。

リヴカは手を止め、勝手口から入ってきた夫と娘の顔をまじまじと見つめ、つぶやいた。

「いったい……なにがそんなに嬉しいのかしら……？」

アーロンは声を張り上げた。

「我が子らは必ずやシオンに到達する！　父祖の伝統は引き継がれるのだ！」

目の前の問題とは〈なんの関係もない……〉と感じつつも、リヴカは水を差すことはしなかった。

「それは良かったこと……話し合いのほうはどうなりましたの？　作業員は集まりましたの？」

「神がお導きくださるよ」

アーロンの返答に、リヴカはかすかに眉をひそめた。トーラー学者としての立場から、会合では常に論理的な考え方を貫こうとする彼女の夫が、そんなセリフを口にすることは滅多になかったのだ。まるで「解決法は見つからなかった」と言ったように聞こえた。

「あのねママ――」

と、母の顔に差した不安の影に気づき、ハンナは明るく言った。

「明日また会合を開くの。絶対に強要したりしないで、若い人たちに志願してもらおうって、パパは決めたのよ。委員たち全員で協力して、志願者を募るの」

その夜、ランプの火を消してベッドに入った後、リヴカはなかなか眠りにつくことができなかった。不安な思いは彼女の胸の中でどんどん大きく膨らんだ。

寝息を立てている夫を起こさないよう、そっとベッドから抜け出し、窓辺に行き、外を眺めた。

満月に照らされた村は、不気味なまでに静まり返っていた。

〈逃げ道はどこにもないわ……〉

そう思うと息が詰まりそうになった。先のことを考えると怖くてたまらず、目の前に浮かびそうになる残酷な情景を必死で追い払った。運命を呪うことなどできなかった。もしあのとき逃げ出していれば——などと考えれば、後悔で頭がどうにかなってしまいそうだった。

「大丈夫……きっと大丈夫よ……」

そうつぶやいたとたん、目の前の景色が一変した。

リヴカは料理がいっぱいに並べられたテーブルに座っていた。遠くの畑に農作業をしている人々が見えた。アーロンとムニュは聖書の『士師記《ししき》*』を読んでいた。ハンナとエジュは緑の草原の中で嬌声を上げながら追いかけっこをしていた。年頃のチポラは、精一杯のおめかしをして、胸に勲章をたくさん付けたヴァシリーと楽しげにおしゃべりしていた。

リヴカはほっと安堵《あんど》のため息をつくと、ベッドに戻り、笑顔を浮かべたまま眠りについた。

翌日の委員会の話し合いは難航した。

「集まったのは五十だけか……」

ため息混じりに言ったのは、アーロンの幼なじみで歯科医師のビリゲルだった。彼は非難の矛先をアーロンに向けた。

「これ以上は無理だと、ドイツ人に言ってみてはどうだ？　文明国の人間がどう言うのか、ひとつ試してみようじゃないか」

アーロンは悲痛な面持ちでしばらく黙り込んでいたが、

「そうするしかないようだな……」

とつぶやき、立ち上がった。

「全員で行ったほうがいいんじゃないか」とビリゲル。

「いや、私ひとりのほうがよかろう。脅えているふうだと、返って彼らを刺激することになりかねん。なに、すぐに戻ってくるよ」

ほどなく戻ってきたアーロンは、表情をいくぶん和らげていた。

「それで？　ゲーテとシラーは許してくれたかね？」

ビリゲルの皮肉には応じず、アーロンは皆に向かって明るい口ぶりで言った。

「ベルゲル少佐はいなかったが、下士官のひとりに名簿を手渡してきたよ。ここで連絡を待つことになった。少し話をしたが、立派な男だったよ。ベルゲル少佐はさらに教養のある方だ。人格者でなければ将校になどなれるものではなかろう。五十名集めたのだ。我々の置かれた状況を理解してくれるに違いない」

しばらくすると、トラックが近づいてくる音が聞こえた。一台や二台ではなかった。

会議所を取り囲むように停車したトラックの荷台から、ライフルを手にした兵士たちが次々に降り立った。ウクライナ人の民兵《みんぺい》とポーランド人の警官たちもいた。藁束《わらたば》と石油缶をトラックから運び出していた。

最後に到着したジープから、ベルゲル少佐とゼニグ・タスが降りてきた。

ゼニグはウクライナ語で叫んだ。

「ドイツ軍の命により、おまえたちは三時間のうちに二五〇名を動員しなければならない！」

アーロンはドアを開け、ベルゲルに直接ドイツ語で訴えた。

「閣下、ご容赦ください！　五十名は集めることができましたが、それが精一杯です！　三百名など、とても無理です！」

ドイツ国防軍少佐はなにも答えなかった。かすかに眉間に不快感を表しただけで、踵《きびす》を返してジープに乗り込んだ。部下になにかつぶやき、去って行った。

それを見たゼニグは、あわててアーロンに駆け寄った。

「いいか、おまえの古い友人として言うぞ。命令に従ったほうが身のためだ。橋がなければ軍は——」

「これ以上は無理なんだ！　そのことは君もよくわかっているはずだ！」

「……後悔するぞ」

最後にそう言ったときのゼニグの顔には、怒りと憐れみが奇妙に入り混じっていた。

会議所内に戻ったアーロンはすぐにそれに気づき、あわてて窓に駆け寄った。建物の周囲で藁束が炎を上げていた。

煙が室内に入りはじめたとき、だれかが咳き込みながら叫んだ。

「シェマー・イスラエル、主よ、救いたまえ！」

「やめろ！」

怒鳴ったのはアーロンだった。

「死ぬときは潔く死のう！　スペインの殉教者＊たちのように！　我々が最後に捧げるのは懺悔《ざんげ》の祈りだ！」

すぐに路上に人垣ができた。皆なにが起こっているのか知っていた——中にだれがいるのかも、彼らの運命も……。

突然声を上げたのは肉屋の息子ペシエだった。

「みんな！　中にいる人たちを救えるのは俺たちだけだ！」

そう言うなり、ペシエは大きな体をゆすって人垣から飛び出し、胸を張って炎の前に立った。次々にユダヤ人の男たちが飛び出し、長い列を作っていった。

必要な人数に達したと思われたとき、ペシエは村長に向かって叫んだ。

「ゼニグさん、すぐに火を消してください！　俺たちが橋を架けます！」

ゼニグの命令を受け、民兵たちは消火作業に取りかかった。石造りの建物だったことが幸いし、火はほどなく消し止められた。

ペシエたちが中に入ったとき、シオニスト委員たちは、まだ全身全霊を祈りに投じていた。遅れて駆けつけたハンナは、泣きながら父に抱きついた。

「パパ、もう大丈夫よ！　三百人揃ったの！　わかる？　三百人揃ったのよ？」

両目を見開いてはいたが、まるでなにも目に入らず、耳もまったく聞こえていないかのように、アーロンはいつまでも祈りを止めようとしなかった。

地獄　HELL

生活は悪化の一途をたどった。橋の建設作業に大勢の男たちが駆り出されると、村での仕事は、石炭運搬などの重労働も含め、すべて女性と子供たちの役目になった。当然処理しきれずにあちこちで滞ったうえ、食料不足にもさらに拍車がかかった。ウクライナ人農民のほとんどが、鍬《くわ》よりも銃を持つことを好んだため、作物の収穫量が極端に減ったのである。

シオニスト委員会が中心になり、ユダヤ人たちは懸命の治安維持努力を行なっていた。自警団と呼べるほど本格的ではないながらも、男たちはグループになり家々を巡回した。また、村のスポーツ団体の若者たち十数名は、手作りの街頭競技会を開催し、ユダヤ人の団結を他の民族に対して見せつけた。だが、そんな連帯感も日が経つにつれて薄れていった。物資不足の進行にともない、路上に物乞いと痩せ細った子供らの姿が増えてゆき、夏の暑い盛りのこと、衛生状態が悪化し、赤痢やチフスなどの伝染病が蔓延《まんえん》しはじめた。

「だれもが自分のことで精一杯になりつつある。なにか思い切った手立てを講じなければ、ポーランド西部の地獄がこの村でも現実になる」

アーロンは委員会の幹部たちと会合を重ねていたが、表立った活動はウクライナ兵やドイツ兵に「ユダヤ人排斥」の口実を与えることになりかねず、妙案は一向に浮かんでこなかった。

「袋小路だな……」

ビリゲル医師の悲観的な言葉に、委員たちは黙り込むしかなかった。

「まあ、できるだけドイツ兵たちの神経を逆撫でしないようにして、一日一日の無事を祈っていよう」

そんななか、村の司令官が交替した。役場に呼び出され、新たな司令官の人となりと考え方を知ったアーロンは、希望が降って湧いたことを心から喜んだ。家に戻るなり、菜園の手入れをしていたリヴカをつかまえ、言った。

「ベルゲル少佐とは大違いだ。今度の司令官はシェレンベルク大尉という立派な方だよ。予備役《よびえき》軍人で、従軍するのは欧州大戦以来二度目だそうだ。話好きで、非常に教養のある人物だ。驚くべきことに、私とまったく同じ考えなのだ。一帯に住む多様な民族が協調し合える体制を作ることが、一番の解決策だと考えておられる」

アーロンは喜びを隠さなかった。

「委員会の皆に良い報告ができそうだ。ビリゲルの驚く顔が見たいよ。ハンナはどこにいる？」

「二階だと思いますけれど……」

と、リヴカは顔を曇らせた。

「あなたの書斎かもしれませんわ。あの子、ずっと本ばかり読んでいるみたいで……少し心配なんです」

「心配しておってもはじまらんよ。シェレンベルク大尉は若者の意見も聞きたがっておられるんだ。一度あの子を引き合わせねばならん」

食料の確保と分配、資金の調達、学校運営、治安維持——シェレンベルクはあらゆる面でアーロンの意見を求めた。歳が近く、ともに青年時代を戦場で過ごしていたことから、二人は意気投合し、ときには冗談も交わすような間柄になった。それに呼応するように、村の生活は少しずつ改善されていった。

ある日、周囲にだれもいなくなったとき、シェレンベルクは悲しげな目をアーロンに向け、言った。

「まったく……君たちには受難の時代だな」

ドイツ軍将校の口からふいに出た言葉に驚き、アーロンはなにも言えないでいた。

シェレンベルクは二つのコーヒーにミルクをたっぷりと注ぎ入れながらつづけた。

「まあ、少しくらいは本音を言わせてくれ。私には、こんなことが現実に起こっているとは、到底信じられんのだよ。西部で君たちユダヤ人がどんな目に遭っているか、この目で見てきた。あの者たちのやり口にはまったく我慢がならん」

「大尉……」

アーロンは声を詰まらせた。

「とは言え――」

と、シェレンベルクは力なく首を振った。

「残念ながら……私にはどうにもならんのだ。あの者たちは、我々国防軍とは別系統の組織なのだよ。二年前の開戦時には、ブラウヒッチュ元帥はじめ――上層部の多くはあまりに非道な行為には反対しておられたが、事ここに至っては、だれにも止めることなどできぬようだ……せめてこの村では、これ以上の非道は起こらないようにしたいと思っておるよ」

そんなシェレンベルクも「あの者たち」――ナチスドイツ武装親衛隊SS*の前では、態度をまったく違えた。

アーロンがはじめて出会った五人のSS隊員たちは、皆若く、金髪に碧眼、加えて驚くほど背が高かった。国防軍のものとは違う真っ黒い軍服に身を包み、髑髏《どくろ》マークの付いた軍帽をかぶり、鉤十字の描かれた深紅の腕章を左腕に巻いていた。黒光りする乗馬ブーツを履《は》き、手にはこれも乗馬用のような鋼鉄製の鞭《むち》を携えていたのだが、別に馬に乗ってやって来ているわけではなかった。

もっとも年長で冷酷な目をしたひとりが低い声でなにかつぶやくと、「国防軍兵士でさえナチス親衛隊を怖れている」という噂どおりに、シェレンベルクはまるで別人のような表情と口調で、その人物をアーロンに紹介した。

「こちらは東部ポーランドのSS行動隊《アインザッツコマンド》を統括するカンプキ隊長であられる」

シェレンベルクに目配せされていることに気づき、アーロンは——まっすぐに伸ばしこそしなかったものの——右手を掲げ、つづいて頭を下げた。

「現在カンプキ隊長麾下《きか》のＳＳ部隊は、村の北方、クロヴィスに強制労働収容所を設営中である。橋の建設に携わっているユダヤ人労働者は、作業が終了し次第、同収容所に移転させられることに決まった」

アーロンは大声で異議を唱えたいのを堪《こら》え、直立不動の姿勢で聞いていた。

「さらに我が軍への忠誠の証として、ユダヤ人協会は、村のユダヤ人一五〇〇余名を代表し、一週間以内に五万ズロチ*相当の金銀、もしくは宝飾品を供出するよう命ずる」

「全力を尽くしてご命令に従います所存です、隊長閣下」

丁重に応じたアーロンの完璧なドイツ語は、カンプキを驚かせたようだった。ＳＳ隊長は薄笑いを浮かべて言った。

「アーリア人の血が入っているのか？」

「はっきりとは申せませんが、おそらくそうではないかと——」

訛りがあったことから、〈ポーランド生まれの国外ドイツ人……〉だと直感したアーロンは、思い切って会話を試みることにした。

「十五世紀以来、先祖代々にわたって当地を祖国とし、ゲルマン文化に慣れ親しんでまいりました。先の欧州大戦では、私も非力ながらハプスブルク軍の一兵卒として、東方からのスラブ民族の進出に対抗いたしました次第です」

「ほう」と、カンプキは興味を示した。

「とすると、ドイツ帝国軍・第五九歩兵連隊と行動を共にしたわけだな。私の兄もジキチ*戦でロシア軍と戦ったよ」

「おお！　では、僭越《せんえつ》ながら私の戦友ということになりましょう！」

「所属部隊は？」

「第一六中隊所属のユダヤ人歩兵部隊です」

アーロンがジキチ戦の苛酷さと、畑のジャガ芋を掘り、生のままかじって飢えを凌《しの》いだこと、夜間行軍中に歩きながら眠るしかなかったことなどを話している間、他のSS隊員たちは、さも意外な光景を目にしているかのような顔をしていた。

シェレンベルクは気が気ではなかったらしく、

「冷や冷やしたぞ……」

と、去り際のアーロンに囁いた。

だが、アーロンの思惑はなんの功も奏さなかった。短い私的な会話を交わしたところで、冷酷で知られるSS部隊の隊長が、ユダヤ人に温情をかけるようなことにはならなかった。厳しい命令は変わらず、村のユダヤ人たちは短時日のうちに大変な金額を用意しなければならなくなった。

すぐにシオニスト委員会が招集された。新たな難題を突きつけられたことを知った委員たちは、まずうろたえて天を仰ぎ、つづいて口々に憤懣《ふんまん》をぶちまけた。彼らの怒りは主に、橋を建設している者たちが戻ってこないことに対してだったが、供出金のほうも大問題だった。ユダヤ人たちの生活はとうに困窮の極みにあり、裕福な人々が貧しい人々の肩代わりをしてくれるとは到底思えず、命ぜられた金額を集めるのは不可能だと思われた。

「いくらなんでも五万は無理じゃないか？　無理難題とはこのことだな。だいたいドイツ人たちは、端っから我々ユダヤ人をひとり残らずこの地から追放しようと――」

ビリゲル医師の言葉を遮るように、アーロンは立ち上がった。

「私が一軒一軒まわって頼んでみよう。それしか手はないだろう」

皆が黙っているなか、「私も行こう」と、ビリゲルがおもむろに立ち上がった。

意外そうな顔を向けたアーロンに、医師は皮肉まじりの笑顔で言った。

「なにせ私も火あぶりにされかけたひとりだからな。供出金が集まらなければどうなるか――ドイツ人の恐ろしさを皆に教えてやるさ」

一週間後、二人は必要な金額を揃えて委員たちを驚かせた。ドイツ軍の脅しが単なる脅しではないこと、きっかけさえあれば即座に情け容赦ない行動に出るだろうことを、村の名士や資産家たちに説いて回り、より一層の団結を訴えたのだ。

「やってみるもんだな」

とビリゲルは、供出金を届けに役場へ向かう道で、アーロンに言った。

「希望を捨てるものじゃない……おまえならそう言うのだろうな」

「ああそうさ。あきらめてはならんよ」

「ふふ」と、ビリゲルは笑った。

「なにがおかしい？」

「なにもかもさ。おまえは昔から少しも変わらない。こんな状況になっても……まったく頭が下がるよ」

アーロンはかすかに眉をひそめた。

「私は愚か者だよ……皆に村に残るよう勧めたのだからな。だが愚か者なりに、できる限りのことはする。ただそれだけだ。小さな力でも、集まれば川の流れを変えられるかもしれん」

「ふふ」と、ビリゲルはまた笑った。

「まあ私も、できるだけのことをやってみるとするか」

その後しばらくの間、夏から秋にかけて、村の日々は静かに過ぎていった。ウクライナ兵による暴行や略奪行為はまったく見られなかった。穏健派のシェレンベルクが指揮権を握っていたことが大きな理由だったが、アーロンら委員会の呼びかけの下、貧富や身分の差、出身の違いを超えて、ユダヤ人たちがふたたび結束し、できる限りの自衛手段を講じていたためでもあった。だが、食料不足の悪化だけは止める手立てがなく、冬を迎えるころには、路上に餓死者の骸を見かけるようになった。

その間ハンナは、家からほとんど出ることなく、父の書斎にこもりきりの日々を送っていた。読書に没頭することで現実を忘れようとしていたのである。そのため、生理が止まってしまっていることに二カ月以上気づかないままだった。はたと気づいたときには、真っ青になってキッチンに駆け込んだ。

「心配いらないわ」

と、リヴカは娘を優しく慰めた。

「不安なことがあると、女はすぐにそうなるものなのよ」

やがて不安は恐怖に変わった。クロヴィスに新設された強制収容所の実態──橋の建設作業に従事させられていた者たちの身になにが起こっているのかが、村まで聞こえてきはじめたのである。夫や息子の死の報を受けて泣き崩れる女たちを見ることが度重なった。クロヴィスが間違いなくSS部隊の管理下にあることを調べたアーロンは、家族の者たちの前で落胆を露《あらわ》にした。

「収容所で指揮を執っているのは、やはりあのカンプキだそうだ……待遇改善を要求してみたところで、聞く耳など持っておらんだろう」

ときおり収容所司令官のジープがやってくるとき、村のウクライナ兵たちは大いに気勢を上げた。ワルシャワの噂はついに現実になった。

「ちょっとでも歯向かおうものなら銃殺、もしくは絞首刑だ。逆らわずにいたとしても、寒風吹きすさぶ中で苛酷《かこく》な労働を強いられ、怪我や病気で、もしくは栄養失調で命を落とす。どのみち死ぬしかないわけだ！」

収容所の警備に雇われているウクライナ兵たちは、ほうぼうでこれ見よがしに声を張り上げ、ユダヤ人にとって絶望的でしかないそんな話を吹聴してまわった。

そして、運命の日はやってきた。アーロンが懸命に守り通してきた希望の火は、無情にも掻《か》き消された。

それは、年が開け、冷たい雨のそぼ降る鉛色の日のことだった。ときおり太陽が顔を覗《のぞ》かせるが、すぐに厚い雲に覆い隠される――ハンナに言わせれば「なんだか朝からはっきりしない天気」の一日だった。

道をやってくるウクライナ民兵の一団に気づいたのは、井戸水を汲みに出たハンナだった。バケツを放り出し、すぐに家に駆け戻った。

「パパ！　民兵が大勢やってくる！　なんだか様子が変よ！」

民兵たちはノックもせずにずかずかと家の中に入り込み、有無を言わさずアーロンを連行していった。

「まさか……このまま二度と帰ってこないなんてこと……」

家族の者たちの心配は当たらず、しばらくしてアーロンは戻ってきた。だが、顔をひどく腫《は》らしていた。驚き、手当しようとしたリヴカの手を払いのけ、アーロンは言った。唇をわなわなと震わせていた。

「ついにこの日がきた……四日以内に村を出なければならなくなった」

「そんな……」

と、リヴカも唇を震わせた。

「シェレンベルクさんは？」

そう言ったのはハンナだった。一度だけ顔を合わせていたドイツ軍将校が、父の話どおりの好人物だったことに、わずかな希望を託していないでもなかった。

「シェレンベルクさんはなんて言ったの？　反対してくれなかったの？」

アーロンは力なく首を振った。

「最後まで……私が鞭で打たれても、黙っておられたよ。やはりカンプキには逆らえんようだ……」

そう言って唇を噛んだ。

「とにかく四日しかない。行き先は何カ所かあるが、どれも町に作られたゲットーだ。ＳＳはユダヤ人をひとり残らず集めようとしているようだ」

「家を捨てるなんて……いったいどこに行けば……」

リヴカは両手で顔を覆った。

「うむ……」

アーロンはしばし目を閉じて考え、言った。

「少々遠いが、おまえの故郷プシェミシラーニ*にしよう。あそこなら親類が大勢いる」

「でも、前もって知らせることもできないのに……」

「連絡の手立てがない。直接行って頼むことになる。家族全員一緒に住まわせてもらえると良いのだが……明日、駅者《ぎょしゃ》のレイブルに荷馬車を出してもらえるかどうか、頼んでみよう」

アーロンは家族の者たち全員の顔を見まわした。

「急いで荷造りだ」

もう泣き言を並べている暇《ひま》などない――ハンナは父の目がそう言っていることを感じ取った。

レイブルの荷馬車は二頭立てだった。馬たちは充分な餌を与えられているらしく、山のような家財道具を載せた荷車を力強く曳きはじめた。

ホフベルグ家の人々はだれも後ろを振り返ろうとしなかった。長年住んだ家が遠ざかってゆくのを見るに忍びなかったのだ。

揺れに身をまかせながら、ハンナはリヴォフへ旅立った日のことを思い出していた。

〈もう二年も経ったんだ……あの日も同じように寒かったわ……〉

思い出はすぐにハイムの顔になった。恋人の戦車に乗っているような気分になり、束の間の安心感に包まれていたハンナだったが、すぐに残酷な現実に引き戻された。村の出口にウクライナ義勇軍が待ち構えていたのだ。

若い民兵たちの中に、以前は林檎を放って見送ってくれたグリシャの顔を認めたとき、ハンナの心に怒りが込み上げてきた。

〈裏切り者!〉

悔しくてならなかった。

〈小さなころから一緒に遊んでいたのに、友だちだとばかり思っていたのに、こんな仕打ちを受けるなんて!〉

ハンナが通りすぎるとき、やはり良心の呵責を感じないわけでもないのか、グリシャは目を伏せたようだった。

〈みんな嘘だったんだわ……〉

過去が一瞬のうちに消えてなくなった——ハンナはそのことに言い知れぬ恐怖を覚えた。それまでの人生がまったく意味をなくしてしまったことを思うと、大地が足元からいっぺんに遠のいてゆくような、孤独感と絶望感に捕らわれた。

〈家族で過ごした時間も……たくさんの思い出も……〉

あっという間に土煙の向こうにかき消えてしまった。

ハンナは家族の顔を見まわした。涙を見せている者はひとりもいなかった。どんなに不吉な運命を感じていようとも、だれもそのことを口にしようとはしなかった。

「運命を呪ってはならない。たとえどんなものであろうとも、受け入れるのだ。そうすれば心の平静を失わずにいられる」

それが父アーロンの教えだった。

〈だけど希望は捨てないわ！　あきらめたりしたら、守護天使が差し伸べてくれる救いの手まで見えなくなってしまうもの！〉

ハンナたちを乗せた馬車は、村を出てからずっと長い行列の中にいたが、やがて一輛だけ離れることになった。他のほとんどの人々は、別の目的地——もっと近くにあるゲットーに向かうことを選んだようだった。

夜になると空から静寂が降りてきた。アーロンとエジュは眠ったが、リヴカとハンナは遅くまで起きていた。母娘は目を合わせることもなく、長い間黙っていた。それでも、お互いの心の動きを手に取るように感じていた。

〈ママ、愛してるわ〉

〈私もよ、ハンナ〉

ハンナが目を覚ましたとき、明るい太陽が頭上にあり、遠くに大きな町が見えていた。

「ほら、あれがママの生まれた町よ」

リヴカが嬉しそうな声を上げた。

プシェミシラーニに住む親類たちは、グリニャーニ村のハンナの家に何度も遊びに来ていたが、ハンナたちのほうから行くのはそのときがはじめてだった。

母の声を聞きながら、もし戦争のせいなどでなかったなら、さぞや楽しい家族旅行になっていたに違いない――ハンナはそう思わずにいられなかった。

町の入口には馬車の長い行列があった。ハンナたちもウクライナ兵に止められ、全員の身分証明書を調べられた。なにがあろうと馬車から降りないよう命じられたのだが、たとえ用を足すためでさえ許さないということだった。

「そ、そ、外に出て、お、おしっこしたら、ど、どうするって、い、言うんだろう？　た、た、た、試そうか？」

「だめよ！」

と、ハンナは弟エジュを厳しく叱った。

突然はじまったエジュの吃音症は、一向に治る気配はなかったが、ハンナはそのことを二度とからかいはしなかった。

「馬鹿なことはしないでちょうだい！」

姉にきつく言われ、エジュは不服そうに舌を鳴らした。

「ちぇっ、ま、まさか、な、殴られたりは、し、し、しないだろう？」

「殴られるくらいじゃすまないかもしれないわよ！」

ハンナは「撃ち殺されたくないでしょう？」という言葉は飲み込んだ。

はじめて目にした母の生まれ故郷に、ハンナはなんの感慨も抱かなかった。

〈グリニャーニ村よりは大きくてきれいだけれど、リヴォフほどじゃないわね〉

アーロンとリヴカは、知っている道や広場を見つけては、懐かしそうに語り合っていた。だがそれも、家々に覆いかぶさるような鉄条網の壁を目にするまでのことだった。二人は絶句し、青ざめた。

ゲットーの入口にはふたたび馬車が長い行列を作っていた。今度は身分証を見せるだけではすまなかった。ウクライナ語の怒声が四方から浴びせかけられた。

「食料を出せ！」

「どこへ行くんだ？」

「住所と名前を言え！」

民兵は全員の名前を記入し、行き先を住人名簿と照合した後、銃を突きつけた。

「全員外に出ろ！」

交渉の余地などまったくなかった。大勢に寄ってたかって荷物をひっくり返され、食料をすべて奪われた。

民兵は最後に人数分の『ダビデの星*』の描かれた黄色い布切れを押しつけ、言った。

「胸に縫い付けろ！　おまえたちユダヤ人の身分証明証だ！」

鉄条網の門をくぐると、ぞっとする光景が待っていた。

ハンナはいきなり両手で顔を覆い、声を立てて泣きはじめた。

エジュは自分の服を手当たり次第に放り投げ、繰り返し謝った。

「ご、ごめんよ！　た、食べる物は、な、ないんだ！　ぜ、全部、と、取られちゃったんだ！　ご、ご、ごめんよう！」

アーロンとリヴカは目を剥《む》いて互いの顔をじっと見つめていた。

道は馬車が進めないほどの人波で埋め尽くされていた。裸の子供らの痩せこけた手が八方から伸びてきた。あちこちに死体が折り重なり、腐臭を放っていた。

そのときホフベルグ家の人々は、自分たちの身に降りかかっていた災難の巨大さと、今まさに地獄に踏み入ってしまった事実をはっきりと理解した。

勇気 COURAGE

「ハンナ！」

ローラは元気でいてくれた。

はじけるような笑顔で飛び出してきた同い歳《どし》の従姉妹《いとこ》を、ハンナは力いっぱい抱きしめた。先ほどまでの惨《むご》たらしい光景が、ローラの住む山手のほうにはなかったことに心底安堵し、いつまでも涙を流しつづけた。

アーロンとリヴカも、笑顔で出迎えたローラの両親——イザーク・ドライファスとマルガレーテと抱き合った。

「ユダヤ人たちがゲットーに移住させられはじめたと聞いていたから、そろそろ来るころだと思っていたよ」

「無事でなによりだわ。みんなの寝床とシーツを用意してあるのよ」

精神的ショックを受けたハンナは、ふさぎ込み、家から一歩も出ようとしなかったが、ローラのおかげで少しずつ元気を取り戻していった。リヴォフでの生活のこと、ハイムとの出会い、恋、悲しい別れ——聞いてもらいたいことがたくさんあった。二人は仲の良い姉妹のように飽くことなく語り合った。

建設会社を経営していたドライファス家は大邸宅で、すでに二人の男性が身を寄せていた。医師のサミュエルと薬剤師のレーオは、いずれも好人物で、アーロンは特に同年輩の医師のほうと親しくなり、やがてすっかり打ち解けて、何時間もトランプに興じるようになった。

ほどなく、アーロン・ホフベルグを訪ねて使者がやってきた。ゲットー内のユダヤ人自治組織『ユーデンラート＊評議会』は、アーロンが来ていることを聞きつけると、すぐに評議員として加わってほしい旨を伝えてきたのだ。だが、アーロンは手紙を渡して辞退した。


私はグリニャーニ村で大きな過ちを犯しました。同胞たちに、逃げることをせず、村に残るようにと頑なに勧めたのです。加えて重い病を抱えた身でもあります。そのような者の微力など、皆様の偉大な活動は必要としていないでしょう。

必ずやヒトラーは敗北し、ユダヤの民は生き延びます。そして、すべては善き道へと誘《いざな》われるでしょう。

使者は何度も訪れ、最後には評議会議長のロートフェルド博士本人が説得に出向いてきたが、アーロンが首を縦に振ることはついになかった。

ユーデンラートは即席の市議会のようなものだった。ゲットー内のユダヤ人たちの生活を守ることを目的に掲げ、独力で行政全般を執り行なっていたが、一方でドイツ軍の命令を遂行する役目も負わされていた。ユダヤ人だけで構成されたゲットー警察を持ってはいても、それはしょせん名ばかりのものでしかなかった。ドイツ軍に首根っこを握られたユダヤ人警察が、ウクライナ兵の監視の中で、他のユダヤ人たちを厳しく取り締まるような構図になっていたのである。

「ドイツ軍に利用され、自分で自分の首を絞めている……自治と呼ぶにはあまりに哀しすぎる体制だ……やりきれんよ」

と、アーロンはたびたびため息をついた。

食料の配給も行なわれていたが、その量は微々たるものでしかなく、増えつづける人口を支えることなどできなかった。「ドイツ軍は全員飢え死にさせるつもりだ」「時間をかけた処刑だ」という声がほうぼうで聞かれた。

ローラの家には充分な食料の蓄えがあったため、ハンナたちは、お腹いっぱい食べることこそないものの、ひもじい思いをするようなことはなかった。ゲットーの外に働きに出ていたローラの兄ダニエルと薬剤師のレーオが食料事情に大きく貢献していた。たびたび危険を冒してパンやジャガ芋を持ち込んできたのだ。また、サミュエル医師のところには時おり外から患者がやってきた。大半は親に連れられたポーランド人の子供たちで、治療代として野菜や小麦粉を置いていった。

季節が移るうち、発疹チフスにかかって死線をさまよったのはアーロンとエジュだった。暖かくなるにつれ、ゲットー内の衛生状態は悪化の一途をたどり、やがて疫病が広がりはじめたのだ。二人とも腹部全体に赤い斑点が浮き出て、エジュは高熱のため昏睡《こんすい》に陥《おちい》り、アーロンは幻覚にうなされた。ゲットー内にも病院はあったが、連れて行くことなどできなかった。

「もともと奴らは薬など持っておらんよ。私ができるだけの手を尽くそう」

サミュエル医師はそう言い、体温の上昇を防ぐため、水で濡らしたシーツで二人の体を包んだ。その処置が功を奏したのか、それともリヴカの献身的な看護のおかげだったのか、二人はある朝突然、同時に意識を取り戻し、食べ物を口にしはじめた。

繰り返し礼を言うリヴカとハンナに、サミュエルは笑って言った。

「まったく奇跡と言う他ない。私にではなく、神に感謝すべきだよ」

夏の終わり、ハンナは『粛清《しゅくせい》』という言葉をはじめて耳にした。ローラの両親に、地下室に急いで隠れるよう言われたときのことだった。そこは外からわからないよう作られた隠し部屋になっていた。

大勢のユダヤ人たちが捕らえられ、トラックに積み込まれ、どこかへ連れ去られた。『粛清』は日を置いて繰り返され、ひしめき合っていたゲットーの人口は徐々に減りはじめた。

やがて、連れ去られる途中で逃げ出し、ゲットーへ舞い戻ってきた者たちの話が伝わってきはじめた。どれも容易には信じがたい内容だった。

「トラックはプシェミシラーニ駅に行くんだそうだ。そこで家畜用の貨車に詰め込まれる。行き先は北のベルツェクだ。移動中は、食べ物どころか、水ももらえない。当然、餓死者や病死者が出る。ベルツェクで降ろされると、全員服を脱がされ、地面に掘られた大きな穴に追い込まれ、いきなり機関銃でなぎ倒される」

ハンナはその話を、情報通のローラの兄ダニエルから聞かされた。

「致命傷を受けずに死んだふりをしていて、隙を見て穴から這い出したという男に聞いたんだよ。死体の折り重なった穴を、裸のユダヤ人たちが埋めているところを見たそうなんだ。もうもうと煙を上げる死体の山を見たという者もいる。とてもじゃないけど、現実のこととは思えないよ」

『粛清』の行なわれている間、ハンナたちは何日もつづけて地下の隠し部屋で過ごさねばならなかった。頭上から靴音やウクライナ語の話し声が聞こえてくるとき、ハンナは暗闇の中でローラと抱き合って震えていた。

トラックが何十台もやってくるような大規模な『粛清』の後、ゲットー内はほとんど人影を見ないまでに閑散となった。残っている人々は、無人になった山手の大きな家に勝手に住みはじめた。

グリニャーニ村の知人と再会したのはそんなころだった。

「フェイジ！　フェイジじゃないの！」

道をとぼとぼと歩いていた娘に声をかけたのは、リヴカだった。

「ホフベルグおばさん！」

ひどく痩せこけた娘は、リヴカに駆け寄るなり泣き崩れた。

フェイジの夫は、橋の建設に志願し、その後クロヴィス強制労働収容所に連れてゆかれた――とまでは知っていたが、やはりその後の音信は途絶えたままだということだった。

リヴカの用意したジャガ芋入りのスープとパンを大切そうに口に運びながら、フェイジは信じられないような体験を、途切れ途切れに皆に語った。

「私も一度捕まったんです……駅で貨車に乗せられたんです。なんとかしなければ……どうにかして逃げようと……途中で貨車の窓から飛び降りたんです……でも、ひとりになると怖くて、隠れる場所なんか、行く場所なんかどこにもなくって……ポーランド人やウクライナ人に捕まって、ひどい目に遭わされるんじゃないかと、それぱかりが怖くて……結局ここに戻ってくるしかなかったんです」

ローラの両親はフェイジを一緒に住まわせることに同意してくれた。

リヴカもハンナも首をかしげたのだが、ゲットーに来る数カ月前にフェイジは赤ん坊を出産したばかりで、そろそろ一歳になるはずだった。しばらくして真相が判明した。貨車に詰め込まれて気が動転していたフェイジは、そばにいた女性に赤ん坊を抱いてくれるよう頼み、自分だけ窓から飛び降りた――ということだった。

「彼女の前で赤ん坊の話はしてはいけないよ。心に大きな傷を残しているようだからね」

サミュエル医師にこっそりと耳打ちされ、ハンナは言った。

「だれもフェイジを責めたりできません。私だって同じ状況に追い込まれたら、どうするかわかりません」

若い母親のことを気の毒に思いつつ、皆自分たちの最後の日が刻々と近づいてきていることを感じていた。

ダニエルによると、ゲットー内に残っているユダヤ人はほんの数家族にまで減ってしまっているということだった。

「ここにいても死が待っているだけだ。生き延びる道はひとつしかなさそうだよ」

ダニエルは仕事を解雇されて以来、ずっと情報収集に奔走《ほんそう》していたが、ある日ゲットーを抜け出すことを皆に持ちかけた。クロヴィス収容所からそれほど離れていない場所に、ドイツ語で「ニーブンラーガー」と呼ばれている収容所がある――という話を聞きつけてきていた。

「特別な収容所らしいんだ。そこでは大勢のユダヤ人の若者たちが、無人になったゲットーの後片付けをする作業員として働いている。クロヴィスのような絶滅収容所じゃないんだよ」

その夜、アーロンは家族の者たちを集めて言った。もう流れる涙を隠そうともしなかった。

「リヴカ、そして愛する子供たち……私はもう歳だ、こうして重い病も抱えている。これ以上の旅になど耐えられそうもない。私はグリニャーニ村に戻ることを決めた」

「パパ！」

「だ、だめだよ！　そ、そ、そんなの！」

反論しようとするハンナとエジュを、アーロンは両手で制した。

「心配はいらない。私はこれまでずっと、長年に渡り、諸民族の共存を願い、異教の人々とも進んで交流してきた。理解し合おうと努めてきたのだ。彼らの友人として生きてきたこの私の居場所が、村になかろうはずはない。ソドム*がいくら悪に満ちていようとも、善人はいる。私を匿《かくま》ってくれる者は必ずいる」

黙り込んだ子供たちを満足げに見つめた後、アーロンはリヴカに言った。

「リヴカ、おまえは子供たちと行ってくれ。そして戦争が終わったら、我が家で再会しよう」

「いやよ！」

リヴカはきっぱりと夫に逆らった。

「あなたと村に帰ります！　あなたの運命は私の運命です！　たとえなにがあろうと、あなたのそばを離れません！」

妻にすがりつかれたアーロンの目に、ふたたび涙が溢れ出た。

「そうか……では二人で歩いて村に帰ろう」

アーロンは涙をぬぐい、子供たちに向き直って言った。

「おまえたちは、ダニエルの言う、そのニーブンラーガーという場所に行きなさい。若い者たち皆で力を合わせ、この苦難を乗り越えるのだ。心配はいらない、私たちは決して死にはしない」

アーロンとリヴカがゲットーを抜け出したのはその翌朝、まだ陽の出前のことだった。

ハンナも、エジュも、涙を流さなかった。他の人々も、もう二人を止めようとはせず、全員で代わる代わる抱き合い、再会を誓って見送った。

アーロンとリヴカは検問を避けるため、できるだけ人気のない山道を選んで歩いた。眠るのは岩陰や藪の中、落ち葉の上で毛布にくるまり、身を寄せ合った。歩みは遅く、持って出たわずかな食料はすぐに尽きたが、アーロンが山中の渓流で下半身を洗っている間に、リヴカは火を熾し、携えていた小さな鍋を使い、木の実や山菜で見事な料理を仕立て上げた。

「ほう、うまいな」

アーロンが唸《うな》ると、リヴカは微笑んだ。

「あら、そうですか？　よかったわ。あなたが大きなポルチーニ茸《たけ》を見つけてくれたからですよ。ジャガ芋も入れたかったわ。お塩がもう少し残っていればよかったんですけれど」

「いや、充分うまいよ。こんなことでもなければ味わえない、特製、山のマッツォ・ボールだな。この団子はどうやったんだ？」

「焚き火の中で焼いた胡桃をつぶして、少しの小麦粉と混ぜて、茹《ゆ》でただけですよ。山菜は、灰《あ》汁《く》はちゃんと抜いてありますけど……なんの葉っぱかしら？　毒草かもしれないわ」

「おいおい！　もう食べたぞ！」

二人は声を立てて笑った。

「不思議なものだ……こんな喜びもあるんだからな」

と、食べ終えたアーロンは、ひどく感慨深げに言った。

「本当にうまかったよ。子供たちにも食べさせてやりたいくらいだ」

リヴカも満足そうだった。

「ハンナなら作れますわよ。お料理はひと通り教えてありますもの。でも……」

と、急に口をつぐんだ。

「どうした？」

「できることなら……あの子たちにはこんなもの味わってほしくないわ……」

アーロンはリヴカを抱き寄せた。

「運命を呪ってはならんよ。最後まで毅然《きぜん》としていよう」

二人がグリニャーニ村の見える野原に到達するまで四日を要した。アーロンはリヴカを残し、落ち葉の舞い散るなか、ひとりで村に向かった。

「心配はいらない。私に危害を加えようとする者などおらんよ」

村の入口にいたウクライナ人たちは自分の目を疑った。アーロン・ホフベルグが帰ってきた――それもたったひとりで、ステッキを突きながら、堂々と道の真ん中を歩いてきたからである。噂は瞬く間に広がり、多くの人々を唸らせた。

「ホフベルグはなんて勇敢な男なんだ」

ドイツ軍の姿はどこにもなかったが、村役場に向かおうとしていたアーロンは、ほどなくウクライナ義勇軍の兵士たちに行く手を阻《はば》まれた。

「村長に会わせてくれ！」

アーロンの声などまったく耳に入らないかのように、民兵たちは彼の両手を縄で縛り上げた。

「お願いだ、ゼニグ・タスと話をさせてくれ！」

アーロンの必死の懇願《こんがん》に、民兵は縄を乱暴に引いて答えた。

「黙れユダヤ人！　いいときに舞い戻ってきたな！　おまえの逮捕こそ村長の命令だ！　おまえはドイツ第三帝国*とウクライナ自由国家同盟の敵だからな！」

連れてゆかれた先——墓地には、アーロンの友人がいた。歯科医師のビリゲルである。裸で後ろ手に縛られ、地面に跪《ひざまず》かせられていた。同じく裸に剥かれ、壁に向かって立たされている人々もいた。そのほとんどはアーロンの知っている顔だった。

「なぜ戻ってきたりしたんだ?」

とビリゲルは、横に並ばされた幼なじみに小声で囁《ささや》きかけた。

「せめてひとりくらいは、ソドムにも善人がいるものかどうか、この目で確かめてみたかったのさ」

「ふふ、おまえらしいな。だが、どうやらいなかったようだな」

いきなりひとりの兵士がライフルを振り上げ、アーロンを殴りつけた。

「服を脱げ!　全部だ!」

倒れたアーロンを足蹴にし、怒鳴った。

「汚いユダヤ人が、たんまり金を持っているかどうか調べてやろう!」

兵士はアーロンの脱いでゆく服を奪い取り、念入りに調べていたが、金目のものがなにもないことがわかると、またライフルを振り上げた。

「どこに隠した!　言え!」

アーロンの腰に着けられた袋に目を留め、「これはなんだ!」と言いざま、ナイフで切り裂いた。

「だましたな!」

糞便を地面にぶちまけた兵士は、顔を真っ赤にしてアーロンを殴りはじめた。

「金の指輪はどこだ！　宝石はどこにある！」

他の兵士たちも集まり、暴行に加わった。銃口をねじ込まれたアーロンの人工肛門から血がほとばしり出た。

「この下等民族め！　寄生虫め！」

大勢で寄ってたかってひとしきり暴行を加えた後、最初の兵士が血まみれのアーロンにシャベルを投げ付けた。

「穴を掘れ！」

その様子を離れたところで見ていたゼニグ・タスは、頃合いを見計らって兵士たちに合図を送った。それは手で首を切る仕草だった。

アーロンは頭を撃ち抜かれ、自分で掘った穴の中に崩れ落ちた。すぐにビリゲルが後につづいた。二つの穴は裸のユダヤ人たちの手で埋め戻された。

リヴカが村はずれの野原にいることを聞きつけたピフルカ家の長女ルデミラは、アーロンの死を知らせに走った。

「リヴカおばさん！」

ルデミラは、いつも親切にしてくれていた隣人を見つけると、地面にへたり込んで涙を流した。

「アーロンおじさんが殺されてしまいました。タス村長が命じたんです。ウクライナの同胞たちがこんな罪を犯していることが、私は恐ろしくてなりません。おばさんは逃げてください。望みはまだあります。村はずれの水車小屋にユダヤ人の女の人たちが匿《かくま》われています。私も、母も、おばさんの力になります。一緒に行って、匿ってもらえるよう頼んでみます」

だが、夫の死の報を受けたリヴカは、生きる望みを失っていた。その場で子供たちに宛てて一通の手紙を書き、必ず届けてくれるようにとルデミラに託した。そして静かに立ち上がり、墓地へ向かって歩きだした。

愛する子供たちへ、

たったいまお父様が処刑されたことを知りました。私が生きている理由はなくなりました。あなたたちがこの手紙を読んでいるころ、私はもうこの世にいないでしょう。私はお父様と一緒にゆきます。私たちはいつも一緒だったのよ。これからも永遠に一緒なの。

私たちは苦しみから解き放たれて自由になります。でも、あなたたちは生き延びるのよ。そして二つのことを決して忘れないで。この恐ろしい出来事を世界中の人々に知らせてちょうだい。そして仕返しするのよ。私たちのために、チポラのために、大勢の殺された人たちと、愛する者を奪われたたくさんの哀れな魂のために、復讐《ふくしゅう》して。復讐！　復讐！　復讐！

墓地にたどり着いたリヴカは、ゲットーから逃亡して捕まったユダヤ人たちの列に加えられた。数時間後、もう彼女は最愛の人と一緒にいた。

抵抗　RESISTANCE

　ポーランド各地でゲットーが次々に無人化すると、ドイツ軍はその清掃や残された物品の整理・収集作業に若いユダヤ人たちを利用しはじめた。プシェミシラーニ近郊のクロヴィス〝絶滅〟収容所の近くにも、労働力確保を目的とした新たな施設が建設されていた。それがニーブンラーガーであった。

　司令官はアペルというドイツ国防軍の将校だった。捕虜たちを取り締まっているのがウクライナ義勇軍であるところに変わりはなかったが、監督に当たっていたのが、クロヴィスのようにＳＳ隊員たちではなかったため、非道な虐待行為や無差別な処刑は行なわれておらず、所内には比較的和らいだ空気が漂っていた。

　ニーブンラーガーに到着した四人――ハンナ、エジュ、ローラ、ダニエル――は、すぐに大きな兵舎に連れてゆかれた。〝選別〟にかけられたのである。

「健康状態や身体能力に問題ありとされれば、『労働不能者』として銃殺されるグループに入れられるから、そのつもりでいてくれ」

ダニエルに脅され、不安と緊張で顔を引きつらせていたハンナだったが、兵舎に一歩踏み入るなり、思わず「あっ！」と叫んだ。

机の向こうのドイツ人将校も驚きの声を上げた。

「君はグリニャーニ村のアーロンの娘ではないのかね？」

村の穏健派司令官、シェレンベルク大尉だったのだ。

「はい、そうです！　ハンナです！」

ハンナは身分証を渡しながら両親の消息を訊ねた。

「父と母がゲットーから村に戻ったんです。無事でいるかどうかご存知ありませんか？」

だが、シェレンベルクは力なく首を横に振った。

「私が君の村を離れてからもう半年近くになる……残念ながら会っておらんよ……」

シェレンベルクは表情を曇らせてしばらく黙り込んだ後、

「そうか……アーロンは村に戻ったのか……」

とつぶやき、ハンナの顔を見ないままかたわらのウクライナ兵に言った。

「この娘は右だ。調理場へ連れていけ」

右側のドアに追いやられながら、ハンナはあわてて叫んだ。

「シェレンベルクさん！　一緒にいるのは、みんな私の兄弟たちです！」

シェレンベルクはハンナに聞こえるように声を張り上げた。

「全員右だ！」

ニーブンラーガーでは、ユダヤ人捕虜たちがさまざまな労働に従事させられていたが、そのうちで調理場はもっとも待遇の良い場所だった。ときおり食べ物を余分に口にすることができたのである。また、いつも竈《かまど》のそばにいられるため、戸外の寒さに晒《さら》されることもなかった。

他の捕虜たちのほとんどは、毎日トラックで近隣のゲットーに連れてゆかれていた。どこのゲットーでも、高級家具などの家財道具をはじめ、蓄音機やラジオなどの電気製品が山のように町の広場に集められているということだった。絵画や彫刻、宝飾品、銀食器などの特に高価な品物は、ドイツ兵たちの厳しい監視下で詳細に記録され、トラックでどこかへ運ばれていくそうだった。

ハンナは毎日大きな鍋に大量のスープを作った。ユダヤ教の戒律があるため、豚肉はほとんど使わず、豆やジャガ芋を煮込んだものが多かった。食堂で給仕するとき、必ず全員に行き渡るように気を配ったが、いつもひとり分の量は器半分にもならなかった。それでも、鶏肉や魚が使えるときには、包丁で細かく叩き、小麦粉と香辛料を混ぜてマッツォ・ボール風の団子にするなど、できるだけ工夫を凝らし、皆を元気づけようとした。

〈いったいいつまで仕事があるのかしら……〉

それはハンナだけではなく、ユダヤ人捕虜たち全員の抱えていた不安だった。仕事がなくなることは死を意味していたのである。ときおり風に乗って銃声や悲鳴が聞こえてくることがあった。いつも絶滅収容所、クロヴィスの方角からだった。

数カ月が過ぎたある日のこと、ハンナの調理場にひとりの痩せ細った若者が現れた。新しく配属されてきたわけではなく、いつの間にか忍び込んでいたのだ。

金髪で長身のその若者は、ひどくかすれた声で名乗った。

「ヤーコブだ……ヤーコブ・カネル。俺の弟たちがずっと前に、ここに逃げて来ているはずだ……」

薪《まき》山の陰で震えていたヤーコブを見つけたとき、ハンナは一瞬獣を見たと思った。

〈狼だわ！　金色の狼がうずくまっている！〉

だが、不思議に怖いとは思わなかった。

アーリア人のような顔付きをした三人の弟たち――メイール、イトゥケ、モーシェは、捕虜たちの間の有名人だった。ポーランドで有数の豪農一族、屈強な「カネル兄弟」のことを、ハンナもよく見知っていた。

もう何日も食べ物を口にしていないというヤーコブのために、ハンナは鶏肉脂《とりにくあぶら》を浮かべた温かい野菜スープと小さなパンを用意した。右のこめかみに生々しい傷があるのに気づき、驚いて手当てしようとすると、若者は身をよじり、「ほんのかすり傷さ」と言って笑った。クロヴィスから逃げ出したときに撃たれたそうだった。

「見張りのウクライナ兵を素手で絞め殺してやったよ……」

ヤーコブは唾を吐き、調理場にいる者たちの顔を見まわした。

「クロヴィスはいよいよ粛清される。ＳＳたちが処刑をはじめたんだ。ここも長くはないだろう、できるだけ早く逃げ出したほうがいい」

「ど、どこに行けって、い、い、言うのさ？」

そう言ったのはエジュだった。

「に、逃げたところで、す、す、すぐに――」

「そうだよ」

と、ダニエルが言い継いだ。

「すぐにウクライナ兵に見つかる。武器も食料もなしに逃げても、どうせ捕まるだけじゃないか。それよりも、ここでドイツ軍に協力していればなんとかなるかもしれない。ドイツ語が話せる者や技術のある者は、殺されないって聞いたよ」

「来たくない奴は来なくていい！」

ヤーコブはまた全員の顔をゆっくりと見まわした。

「俺は森にゆく。ヤクトロウの森だ。俺も弟たちも、あの辺りの地形に詳しいんだ。いい隠れ家になりそうな場所を何カ所も知っている」

ヤーコブは急に咳き込み、よろめきながら竈《かまど》に歩み寄った。季節は春になってはいても、外はよほど寒かったのか、いつまでも全身を小刻みに震わせつづけていた。

ハンナは巻き毛の金髪が火を受けて輝くのを見つめていた。

〈狼のように精悍《せいかん》で、気品がある……〉

苛酷な収容所で一年以上過ごし、頬骨が飛び出すほどやつれ、憔悴《しょうすい》しきっていたが、ヤーコブの体からは生きようとする強い意志が発散していた。

ハンナはヤーコブを調理場近くの使われていない部屋に匿《かくま》い、密かに食事を運びつづけた。一週間後の夜、カネル兄弟たちがやってくるときに合わせ、話を聞きつけた者たちが大勢調理場に集まった。

「どうやら急いだほうがよさそうだ」

計画を切り出したのはヤーコブの弟のひとり、目つきが鋭く顎に傷のある次男、メイール・カネルだった。

「決行は明日だ。暗くなってから逃げよう。北門からなら抜け出せる。ハンナ、エジュ、ローラ、ダニエル、グスタ、ギトゥケ、モンバフ、ソニア、レイブル——一緒に行くのは全部で九人だな？消灯の一時間後、俺たちの兵舎に集まってくれ。北門の歩哨はいつも二人だけ、みんなも知っているだろう？ミーシャとセルゲイだよ。このあいだ、夜詰所のそばを通ったとき、奴らは鼾《いびき》をかいて寝ていたよ。床にウォッカの空ビンが転がっていたんだ。そこで——」

と、メイールはハンナに顔を向けた。

「ハンナ、できれば君は、明日朝のうちに奴らのところにウォッカを届けてくれ。二本もあれば充分だろう」

神妙な面持ちでうなずきはしたものの、ハンナは膝を震わせていた。気づいたメイールは、いたずらっ子のような笑みを浮かべた。

「なあに、俺とイトゥケにはナイフと鉄の棒がある。いざとなったら片付けるさ。奴らの自動小銃は是が非でも手に入れておきたいからな」

翌早朝、男たちはいつものようにトラックに乗せられ、働きに出かけた。

夜の間歩哨に立っていた二人のウクライナ兵が兵舎に戻っていったのを確かめ、ハンナはこっそりとウォッカを三本届けた。

「こりゃ、ありがたい！」

「夜は寒いからな！」

と、兵士たちは大喜びだった。

調理場に戻りながら、ハンナはそんな二人のために祈った。

〈うまく眠り込んでくれますように……あの人たちがカネル兄弟に殺されなくてすみますように〉

その午後、軍のものではない二頭立ての馬車が収容所にやってきた。降り立った二人のウクライナ人女性は、兵士たちの詰所《つめしょ》に立ち寄った後、調理場に向かった。

椅子に腰かけてジャガ芋の皮むきをしていたハンナは、顔を上げ、首をかしげた。かぶり物を取った訪問者たちがグリニャーニ村の知人——小さなころにいつも一緒に遊んでいたルデミラ・ピフルカとその母であることがわかると、目を丸くし、つづいて満面の笑顔になった。ルデミラが懐《ふところ》から手紙を取り出すのを見たからである。

〈ああ神様、パパとママは生きていてくれたんだわ！〉

だが、二人の目に悲しい光があることに気づき、ハンナは急いで手紙の封を切った。

小さく折り畳まれた一枚きりの紙切れは泥で汚れていた。涙は出てこなかった。喉がからからに渇き、声も出なかった。

ハンナから手紙を奪い取ったエジュは、しばらくわなわな震えていたが、いきなり包丁をひっつかんでドアに突進した。

「よ、よくも！　パ、パパとママを！」

周囲の者たちに止められると、床を拳で叩きつづけた。

「ウ、ウ、ウ、ウクライナ人たちを、み、皆殺しにしてやる！　ふ、ふ、復讐してやるっ！」

ルデミラは涙を落としながら、村はずれの野原でハンナの母に会ったこと、逃げるよう勧めたが断わられたこと、そして毅然とした足取りで、自分から処刑場に向かったことを語った。

ピフルカ母娘が去るときになって、ハンナはようやく口を利くことができた。手紙を拾い上げ、大切に懐にしまい、言った。

「ありがとう、ルデミラ……」

消灯から一時間が経ったころ、カネル兄弟の宿舎に集まったユダヤ人の若者は二十人に増えていた。皆一様に顔をこわばらせていた。

怖くないわけはなかったが、ハンナの決意は固まっていた。

「失敗したところで、死ぬのがほんの少し早まるだけのことよ。これが最後のチャンスだわ」

ハンナだけではなく、全員がそう思っていた。

カネル兄弟の二人――メイールとイトゥケが先行して北門の詰所に忍んでいった。ウクライナ兵たちはウォッカを飲んでいたが、眠り込んではいなかった。兄弟は手はずどおりに鉄棒とナイフで襲いかかり、兵士らを昏倒させた。

兄弟の合図を受け、ユダヤ人の若者たちは次々に門をくぐって夜の闇に消えていった。

地の利のあるメイールを先頭に、一行はすぐに森に分け入った。ハンナは、まだ体力が快復していないヤーコブに寄り添うようにして歩を進めた。ときどき手を貸そうとしたが、ヤーコブはそのたびに「余計なことをするな、進むんだ」とばかりにハンナの背中を前方に押しやった。

若者たちがヤクトロウにたどり着いたのは翌日の昼すぎだった。カネル兄弟は最初から決めていたらしく、まっすぐに森の奥の開けた場所まで皆を先導すると、休む間も与えず、すぐに三、四人ずつのグループに分かれて身を隠す場所を探すよう指示した。

ハンナ、エジュ、ローラ、ダニエルの四人は、他のほとんどのグループと同じく深い穴――壕《ごう》を掘った。木の枝を並べて天井を塞《ふさ》ぎ、梯子《はしご》を据え付け、落ち葉を集めてベッドを作った。出入り口は木や藪を植え込んで覆い隠した。

ハンナの森での生活はこうしてはじまった。それがどのくらいつづくことになるのか、つづけることができるのか、まったくわからなかった。

リーダーに納まったカネル兄弟は、厳しい規則をいくつも作った。

「農民たちに見つからないよう、用心の上に用心を重ねなければならない。肝心なのは全員の結束だ」

ヤーコブが特に固く禁じたのは、日中出歩くことと火を使うことだった。料理をするのは夜中、それも壕《ごう》の中でだけ——ということに決められた。また、常にだれかひとりが高い樹の上にいて、周囲を見張ることになった。怪しい人影があれば、口笛を吹いて知らせるのだ。

ヤーコブの予測したとおり、ハンナたちが逃げ出した二週間後、ニーブンラーガーの数百名のユダヤ人捕虜たちは射殺された。『粛清』にともない、命の瀬戸際で脱走した者たちが逃げ込んできたため、森の住人の頭数は倍近くに膨れ上がることになった。壕の数が増えただけではなく、やがて複数のグループが生まれ、それぞれに異なる意見を主張しはじめた。

グループ間に諍《いさか》いが起こるたびに、ヤーコブは仲裁に懸命になった。問題はいつも食料の分配に関してだった。毎日皆で手分けして森に分け入り、川や池で魚をつかまえ、木の実や果実、野草を採ったが、それだけでは到底腹を満たすことなどできなかった。山鳩や兎、ときには針鼠《ねずみ》までも捕獲して食べる者たちが出てくるなか、ハンナはトーラーの教えをかたくなに守り、野苺《いちご》や木苺、山葡萄やスグリで飢えをしのいだ。

ほどなく一部の男たちは、畑の作物を盗むだけでは飽き足らなくなり、近隣の農家を襲うようになった。前もって入念に調べ上げた農家に四、五人のグループで押し掛け、小麦粉や砂糖、鶏や鵞《が》鳥《ちょう》を奪ってきた。武器を見つけた場合はそれも奪った。

襲撃——男たちは食料調達をそう呼ぶようになった。武器を手にすると、行動は次第に大胆になっていき、ドイツ軍やウクライナ軍との武力抗戦を叫ぶ者たちが出てきはじめ、静かに戦争の終わりを待とうと主張する者たちとたびたび激しく言い争った。

「ひとりの軽率な行動は全員の死を招くんだぞ！」

ヤーコブはそう繰り返し、複雑化した組織を統率しようと懸命に努力したが、皆の連帯意識が薄れていくのを食い止めることは容易ではなかった。

やがて、過激な者たちは抵抗する農民に向かって発砲することも厭わなくなった。抵抗しない場合でも、密告者だとわかっている相手は撃ち殺した。親切なふりをしてユダヤ人に近づき、匿う謝礼として高額の金銭を受け取り、ＳＳに密告する——そんな非道を繰り返している農民たちがいたのだ。

ハンナは日増しに弟の心が荒《すさ》んでゆくことが気がかりでならなかった。エジュは最初から〝襲撃〟に加わっていたのだ。好戦的なメンバーたちから「スタヴィンスキー」とあだ名され、大胆な襲撃行動に参加しつづけた。食料を目的としていないことはだれの目にも明らかだった。密告者のことを聞きつけると、エジュは率先して襲撃を仕掛け、家族の者たちの見ている前でも、ためらうことなく撃ち殺した。

「危険なことはしないでちょうだい」

行き過ぎを諫めようとするハンナに、エジュは怒鳴り返した。

「や、や、奴らのしたことを、わ、忘れるもんか！　ふ、ふ、復讐だ！」

大人しかったハンナの弟は、夏が来るよりも早く、恐れを知らぬ戦士になった。

それでも、以前のままの優しさを感じることもないではなかった。ある日、襲撃から戻ったエジュは、ハンナの前に乗馬用のズボンとブーツをぽんと置き、ぶっきらぼうに言った。

「た、た、誕生日、お、おめでとう。は、二十歳になったの、わ、忘れてただろう？」

秋になると、木の実や茸《きのこ》などの森の恵みがふんだんにあったおかげで、しばらくは平穏な日々を送ることができた。ハンナが工夫を凝らして作る、小麦団子、茸、ジャガ芋、鯉の切り身入りのスープは「ヤクトロウ風マッツォ・ボール」と呼ばれ、森の仲間たちに大評判だった。

だが、冬がやってくると状況は一変した。だれもがありったけの服をつぎ合わせたコートにくるまり、昼も夜も壕に閉じこもって過ごさざるをえなくなった。寒さだけが理由ではなかった。雪が降り積もると、たとえ夜陰に紛れて行動したとしても足跡がはっきり残ってしまうため、出歩くことができなくなったのだ。

ヤーコブはハンナとエジュのことを気にかけ、たびたび食料を分けてくれていたが、いよいよどの壕でも蓄えが底をついた。森の奥に狩りに出かけても獲物を得られることは滅多になく、全員が飢えに苦しめられ、雑草だろうが木の皮だろうが、少しでも栄養になりそうな物はなんでも口にした。

凍てつく寒さのなか、栄養失調に赤痢やチフス、結核などの病気が重なり、犠牲者が出はじめると、メイールが危険を承知で数人の仲間を率いて襲撃に出かけた。だが、遠出することはできず、ほとんどなにも手に入れられないまま戻ってきた。

「農民たちも飢えに苦しんでいたよ。でも、そんなことよりも——」

メイールの話は皆を驚かせた。

「西へ向かうドイツ軍を見かけたんだ。もし撤退しているんだとすれば、戦争の終わりが近いのかもしれないぞ」

森に赤ん坊が生まれたのはそんな冬のさなかのことだった。以前から仲間たち公認の上で、何組かの男女が同じ壕に住んでいた。グスタとソニアも、戦争が終われば結婚することを誓い合っていたカップルだった。

ソニアの妊娠に気づいた者はいなかった。痩せていたせいもあったが、堕胎《だたい》させられることを恐れ、だれにも知られないよう、ひた隠しにしていたのだ。

生まれた赤ん坊は泣き通しだった。母親が栄養失調で、母乳がまともに出ないのだから無理もないのだが、どんなにか細かろうとも、赤ん坊の泣き声は仲間たちを不安がらせた。神経を尖らせた何人かは、赤ん坊を殺すよう再三ソニアに詰め寄った。

森の赤ん坊は雪どけの気配に救われた。年が開け、青空の広がる日が多くなると、男たちはゆるみはじめた雪を壕の周辺から取り除いて道を作り、農家襲撃を再開した。

わずかながらも食料事情は好転しはじめたが、それにともないグループ間の対立が再燃することになった。なかには「ドイツ軍は撤退している」「戦争はもうすぐ終わる」という情報を過信し、警戒を怠るようになり、規則を守ろうとせず、足跡を消そうともしない者や、昼日中に平気で火を焚くような者まで出てきはじめた。

そして、晴れ渡った日の午後早く、それは起こるべくして起きた。

口笛を耳にしたとたん、外に出ていた者たちは一斉に手近な壕の中に飛び込んだ。樹上の見張りが危険を知らせたのだ。「警戒」の口笛を聞くことは珍しくはなかったが、そのときは「差し迫った危険」を意味していた。

壕の底で縮こまって息をひそめていたハンナの耳に、遠くからウクライナ語の会話が聞こえてきた。犬の鳴き声とドイツ語がつづき、機関銃が数回短く鳴り響いた。

エジュが銃身を切りつめたショットガンに手を伸ばすのを見て、ハンナは息を飲んだ。耳元に囁《ささや》かれ、わなわなと全身を震わせた。

「ね、姉さん、ペ、ペ、ペリシテ人*を殺して、お、お、俺も死ぬよ」

足音はすぐそばまで近づいてきたが、壕には気づかないようだった。なにが幸いしたのか、犬たちも匂いを追えないらしかった。そのうちウクライナ兵の怒鳴り声が聞こえた。

「たったひとりじゃないか！　どこに四、五十人ものユダヤ人がいるんだ？」

兵士たちを案内してきたらしい農民は、あれこれ言い訳を繰り返した。

「煙が上がっていたのはここいらだったはずですが……肉を焼く匂いがしたのも一度や二度じゃなかったんですよ」

足音が遠ざかっていった後も、穴蔵の住人たちは、そのまま何時間も死んだように身じろぎひとつしなかった。

外に這い出したのは陽がとっぷりと暮れてからだった。

穴だらけのエレの遺体はすぐに見つかった。皆は遺体を取り巻き、しばらく立ち尽くしていた。

エレは十八歳、いつもみんなとパンを分け合っていた心優しい少年だった。家族を全員ゲットーで亡くしていたにもかかわらず、恨み言を一切言わず、いつも明るく振る舞い、周囲の者たちを元気づけていた。木登りと口笛が得意で、その日も朝早くから樹上の見張り役を買って出てくれていた。

「ツィッチ、ツィッチ、ツィッチ、ツピピピピピ」

何度教わってもハンナにはうまく吹けなかった、危険を知らせるツグミの鳴き真似が、エレの最後の口笛になった。

突然、悲痛な叫びが闇に響いた。赤ん坊の父親、グスタだった。後から壕を這い出してきたソニアもむせび泣いていた。

「まだ名前もなかったのよ……」

ウクライナ兵たちが近づいてきたとき、壕の中で赤ん坊がむずがりはじめ、周囲の者たちに黙らせるよう迫られたソニアは、祈るような思いできつく抱きしめたのだった。

言いながらソニアは、眠っているだけのように見える痩せた赤ん坊を、エレの腕に抱かせた。

「お願いよ、エレ……」

「私たちの代わりに……あなたが天国で可愛がってあげてね」

二つの遺体を埋めた穴の上に、皆は代わる代わる雪玉を積み上げ、真っ白い塔を作った。樹上に瞬《またた》く星を仰ぎ見ながら、一言一言を絞り出すように、エジュがカディッシュ*の祈りを捧げた。

復讐　REVENGE

エレが犠牲になった日は、プシェミシラーニ・ドイツ軍司令部が組織した掃討《そうとう》部隊による、〃ユダヤ人狩り〃の幕開けでしかなかった。

二度目は、もっと大きな部隊が襲って来た。その日ハンナは、風邪をひいて体調を崩していたヤーコブの壕の中にいた。

突然すぐ近くでウクライナ語が聞こえ、足音が殺到してきた。森はたちどころに阿鼻叫喚《あびきょうかん》の巷《ちまた》と化した。

「進めー！」

「撃てー！」

「殺せー！」

ほうぼうで銃声と悲鳴が交錯した。

銃をひっつかんで飛び出そうとしたヤーコブに、ハンナはすがりついた。

「だめ！　出ないで！」

腕を振りほどかれそうになるのを必死で堪えた。

「いま出たら死ぬわ！　死んじゃだめなの！」

ヤーコブは唇を噛みながらも、ハンナの懇願を受け入れた。穴の奥に移動し、手近にある服や雑多な荷物の下に身を隠した。

頭上で雪を踏む音がし、ドイツ語の短い命令が聞こえたとたん、壕の入口が跳ね上げられた。とっさに銃を構えたヤーコブは、すぐに身を翻《ひるがえ》し、ハンナを抱きかかえて身を伏せた。

次の瞬間、ハンナは右の鼓膜が破れるのを感じた。大量の土砂が降り注いできた。

〈血……〉

ハンナの頬を熱いものが濡らした。それはヤーコブの頭から流れ出ているようだった。心配になり、身をよじろうとしたが、ヤーコブがそれを許さなかった。大きな胸に抱きしめられ、男の鼓動を聞きながら、ハンナは運命に身を委ねた。

どのくらいそうしていたかわからない。永遠のように感じられた時間の後、土を払いのけて外に這い出すと、すでに夕闇が迫っていた。人影はどこにもなかった。

ハンナはすぐに自分の壕に駆けていき、懸命に土を掻き出した。

「エジュ！　エジュ！」

ヤーコブのもののように太い梁《はり》で補強されていなかった彼女の壕は完全に崩壊していた。エジュの遺体はどこにも見つからなかった。

やがて、辺りが闇に包まれると、逃げ延びていた者たちがほうぼうからひとり、またひとりと戻ってきはじめた。

「ね、姉さん！」

深夜近く、闇の中に声を聞いたとき、ハンナは一目散に駆け寄って抱きしめた。

「ああエジュ！　生きていてくれたのね！」

涙を溢れさせながら、激しく弟の頬を打った。

「もう無茶はしないでちょうだい！　あなたが襲撃に出かけているあいだ、私がどんなに怖い思いをしているかわかってるの。死んじゃだめなの！　お願いだから私をひとりにしないで！」

夜が白みはじめるころに犠牲者の数が判明した。十人の仲間たちの遺体は使いものにならなくなった壕に埋められた。

「奴らはまたすぐにやってくる……今度はこんなものじゃすまないぞ」

ヤーコブの決断は速かった。カネル兄弟に率いられ、ハンナたちは丸一日かけて森の奥深くに移動した。雪を取り除き、穴を掘り、見つからないように木の枝でカモフラージュした。

以前のまま、工夫もなにもない壕ではあったが、人の通わない森の最深部は、ともすると戦争のさなかだということを忘れてしまいそうなほどの静寂に包まれていた。

何事もなく半月余りが過ぎると、雪が消えはじめ、男たちの食料調達はさらに容易になった。だが、それは同時に敵にとっても捜索活動がやりやすくなったことを意味していたのである。

三度目の掃討があったとき、ハンナは壕から離れた場所で、顔を出しはじめたばかりの野草の芽を摘んでいた。

「もうすぐ去年のようにブラックベリー摘みもできるようになるわ」

「グーズベリーもね」

などと、ローラと陽気な会話を交わしていた。銃声を耳にするや、森の奥へ駆け出した。

「あそこに隠れるわよ！」

ローラが指差した大きな茨《いばら》の茂みに、ハンナは全力疾走のまま飛び込んだ。

掃討部隊の攻撃手順は前回とまったく同じだった。最初にウクライナ兵が四方八方から銃を乱射する、ドイツ兵は後からやってくる、壕を見つけると片っ端から蓋《ふた》を跳ね上げ、手榴弾を投げ込む——。

茂みの奥に身を伏せ、ローラは血がにじみそうなほど唇を噛んでいた。

ハンナには従姉妹の気持ちが痛いほどわかった。前回の襲撃で兄ダニエルを亡くしていたのだ。

〈サムソン*みたいに、大勢道連れにしてやりたい……〉

武器を持っていないことを心底悔しがっているに違いなかった。

死神の足音がすぐそばまで迫ってきたとき、ハンナは死を覚悟して目を閉じた。幸いにも、ウクライナ兵たちは気づかずに通りすぎてくれた。

またしても多くの犠牲者が出た。カネル兄弟の意見で、ふたたび隠れ家を移すことはもちろん、今度は一カ所に居着かず、場所を転々と変えつづけることになった。また規則も改め、火は決して使わないことに決めた。

「従わない者は出て行ってもらう！」

目を吊り上げて言ったメイールに、皆は黙ってうなずくしかなかった。

〝森の大男〟と出会ったのはそんなころ——場所を移り、新たな壕を掘り終えようとしていたときのことだった。

見張りが何人もいたはずなのに、突然すぐそばの薮《やぶ》の中からのっそりと現れ、ハンナたちを大きな目でギョロリと睨《にら》みつけた。大男のポーランド語はこれ以上ないほどのだみ声だった。

「けっ、どいつもこいつもひどい面してやがる！」

とにかくぶっきらぼうで、ものを言うときは唾《つば》を吐き捨てるような話し方をした。

「撤退してやがるぜぇ、ナチスどもはよう」

大男は実際に唾を吐いた。

「けっ、奴らはついでにユダヤ人狩りと洒落《しゃれ》込んでやがる。収容所から逃げたロシア人が集まっているが、ポーランド人も力をつけてきている。パルチザン*だ。どっちにしろ、ここいらは根こそぎ狩られる……危ないぜぇ」

また唾を吐き、ギョロリと全員を睨《ね》め回した。

「死にたくない奴は俺と来るんだな。ビアラ村のほうの森だ。名前は言えねぇが、おれの母ちゃんが木こりのやっかいになっている。ポーランド人だが、いい奴だ。食い物もあるぜ」

だれも移動する気になどなれなかった。壕を掘り終えたばかりで疲れ果てていたこともあったが、それ以前に怪異な大男のことを信じようとする者などいなかった。

〈あんな怖そうな人となんか……行くわけないじゃないの〉

そう思っていたハンナの耳元に、ヤーコブが囁いた。

「おれは奴と行くよ」

「ど、どうしてなの?」

ハンナは目を丸くして大男をあらためて見つめた。

背が高く、まさしく巨漢。子供なら一目見ただけで泣き出してしまいそうな風貌をしていた。西部劇のカウボーイのようなガンベルトを腰に巻き、銃身を短く切った猟銃を肩にかけ、どうやって手に入れたものか、SS隊員の黒ブーツを履いていた。

どこをどう見ようとも、

〈やっぱり怖い……〉

としか思えなかった。

だがハンナは、心のどこかで、これ以上ヤクトロウにいてはいけないような気もしていた。良くないことが起こりそうな予感がしていたのだ。

真剣に思い悩んでいたハンナのかたわらで、ローラがため息まじりにつぶやいた。

「なんて素敵な人……」

ハンナは目玉が飛び出しそうなほど驚いた。野性的な大男が従姉妹の好みのタイプだったらしい。

ローラはぴょんと立ち上がり、ファンゲルの横に並んだ。腕を組みそうな勢いだった。

「さあハンナ、この人と一緒に行きましょうよ！」

ハンナはかたわらにいたエジュを肘《ひじ》でつついた。

「あなたはどうする？　来る？」

「し！　しょ、正気かい？　ね、ね、姉さん」

「私は……行くわよ。このままここにいても死ぬだけよ。なんだかそんな気がするの」

ハンナは立ち上がり、大男と目を合わせないようにしてローラの横に並んだ。

「けっ、あとの奴らは死にたいんだな？」

大男に睨みつけられ、少々たじろぎつつ、エジュも立ち上がった。

ヤーコブは彼の弟たちと何事かを話し合った後、すぐさま荷造りをはじめた。

涙を流すような別れのシーンはなかった。お互いの無事を祈った後、ハンナ、ローラ、エジュ、ヤーコブの四人は、少ない荷物を担ぎ、ファンゲルの後について森に分け入った。

森の大男はとにかく足が速かった。休憩したくとも言えなかった。出発前に他の仲間たちから脅されていたのだ。

「〝人殺しファンゲル〟の噂を聞いたことはないのかい？　たとえユダヤ人でも、気に食わないことがあると殺すらしいぞ」

ヤンケル・ファンゲルは、森を棲み処《すか》にしている風変わりなユダヤ人だった。ゲットーには一度も入らず、ドイツ軍がやってくるとすぐさま年老いた母親を森に隠し、ひとりで森の中を放浪しつづけていた。彼の生まれ育った山の近くにあるビアラ村の人々は、戦争がはじまる以前から〝森の大男〟を恐れ、山には一切近づかないようにしていた。真実かどうか定かではないが、ほんの些細な理由で村人を殴り殺したという噂もあった。

何度もだみ声に急かされながら、ハンナは気息奄々《きそくえんえん》、必死の思いで歩を進めた。大男がだれよりも森を熟知していることは間違いなさそうだった。すべての道という道を――道をはずれたところでさえ、石ころの位置や木の根の出っ張り具合まで、細かく知り尽くしているようだった。そのうえ、野生動物のような鋭い感覚を持っていた。

ファンゲルは、ときどき急に立ち止まると、耳を澄まし、空気を嗅いだ。

「狐だ……鼠を捕まえたな」

ぼそりと言い、また元のように早足で進みはじめた。

一晩中歩いた後、ハンナは鶏《にわとり》の鳴き声を耳にした。ようやく人里近くに到着したことを知り、ほっと胸を撫で下ろした。

疲労困憊した状態での、夜を徹しての山歩きはひどく辛かったが、それは嬉しい時間でもあった。ヤーコブがずっと手を引いてくれていたのだ。

ヤーコブ・カネルは正義感の塊のような男だった。リヴォフの大学で法律を学んでいたこと、弁護士を目指していたこと、妻と二人の娘がいたことを、ハンナは人づてに聞いて知っていた。ドイツ軍が攻めてきた後になにが起こったのかは、聞かなくてもわかった。ごくまれに笑顔を見せるときでさえ、ヤーコブの瞳の奥から暗い影が消えることはなかった。口にすることなどできなかったが、ハンナはそんなヤーコブに惹かれていた。

ビアラの森に到着したその日、ファンゲルの母親を匿っているという木こり、リーヒ・ヴィンツェヴィッチの山小屋からそれほど離れていない場所——森のはずれの、少し行けば眼下に広大な小麦畑を見渡せる丘の上に、ハンナたちは新しい隠れ家を作った。

窮屈な穴蔵での生活に変わりはなかったが、ファンゲルの言ったとおり今度は食料があった。ヴィンツェヴィッチには独自の入手ルートがあるらしく、定期的に分けてもらえたのである。

男たちは独力でも食料調達を行なった。農家から拝借——もしくは強奪——してくることもあれば、ファンゲルに教えられて山の動物を狩ることもあった。

年長のファンゲルが当然のようにリーダーに納まり、なにをするにも彼の同意を得なければならなくなった。頑固でひどく気の荒いリーダーではあったが、ヤーコブは最初からファンゲルのことを信頼しているようだった。

「奴のようなユダヤ人がもっといればいいのにな」

と、ある日ハンナに漏らした。

「どうして？　あんなに怖い人が？」

首をかしげたハンナに、ヤーコブは頬を膨らませ、しかめっ面を作ってみせた。

「こんな顔の男が大勢いれば、ドイツ人もユダヤ人を羊みたいに殺してしまおうなんて思わないだろう？」

男たちが出かけたまま何日も戻らず、ハンナたちを心配させたことがあった。戻ってきたときには獲物をたくさん抱えていた。狩りのついでにヤクトロウまで足を伸ばし、カネル兄弟たちと情報交換していたのだと教えられた。

「弟のメイールは、あれからすぐに、収容所から逃げ出したロシア兵たちのパルチザンに加わったらしいんだ。退却するナチスに攻撃を加えている。ナチスだけじゃなく、ポーランド人パルチザンと戦うこともあるそうなんだ。いったいだれがだれを嫌っているのか、わけがわからくなってきたよ」

ヤーコブは自嘲まじりに語った。

「とにかく戦争が終わったら、ドイツ人、ウクライナ人、ポーランド人――全員に復讐してやるさ」

ファンゲルと恋人同士のように振る舞いはじめていたローラは、男たちと行動をともにするようになり、やがて銃を抱えた女戦士になった。

「あなたにだってできるわよ。戦いなさいよ」

再三ローラに言われたが、ハンナはしぶりつづけた。

「私には無理よ……蝿《はえ》を叩くのだって嫌なのに、ピストルや機関銃を撃つなんて……できっこないわよ」

「練習くらいしておくべきよ。どうせいつかは使わなくちゃならなくなるのよ」

そう言われると、神妙にならざるを得なかった。

「そうね……だけど、そうなってから考えるわ。いつかそのうちね」

その「いつか」は、それから数日もしないうちに、季節はずれの大雪とともにやってくることになった。

壕の中には石で組んだ竈《かまど》がしつらえてあり、その上で濡れた薪《たきぎ》を乾かすのはハンナの新しい仕事になっていた。

その日、ひとりでその作業をしているとき、なにがいけなかったのか火の燃えが悪く、穴の中に煙を充満させてしまった。むせびながら薪を出し入れしているうちに目の前が暗くなった。すぐに外に出ようとしたが、もう足が思うように動かず、気を失った。

倒れているハンナを見つけたのはファンゲルだった。大男はすぐさま「スタヴィンスキー」を呼んで言った。

「おまえの姉貴はチフスにかかっているぞ。放り出さないと俺たちにも伝染する」

チフスなのかどうか疑問に思ったエジュは、様子を見させてくれと懇願したが、独善的なリーダーは聞く耳を持たなかった。

ファンゲルは気を失っているハンナをすぐさま森に運び、雪の上に放り出した。エジュは、せめて凍えないようにと、ハンナの体をコートで何重にもくるみ、上から雪をかぶせた。

事の次第を知らされたローラはファンゲルを責め立てたが、横暴な大男は聞かなかった。恋人にどれほど泣きわめかれようとも、一向に取り合わず、しまいには鬼のような形相になり、どすの利いた声を張り上げた。

「これ以上うるさく言うなら、おまえも放り出すぞ!」

ハンナが意識を取り戻したとき、夜の帳《とばり》が降り切っていた。自分がどこにいるのか、なにが起こったのか、まったく理解できなかったが、なぜだか少しも怖くなかった。雪明かりに薄ぼんやりと周囲を見渡すことができた。幸い風もなく、雪も止んでいた。

〈このまま雪の中に埋もれていれば……とりあえず凍死することはないわ〉

そう思い、新鮮な空気を胸いっぱいに吸い込んでみたとき、ハンナは突然の開放感に包まれた。その瞬間、長い間の狭苦しい穴蔵生活——まるで独房に入れられた囚人のような日々に、どれほど息が詰まっていたかを思い知った。

ハンナは二度、三度と深呼吸を繰り返し、雪原の中にひとりきりでいて、自由がどんなものだったのかを思い出そうとした。頭に浮かんだのは両親のことだった。思い出すのは久しぶりかもしれない——そう思ったとたん、涙がどっと溢《あふ》れ出た。母リヴカの手紙の文面がはっきりと目の前に浮かんだ。

〈復讐、復讐、復讐……仕返ししてあげるわ、ママ〉

ハンナが思い出したのは怒りだった。やがて、遠くから繰り返し押し寄せてくる波のような睡魔に身をまかせ、深い眠りに落ちていった。

翌朝、エジュに揺り起こされたとき、ハンナは元気よく飛び上がった。

「ね、姉さん……?」

エジュは目を白黒させ、姉の額に手を当てた。

「なによ、べつに熱なんかないわよ！」

ハンナは気分爽快だった。なにか長い夢を見ていた気がしたが、どんな夢だったのかまったく思い出せなかった。ただ、体中に勇気がみなぎっていることははっきりとわかっていた。

エジュはいったんひとりで壕に戻り、ファンゲルたちを連れてきた。

「こんなによく眠ったのは久しぶりだわ！」

ハンナに満面の笑みを向けられ、大男はいかにも苦々しげな顔になった。

「この人の馬鹿さ加減のおかげで、危うく凍え死ぬところだったわよねぇ」

そう言いならがローラは、鶏肉脂《とりにくあぶら》の浮いた温かいスープをハンナに手渡した。

「怒ってなんかいないわよ！」

なにも言わず、むっつりとして引き返しはじめたファンゲルの背中に向かって、ハンナは声を張り上げた。

「むしろその逆なの！　あなたに感謝しているの！　今夜、私もあなたたちと一緒に行くわ！」

ファンゲルは立ち止まり、ハンナの顔をまじまじと見つめた。

「なぜだ？　スタヴィンスキーとカネルから充分食い物をもらっているだろう？」

「そうじゃないの！　私は自分の手でパパとママの仇《かたき》を討ちたいのよ！」

ファンゲルはしばらく黙り込んでいたが、いきなり腰のガンベルトからピストルを引き抜き、上唇をめくり上げた。

「こいつをやる！　そうこなくっちゃあ面白くねえ！　おまえさんもナチスの糞野郎どもに黙って殺されている憶病者のひとりかと思っていたが、どうやら見損なっていたようだな！」

大男は雪の上に唾を吐き、ハンナにピストルの使い方を教えはじめた。

「戦おうとしない奴らはユダヤ人の恥だ！　あんな体《てい》たらくを見せられて、ヨシュア・ビン・ヌン*だって墓の中で嘆《なげ》いていなさるぜ！　まったく反吐《へど》が出そうだ！　このままじゃ終わらせねえぞ！」

怒りに顔を歪ませたファンゲルに、ハンナはかしこまってお辞儀した。

「バル・コフバ*様、あなた様に全身全霊でお仕《つか》えいたします」

「バル……なんだそりゃ？」

ハンナは首をかしげた大男を雪の上に座らせ、古代ローマ帝国の圧政に対抗し、ユダヤの民を率いて戦った伝説の指導者について話して聞かせた。

熱心に耳を傾けていたファンゲルは、鼻息を荒げて立ち上がった。

「昔ばあちゃんから聞いたことがあるぞ！　そうか？　俺はバル・コフバか」

その夜、ハンナはローラに代わってはじめて男たちと一緒に出かけた。

標的のウクライナ人がどんなことをした男なのか、道々ファンゲルに話を聞かされ、怒りを膨らませていった。

「奴はイゴールってんだ。背骨の曲がった小男だ。ユダヤ人の女と、まだ小さい娘を殺した、汚い奴だ。金を受け取って、匿ってやるふりをしてな」

四人が村はずれに一軒だけある小さな家に忍び寄ると、まず犬が吠えはじめ、つづいて厩《うまや》の中でロバが騒ぎはじめた。ファンゲルは肉の塊を放り投げて犬を黙らせ、玄関ドアを蹴り開けた。

暗い部屋の真ん中に男がひとり立っていた。醜かった。背骨が大きく湾曲しているだけではなく、顔中あばただらけで、口から涎《よだれ》をたらしていた。ハンナは思わず顔をそむけ、手で鼻を覆った。部屋中にひどい臭気がたちこめていたからである。

男はなぜだか驚きもせず、なにも目に入らないかのように寝床の中に入っていった。

ファンゲルはずかずかと踏み込み、ライフルの銃床で男の胸を小突いた。

「小麦粉と砂糖はどこにある？」

男の言葉はひどく聞き取りにくかった。急にブルブルと震えだし、涎を泡のように溢れさせながら「食べ物はなにもない」という意味のことを言った。

ファンゲルは男をベッドから引きずり出して足蹴《あしげ》にし、床に突き転がした。

「嘘をつくな！」

床の片隅に隠し扉を見つけたのはヤーコブだった。エジュと一緒に、角灯《カンテラ》を掲げ、銃を構えて階段を下りていった。

ファンゲルは震えている男に凄んだ。

「本当になにもなければ見逃してやろう……」

床下から「山ほどあるぞ！」という声が聞こえると、ファンゲルは男を蹴り上げた。

「やっぱり隠していやがったな！　他にも隠していることがあるだろう？」

大きな袋を抱えて上がってきたヤーコブは、煤《すす》で汚れたテディベアをファンゲルに投げてよこした。

「そいつも見つけたよ」

ファンゲルは鬼のような形相になり、テディベアを男の頬に押し付けた。

「これはだれのだ？　おまえのだとは言わせないぞ！」

「神に誓って……ユダヤ人たちはチフスで死んだんだ」

「おまえが殺したんだ！　木こりのリーヒから全部聞いているぞ！」

ファンゲルは激しく男を平手打ちにし、腰のベルトからナイフを引き抜いた。

「命で償《つぐな》うんだな。だが、まずは苦しんでもらおう」

ナイフが閃《ひらめ》くと、男の耳が床に転がり、つづいて血が滴り落ちた。

「あぐうぅぅー！」

呻く男をファンゲルはもう一度足蹴にし、ハンナに向かって言った。

「後はおまえさんにまかせる。仇《かたき》を討ちな」

男たちはハンナをひとり残して外に出て行った。

「あううぅ……助けて……ください」

呻きつづける血まみれの男に向かって、ハンナは震える手でピストルを構え、撃鉄を起こした。

「どうか御慈悲を……どうか……」

男は命乞いを繰り返した。

なんの罪もない母と子を殺した男だとわかっていても、病に苦しめられてきた人生を思うと、ハンナはどうしても引き金を引くことができなかった。部屋に踏み入った瞬間から、彼女の怒りは憐《あわ》れみに変わっていたのだ。

〈パパだって……〉

ハンナは必死に父アーロンのことを考えようとした。処刑されている姿を思い浮かべた。

〈パパだってあなたのように……助けてくれって何度も何度も繰り返したんだわ……〉

それでも彼女は引き金を引くことができなかった。

〈どうして人を殺したりできるの？　どうしてそんなひどいことができるの？　人の命を奪う権利なんかだれにもないのに！〉

外でロバのいななきが聞こえた。男たちが厩《うまや》からロバを引き出し、荷物を積んでいるらしかった。

頭が混乱し、胸が張り裂けそうになるのを感じながら、ハンナは引き金を引き絞った。だが、憐れな男は目を閉じただけで、死んではいなかった。

「私はあなたたちのような獣《けだもの》にはならないから！」

ハンナは壁に向かってもう数発弾丸を放ち、泣きながら外に出た。

「よくやったな。これでおまえさんは勇敢な戦士だ」

ファンゲルにポンと肩を叩かれ、とっさに小さくうなずいた。エジュもヤーコブもなにも言わなかった。

帰り道、ハンナはずっと本当のことを言うべきかどうか迷っていたが、結局言い出せなかった。

〈私には人殺しなんて無理なのよ。いくら復讐だからって、命乞いをする人を撃つなんてできっこないわ〉

ハンナが復讐したという話はあっという間に森の仲間たちに広まった。その後も男たちとともに襲撃活動——見張り役でしかなかったが——を繰り返したことから、女戦士として行く先々でもてはやされるようになった。

悪い気はしないながらも、ハンナは皆をだましてしまっていることをずっと気に病んでいた。

〈本当のことを知ったら……ファンゲルはなんて言うかしら〉

気がかりなことはもうひとつあった。襲撃を重ねるごとに、ヤーコブの態度が変によそよそしくなっていったのだ。

ある日、壕の中で二人きりになったとき、ハンナは思い切って訊ねた。

「私のことが嫌いになったの？」

「そんなことはないよ……」

と、ヤーコブは最初のうちは言葉を濁した。

「本当のことを言ってちょうだい」

繰り返し問いつめると、ヤーコブはひどく悲しげな目になった。

「じゃあ言うけど……君のことがわからなくなったんだよ。なんだか君は……俺とは違う人間のような気がしはじめたんだ」

ハンナはヤーコブには真実を明かすことにした。病気の男の家でなにが起こったのか、なにを思ったのか、順を追って話して聞かせた。

ヤーコブは驚いたものの、笑顔になった。

「そうだったのか。君に人殺しなんかできやしないと思っていたよ」

そう言った後、はたと空中に目を走らせた。

「待てよ、たしかファンゲルはあのとき……リーヒの名前を出さなかったかい？」

「よく憶えていないけど……それがどうかしたの？」

じっと考え込んだヤーコブは、急に顔色を変えて立ち上がった。

「ファンゲルに言ったほうがいい。リーヒのところには奴の母親がいる」

もうハンナにもその理由が理解できていたが、出て行こうとするヤーコブを引き止めた。

「やめて！　きっとあの人は私を殺すわ！」

泣き崩れたハンナを見て、ヤーコブはまた考え込んだ。

「ファンゲルならやりかねないな……」

仲間意識が芽生え、少しは心安くなってはいるが、もともとそういう男なのだ。

「とにかく早く手を打たないと。いや、もう遅いかもしれない。泣いている暇はないぞ。おれはいまからリーヒのところに行ってくる」

ハンナは涙をぬぐい、ライフル銃を手に取った。

「私も一緒に行くわ」

二人は草むらに隠れ、山小屋の様子をしばらく観察した。ハンナの死ぬほどの心配をよそに、窓辺にいつもと変わらない大柄な木こりの姿が見えた。

リーヒ・ヴィンツェヴィッチはハンナの話を聞くと、ちょっと片眉《まゆ》を動かしただけで、すぐに森の反対側に住む彼の兄の山小屋に移ることを決めた。

ファンゲルも思ったほどにはハンナを責めようとしなかった。耳を切り取ったウクライナ人はどうせ死んでいる——そう思ったのかもしれなかった。なにも言わずに手早く荷物をまとめ、小さな母親を背負って森の反対側まで運んだ。

移動を手伝ったエジュは、他言を固く禁じられていたが、その夜興奮冷めやらぬ様子でハンナに漏らした。

「ね、ね、姉さん、リ、リーヒは……お、思っていたよりも、ず、ずっとすごい人だ。ち、地下に匿われていた、ユ、ユダヤ人は……ひ、ひとりや二人じゃ、な、なかったよ」

ファンゲルはその後すぐにロシア人パルチザンに加わり、ドイツ軍への奇襲攻撃に参加するようになった。森の隠れ家は安全な場所ではなくなった、自分の手で早目にケリを付ける——それが彼の考えのようだった。

西へ撤退していくドイツ軍は、丘の上からは蟻の行列にように見えた。そこにはもう「軍隊」と呼べるほどの精彩はなかった。泥だらけのトラックや軍用車輌が数珠つながりにのろのろと進んでいるだけで、燃料の補給もままならないのだろう、なかには馬に引かれている車輌もあった。どの兵士の軍服もぼろぼろで、みすぼらしいことこの上なく、戦車もときおり見かけたが、グリニャー二村ではじめて見たときのような精悍さはまったく感じられなかった。

草むらに隠れて双眼鏡を覗いていたヤーコブは、かたわらのハンナに囁《ささや》いた。

「偉大なる第三帝国軍があのざまさ。ヒトラーに踊らされたかわいそうな奴らだよ」

女戦士たち——ハンナとローラも、ヤーコブやエジュと一緒にユダヤ人パルチザンによる撤退部隊への奇襲攻撃に参加するようになった。負け戦はほとんどなく、毎回のようにパルチザン側が勝利した。

一九四四年春、ナチスドイツの威光に翳《かげ》りが見えはじめていた。

希望　HOPE

緑が大地を覆った。雪が消え、水が温《ぬる》むと、農民たちは一斉に食料生産を再開した。畑という畑で小麦の若葉が競い合うように背を伸ばし、鳥たちのさえずりが平和の音楽を奏ではじめた。だれもが長かった戦争の終わりを予感し、喜びに胸を膨らませていた。悪名高き『ドイツ陸軍第一装甲師団』が姿を現したのはそんななかだった。

勇猛果敢さで名を馳せた第一装甲師団は、ソ連軍と存分に刃《やいば》を交える前に、参謀本部の命令で前線から引き返してきていた。兵力をまったく損耗《そんもう》していなかったのである。一度パルチザンの奇襲を受けた後、彼らは部隊を再編成し、退路に立ちはだかる邪魔者の掃討を開始した。パルチザンたちの根拠地は次々に暴かれ、銃弾と砲撃の雨に晒《さら》された。

執拗《しつよう》な捜索の手はビアラ村にも及んだ。その日、村はずれにある一軒の農家をドイツ兵の小隊が取り囲んだ。外に引きずり出され、パルチザンの居場所について厳しく詰問された男は、自分の失った耳を見せながら何事かを口走った。男の聞き取りにくい言葉をウクライナ兵が通訳した。

「森の木こりがユダヤ人を匿っている、それも大勢だと言っています」

晴れ渡った空の下、ハンナたちは陽だまりに腰かけて武器の手入れをしていた。攻撃はまったくの不意打ちだった。

壕から離れた場所にいたエジュは、すぐに背後の森に姿を消した。

ハンナはヤーコブに手を引かれ、転がるように丘を下っていった。

「畑を突っ切るぞ！　向こうの森に逃げ込めばなんとかなる！」

ヤーコブの叫びを聞き、ハンナは泣き出しそうになった。そんな距離を走り切る自信などなかったのだ。なんとか丘を下りきったものの、道を横切ろうとしたところで倒れ、悲鳴を上げた。

「だめ！　もう走れない！」

「走るんだ！　死にたいのか！」

ヤーコブはハンナを引き起こし、抱きかかえるようにして懸命に走りつづけ、小麦畑に飛び込んだ。だが、息が上がってしまっていたハンナは、そこでまたしても前のめりに倒れた。

「待ってヤーコブ！」

ヤーコブは振り返り、駆け戻ってハンナの手を取ろうとした。

その瞬間――彼の体は後方に吹き飛ばされた。まるで見えない力が二人を引き剥がしたかのようだった。

ヤーコブの首から噴き出した血しぶきは、見る間に青葉を赤く変えた。

「あぁっ！」

悲鳴を上げ、身を起こそうとしたハンナは、左腕に石をぶつけられたような衝撃を感じた。それは二度、三度とつづいた。流れ出る血を見て、〈撃たれた〉と思ったときには、もう麦畑に仰向けになっていた。

抜けるような青空が目の前にあった。息をしようとすると口から熱いものが溢れ出た。なぜだか痛みはなく、怖くもなかった。

ハンナは静かに横たわったまま、死が訪れる瞬間を待つ気になった。武器を持っていないことが悔しくてならなかった。

〈サムソンがうらやましいな……〉

すぐにドイツ語が聞こえてきた。

「こいつはもう死んでいる」

「もうひとりはどこだ？　仕留め損ねたのか？」

ウクライナ人の民兵たちも後から来ているようだった。

〈神様お願いです……ウクライナ兵には見つかりませんように〉

最初に近づいてきたのは片目のドイツ兵だった。ハンナは祈りが通じたことが嬉しく、薄い笑顔で迎えた。

死体だとばかり思っていたのだろう、白地に赤い十字架の腕章を巻いた兵士はひどく驚いたようだった。

「聞こえるかい？」

その衛生兵は、ハンナのそばにかがみ込み、ドイツ語で囁《ささや》きかけた。

「はい……まだ死んでいません」

ハンナの流暢《りゅうちょう》なドイツ語は、ふたたび片目の衛生兵を驚かせた。

「ユダヤ人じゃないのか？」

「家ではいつも……ドイツ語で話していました」

衛生兵は首をかしげた。ユダヤ人じゃないのなら、ロシア人なのか？　いや、ロシア人には見えない。黒髪だが、ジプシーならドイツ語を話すはずはない。ではいったい……。

「いったい何者なんだね？」

ハンナは答えようとして、言葉の代わりに血を吐いた。

衛生兵はハンナの口に人差し指をあて、服を脱がせて胸の傷の応急処置をはじめた。

「だれか！　もっと包帯はないか！」

衛生兵の声を聞いて集まってきたドイツ兵たちは、立てつづけに血を吐くハンナを見て、装備をまさぐって包帯を取り出した。

衛生兵は手早く傷口を拭き、包帯を大量に巻きつけた後、胸ポケットから小さな薬瓶《くすりびん》を取り出して言った。

「これは薬だよ」

薬液を数滴垂らしたハンカチを鼻に押し当てられたハンナは、すぐに吐き気が消えてゆくのを感じた。

「仲間はどこだ？　何人いる？」

「みんな……殺されました」

周囲のドイツ兵たちの発した厳しい質問はそれだけだった。片目の衛生兵の指示に従い、兵士たちはハンナを担架に載せ、道に停めてあった荷馬車まで運んだ。

ローレンス——それが途切れ途切れの意識の中で聞いた衛生兵の名前だった。

「私はローレンスだ。君の名前は？」

ハンナは薄目を開け、答えようとしたが、馬車の揺れに合わせて呻《うめ》き声を漏らしただけだった。

ローレンスはコートを脱いで丸め、ハンナの頭の下に入れた。鞄の中から乾いて固くなったパンを取り出し、冗談めかして言った。

「食べるかね？　おいしいヒトラー・クッキーだよ」

ハンナは口の両端をかすかに引き上げ、小さく首を振った。

「痛むようだったら言うんだよ」

額に当てられた手のひらを心地よく感じながら目を閉じたハンナは、「手が冷たい人は心が温かい」という格言を思い起こした。

〈どうしてドイツ兵が優しくしてくれるの……？　それともこれは夢なの……？〉

ハンナはもう自分が死んでいて、夢の世界にいるに違いないと思いはじめた。

「もう戦争は終わりだ……」

しばらくしてローレンスがふいにつぶやいた。それはハンナに言っているのではなく、独り言のようだった。

「だが私は、家族が……妻と子供たちのことが心配でならないんだ。ライプチヒは繰り返し空襲を受けてひどい有り様だそうだ。手紙はもう一カ月も届いていない」

おぼろげな意識の中で聞いていたハンナは、もう一度薄目を開けた。

〈夢なんかじゃないんだわ……〉

目の前にいるドイツ兵の顔には、左半分に大きな傷跡があった。無精髭を生やし、ひどく疲れた表情をしていた。繊細そうな指には、擦り切れた軍服と泥だらけのブーツに不釣り合いな金の指輪がいくつもはめてあった。そして、見えるほうの目には涙が光っていた。

〈ドイツ兵にも奥さんと子供がいるの……？　涙を流すの……？〉

血も涙もないとばかり思っていた敵の人間らしい姿は、ハンナには到底理解しがたいものだった。と同時に、心の奥底から湧いてくる感情に、さらに戸惑いを覚えた。

〈私は……同情しているの？　パパとママの仇《かたき》に……？〉

混乱し、動揺しつつも、ハンナは手を伸ばし、ドイツ兵の腕にそっと触れていた。

「ご家族は……きっとご無事です……手紙が……前線まで届いていないだけ……」

そんな言葉を口にした。

「少し眠りなさい」

ローレンスは微笑み、〈優しい娘だ〉と思った。そして、〈やはりユダヤ人なのだろうな……〉と考えていた。

戦争に駆り出され、多くの町や村を移動するなか、ローレンスはユダヤ人たちの苦難を繰り返し目にしていた。ゲットーでの大量虐殺のことも聞いていたが、医師である彼には到底理解しがたいことだった。厳冬のソ連から負傷兵を後方に運ぶ貨物列車に乗り組んだとき、途中の駅で扉が釘付けされた家畜運搬車両を目にしたことがあった。中からは何物とも知れない恐ろしい呻き声が聞こえていた。ゲットーから運んできた子供たちだと聞かされたときには、驚きと怒りで我を失いかけた。だが近づくことさえ許されなかった。大勢のウクライナ兵とともに、真っ黒い軍服のSS隊員たちが周囲を取り巻いていたのだ。

ローレンスはSS隊員たちのことを「人間の屑《くず》」だと思っていた。髑髏《どくろ》マークの付いた軍帽をかぶり、威圧的な態度ばかり取っているくせに、戦闘には一切参加せず、ユダヤ人を虐待することにしか興味を持っていないからである。

彼はウクライナ市民兵たちにも同じく嫌悪感を抱いていた。兵士としての正規の訓練を受けておらず、品格のかけらも感じられないことが理由だったが、なによりも子供たちの叫びを聞いてゲラゲラ笑ってばかりいることが不快でならなかった。

子供たちは貨車の壁を叩きながら同じ言葉を繰り返していた。よく聞き取れなくともローレンスにはわかった。水を求めていたのだ。

貨車から降ろされるとき、憐れな子供らはまるで家畜の群れのように銃を持った民兵たちに追いたてられた。

ビアラ村へ向かう荷馬車に揺られながら、片目の衛生兵は両手で顔を覆った。

〈一生忘れることはできないだろう……〉

そう思っていた。

「水をください！　この子は三日間なにも口にしていないんです！」

ぐったりした赤ん坊を抱えて民兵に駆け寄った母親が、背後からＳＳ隊員に頭を撃ち抜かれたシーンを思い出していたのだ。

ハンナは、かたわらのドイツ兵が心の中で苦しんでいる様子を見ていた。それがなんなのかわからなかったが、もう一度腕に触れ、心の中で優しく慰めた。

〈みんな苦しんでいるんだわ……いったいだれが悪人なの？　だれがこんなことを喜んでいるの？〉

顔の見えない敵の笑い声を聞きながら、ハンナは真っ黒い泥沼に引きずり込まれるように眠りに落ちた。


目を覚ましたとき、ハンナは自分がどこにいるのかまったくわからなかった。朦朧《もうろう》とした頭には色とりどりの映像が交錯していた。そのうち緑の小麦畑と青い空とともに、撃たれたことを思い出した。馬車で運ばれている途中に痛みが激しくなり、モルヒネを注射されたことを思い出した。そしてヤーコブの真っ赤な血を思い出した。

「痛むのかね？」

問いかけてきたのは、まったく知らない白衣の医師だった。

「モルヒネはもういりません……」

と、ハンナは涙を流しながら言った。

「青酸カリをください……もう耐えられません……家族も、友だちも、恋人も、全員殺されました」

長身の医師は驚いた様子で眼鏡を押し上げた。

「どうして青酸カリなんて知っているんだね？　ローレンスも言っていたが、ドイツ語を話せるのはどうしてだね？」

「お願いですから殺してください。これ以上ウクライナ兵とSSたちから逃げつづけるなんて、とてもできません」

医師は身をかがめ、ハンナに顔を近づけた。眼鏡の奥には青い瞳があった。

「君は四発の銃弾を受けた。腕の二発は貫通している。胸にまだ残っているが、できるだけの処置は施した。じきに元気になる。死ぬことはない」

「あなたは……？　いったいここはどこなんですか？」

ハンナはあらためて周囲を見渡した。そこは担架がいくつも並んだ大きなテントの中だった。横になっているのは全員ドイツ軍の負傷兵たちのようだった。

「私はカール・ムージエ、ドイツ国防軍の軍医だ。君を殺したりはしない。ここは第一装甲師団の野戦病院だ」

ハンナが口を開こうとしたとき、自動小銃を抱えたＳＳ隊員がテント内に入ってきた。

「しっ！」

と、ムージエ医師はハンナに黙るよう合図した。

「負傷したパルチザンはどこにいる？」

近寄ってくるＳＳ隊員を見て、ムージエはハンナを隠すように立ち上がった。

「ああ、それならこちらです。しかしまだ動かせません。意識が戻りませんのでね」

ハンナはとっさに目を閉じ、息を止めた。

ＳＳ隊員は、ハンナの顔を覗き込み、いぶかしげな目を医師に向けた。

「仲間の居場所を吐かせねばならない。森に多数いるようだからな」

「ですが――」

と、ムージエは鷹揚《おうよう》に応じた。

「いまだに意識が戻らないようでは、我々の努力は無駄だったかもしれませんな」

ＳＳ隊員は額に皺《しわ》を寄せ、「また来る！」と言い残して去って行った。

ムージエは、片手をまっすぐに上げる敬礼でＳＳ隊員を見送った後、入れ替わりに駆け込んできたローレンス衛生兵のひどく不安げな顔を見て、笑いを噛み殺しながら言った。

「やあ、ローレンス君、なにか心配事かね？　それよりも、一向に目を覚まさないこの患者の傷口を看て、包帯を替えてもらえないか?」

ムージエは去り際にハンナにウインクして言った。

「賢い子だ」

ハンナの右胸——鎖骨の少し下のところに弾痕《だんこん》が二つあった。右の脇腹にも一カ所傷があるのは、ムージエ医師が施した処置——肺が潰れるのを食い止めるため、チューブを射し込んで空気を送りつづけたのだと聞かされた。

「君は二日間も意識不明だったんだよ。強い体をもらったことを両親に感謝するんだね」

ローレンスはすべての傷口を確かめ、満足した様子で軟膏を塗り、新しい包帯を巻いた。そして立ち去る前にハンナの耳元に囁《ささや》いた。

「静かに寝ていなさい。それから、なにがあっても怖がることはない。決して騒いだりしてはいけないよ」

しばらくすると、数名のドイツ兵がテントに入ってきた。いきなり取り囲まれ、担架ごと外に運び出されたのだが、ハンナはまったく不安を感じないでいられた。兵士たちの態度に少しも威圧的なところがなかったのだ。

そのまま近くの厩《うまや》に運び込まれ、藁《わら》の山の上に寝かされた。無言の兵士たちは、命令を順次遂行している様子で、ハンナの頭の下に枕がわりの藁を入れ、全身を手際よく軍用毛布で包んだ後、結局ひと言も言葉を発しないまま、ドアを固く閉じて出て行った。

〈いったいなにが起こっているの……?〉

ハンナは首をかしげつつも、言い知れぬ安心感に包まれていた。腕と胸に少し痛みがあったが、それは恐怖を感じていない証拠のように思われた。

夜になると、屋根板の隙間から星が見えた。無数の瞬きを見つめているうちに、自分がどこか別の世界にいるような錯覚にとらわれた。すべての過去が――悲しみも、怒りも、憎しみも消え去った、だれもが笑って暮らせる、まるで父アーロンがときおり語っていたような平和と安寧に満ちた世界だった。

そこは小川の流れる美しい庭園だった。花が咲き乱れ、芳《かぐわ》しい香りが漂うなか、きれいなレース飾りの付いた真っ白いワンピースを着たハンナは、花を摘み、小さなブーケを作った。歌を唄い、思う存分舞い踊った。疲れて草の上に寝転がり、ブーケを頭の上に掲げて眠りに落ちた。

目を覚ましたのは真夜中だった。太腿《ふともも》の辺りに血が流れているのを感じ、一瞬傷口が開いたものと思い怖くなったが、すぐにそれがなんであるかに気づき、思わず吹き出した。三年半ぶりの月経だった。ハンナは笑みを浮かべたまま夢の世界に戻っていった。

翌朝、ハンナの枕元に丸々と太った中年男性が座っていた。静かに厩《うまや》に入り、しばらく彼女の寝顔を見つめていた。ヴァルター・ローゼンクランツ――それが男の名前だったが、ローゼンクランツはすぐに自己紹介したわけではなかった。

ハンナは目を覚まし、横になったまま中年軍人を黙って見つめた。軍服は脂じみてヨレヨレで、ブーツもずいぶん擦り切れていた。ひどく鹿爪《しかつめ》らしい顔つきだったが、なぜだか彼女は、〝懐かしさ〟としか言いようのない感慨が込み上げてくるのを感じ、思わず笑顔になった。

身を起こそうとして動いたとき、軍人がかすかに目を伏せたのがわかった。ズボンににじんだ血に気づかれたことが恥ずかしく、ハンナはすぐに毛布で覆い隠した。

「君は何者だね？」

それが太った中年軍人の最初の質問だった。ハンナはためらうことなく本当のことを言った。

「私はハンナ・ホフベルグです。父はアーロン・ホフベルグ。グリニャーニ村の誇り高きユダヤ人です。父も母もウクライナ人に殺されました。姉も――」

「そうじゃない」

と、軍人は遮《さえぎ》った。手元の書類を叩き、厳しい声で言った。

「ポーランド名だ。ポーランド名があるだろう？」

「でも私は……」

呆気にとられているハンナを無視し、軍人は胸ポケットから万年筆を取り出し、書類に書き込む仕草をした。

「もう一度聞く。君の名前は？」

「アナです！　アナ・スタヴィンスカ！」

ハンナはとっさにエジュのあだ名から自分の新しい名前を作り出した。書類に書き込みはじめた軍人を見つめながら、奇跡が起こっていることを知った。

「君はこの近くの生まれではない。どこか遠くで生まれたんだ。それはどこだね？」

「ヴォリヒンです！」

それはリヴォフの学校で仲良しだった友人ブリギットの故郷だった。軍人は厳《いか》めしい表情のまま深くうなずき、筆を動かした。

「報告によると、ビアラ村郊外の畑で撃たれる前、君は不幸にも命を落とした仲間と二人きりだった――それで間違いないね？」

「はい、間違いありません」

「よろしい。ローレンスやムージエの言うとおり賢い子だ。私はヴァルター・ローゼンクランツ。第一装甲師団情報部の士官だ。ゆっくり休みなさい。また明日会いにくる」

大きな体を揺すって出て行く軍人を見送りながら、ハンナは呼び止めたい衝動に駆られた。もっと話をしたかった。どこの生まれなのか、家族はいるのか――聞いてみたいことが山ほどあった。しばらくするとローレンス衛生兵が入ってきた。ハンナの包帯を取り替えた後、

「眠ることが傷を癒す一番の方法だよ」

と言い、小さな紙包みを置いて出て行った。ハンナはその中身を見て驚いた。とても貴重なもの――何年も前から手に入らなくなっている生理用品だったのだ。だれの配慮によるものなのかすぐにわかった。

その夜ハンナはなかなか眠れなかった。情報部士官だと名乗った男のことが気になって仕方がなかったのだ。

〈あれこれ質問しないほうがいいのかもしれない……〉

迷いつつも、

〈お礼だけは言いたい〉

という思いは膨らむばかりだった。

翌日、ふたたび太ったドイツ人将校が入ってきたとき、ハンナは思い切って言った。

「ローゼンクランツさん！　命を救ってくださってありがとうございます！　あなたはなんて素晴らしい方なんでしょう！」

ハンナが満面の笑みを向けても、ローゼンクランツは表情を変えず、無愛想につぶやいた。

「別に素晴らしくなんかない。私はただの人間だよ」

「そんなことありません、とても素晴らしい方です。あなたは……ユダヤ人なのですか？」

「ほう？　ユダヤ人以外は人間じゃないとでも言いたいのかね？　人間らしい心を持ったドイツ人はひとりもいないとでも思っておるのかね？　ヒトラーはヨーロッパ全土に災いをもたらす以前に、ドイツ国内を滅茶苦茶にしたのだよ」

「でも、どうして危険を冒してまで私のことを助けようとしてくださるんですか？　ユダヤ人を助けたりしたら、あなたは――」

ローゼンクランツはハンナの言葉を遮り、大きな紙包みを手渡した。

「君にだ。昨日村の女性に縫わせたんだ」

「え……？」

驚くハンナに、ローゼンクランツははじめて笑顔を見せた。

「いいから、開けてみなさい」

包みを開けたハンナは言葉が出てこなかった。抱きついてキスしたかったが、まだ体が思うように動かせなかった。

「他にもあるだろう？」

うながされ、白いワンピースを持ち上げると、出てきたのは黄色い水着だった。

「まだ寒すぎるが、そのうち着られるだろう」

「ああ、ローゼンクランツさん……」

「ヴァルターだ。そう呼んでくれたまえ。もうひとつあるだろう？」

一番下に見つけた小さな袋は、チョコレートをまぶしたドライ・フルーツだった。包みに『前線用糧食《りょうしょく》』と書かれてあった。

ハンナは嗚咽を漏らした。嬉し涙がどっと溢れ出て、ヴァルターの顔が見えなくなった。

「チョコレートなんて……もうずっと見ていません」

大切そうに指先で撫でるだけで、口に入れようとしないハンナに、ヴァルターは言った。

「いいから食べなさい、また持ってきてあげるから。もうすぐすべては終わる。戦場は消えてなくなるんだ。ドイツ軍は負けた。ここにもやがてソ連軍がやってくる」

その日、ヴァルターは何度も厩《うまや》に立ち寄ってくれた。ハンナは彼のふくよかな丸顔を見ている間は不安を感じないでいられた。

だがひとりになると、どうしても先行きのことを心配せずにはいられなかった。

〈いったい私はどうなるの？　自由の日までヴァルターといられるの？　安全な場所まで連れて行ってもらえるの？〉

翌日、朝から戸外が急に騒がしくなった。

〈いったいなにがはじまったんだろう……〉

それから二日間ヴァルターは姿を見せなかった。近くでドイツ語の号令が聞こえるたびに、ハンナはビクリとして縮こまった。

〈どうすればいいの？　いまのうちに逃げたほうがいいの？　でも銃を持ったウクライナ兵たちがそこらじゅうをうろつき回っている……森にたどり着く前に捕まったら、どんなひどい目に遭わされるか……〉

動こうとすると胸に痛みが走った。体が自由にならないことからも、夜になると不安は真っ黒な恐怖に変わってのしかかってきた。ハンナはだれかれかまわず頭に思い浮かべ、助けに来てくれる場面を想像しようとした。だがどう考えてもファンゲルやエジュら森の仲間たちがドイツ軍の兵営に忍び込んでくるとは思えなかった。

〈だけどムニュ兄さんなら……赤軍の戦車に乗って助けに来てくれるかもしれない……〉

泣きじゃくりながら家の灯りを求めて森をさまよう迷い児のように、ハンナは一晩中希望を探しつづけていた。

三日ぶりでヴァルターの顔を見たとき、ハンナは飛び上がらんばかりに喜んだ。一緒に入ってきたムージエ医師もずいぶん久しぶりだった。

「治りが早いな。若くて強い娘さんだ」

ムージエはハンナの包帯を替えながら言い、ヴァルターになにか耳打ちして出て行った。ヴァルターは笑顔でハンナのそばにかがみ込んだ。

「経過が良いようでほっとしたよ」

と言った後、急に深刻な顔になった。

「実は、君も感じているかもしれないが、戦況が悪化しているんだ。武装した抵抗組織は雲霞《うんか》のごとく次から次に湧いて出てくる。我が軍は押されつつある。近いうちに移動することになるだろう」

「ヴァルターさん、お願いがあります」

ハンナは前日のうちに書いておいた手紙を取り出した。

「なんだねそれは……？」

ヴァルターは首をかしげ、手紙とハンナの顔を交互に見比べた。

「森の向こうにある山小屋にユダヤ人の女性が匿われています。ファンゲル夫人です。この手紙を届けていただけないでしょうか？　地図も描きましたから、すぐにわかると思います」

手紙と地図を受け取りはしたが、ヴァルターは眉間に皺《しわ》を寄せて黙り込んだ。思いがけない頼みに面食らっていたのだ。

〈もしＳＳ隊員に知れれば……〉

どんなことになるか——それは明らかに危険すぎる行為だった。

ＳＳはあらゆる場所に監視の目を張り巡らせていた。戦争を否定するような発言は受け流すことはあっても、ユダヤ人への協力行為を見過ごすことはありえなかった。

〈ユダヤ人に手紙を届ける？　ドイツ軍将校のこの私が？　そんなことをした軍人の話は聞いたことがないぞ……〉

ヴァルターはユダヤ人を匿っていた市民たちがどんな目に遭ったかを何度も見ていた。釈明の機会も与えられず、その場で撃ち殺されるのだ。

だが、彼は自転車で森へ向かった、道中何度も自問しながら――。

〈なぜユダヤ人娘のために命の危険を冒しているんだ？　なにか奇妙なユダヤの魔法にでもかけられているのか……？〉

ヴァルターはハンナの顔を思い浮かべてみた。家族や大勢の仲間たちの死を繰り返し目にしてきたはずなのに、人間らしい心を失わないでいる娘のことが、笑顔をなくさず、優しさと憐れみを持ちつづけている娘のことが、どうしても理解できなかった。

だがひとつだけはっきりわかっていることがあった。彼自身のナチスに対する嫌悪も、いま森へ向かってペダルを漕いでいる力になっている――ということだった。戦争がはじまって以来、自分がドイツ人であることを恥ずかしく思ったのは一度や二度ではなかった。大量虐殺の話を聞き、仲間うちでは密かにその非道さと愚かさを囁《ささや》き合っていた。これ以上ナチスに従いたくないという思いだけではなく、〈どうにかして復讐してやりたい――〉そんな憎しみの感情さえ心の奥底に芽生えていたのだ。

彼が参謀本部の正気を疑いはじめたのは、ソ連の前線に送られたときだった。その戦闘は、どう考えても勝つ見込みなどまったくない、無謀な消耗戦でしかなかった。毎日多くの戦友たちが次々に倒れていくなか、

〈まともな人間なら決して踏み込むはずのない、愚か極まりない作戦――〉だと思うようになった。

〈いったいなぜ、私たちはヒトラーを信じてしまったんだ……？〉

自転車を漕ぎながら、ヴァルターは軍に入隊する前に彼の父親が言った言葉を思い起こしていた。

「ドイツ国民は呪いにかかってしまった。盲従の先に待っているものは破滅以外にない」

ヴァルターは厩《うまや》で寝ている娘の顔をもう一度思い浮かべた。それがなんなのか言い当てることはできなかったが、〈あの娘の命を救いたい〉という衝動が間違いなくあった。それが自分自身の魂を救う唯一の手段であるように感じていた。

あれやこれやと思い悩んでいたヴァルターは、尋ねて行く先の相手の立場――つまりドイツ軍人の来訪が森に住む人々にどれほどの衝撃を与えるかを考えていなかった。

国防軍の灰色の軍服は山小屋の女性を心底脅えさせた。言葉はまったく通じなかった。

ヴァルターは強引に手紙を押しつけ、女物の衣類が必要なことを繰り返し身振りで伝えた。

その女性――リーヒ・ヴィンツェヴィッチの兄の妻は、怖れおののきつつ自分の服を何着か鞄に詰め、差し出した。軍人が去った後、彼女が白昼夢を見ていたかのようにしばらく呆然としていた

のも無理からぬことだった。はっと我に返ると、あわてて地下室にゆき、ファンゲルの母親に手紙を渡した。

木立に隠れて様子を伺っていたヴィンツェヴィッチ兄弟のうち、兄ウラディスラフは奇妙な訪問者が森を出るまで跡をつけ、掃討部隊が近づいていないことを確認し、弟リーヒは大事件をファンゲルに知らせに走った。

森の大男はすぐに駆けつけた。ポーランド語で書かれた手紙を読み終えるや、

「裏切り者め……俺たちを売ったな」

と唸り、憤怒の形相で部下に命じた。

「スタヴィンスキーを連れてこい！　弟の命で償わせてやる！」

ファンゲルは小屋の外に仁王立ちになり、手ぐすね引いてエジュを待ち構えていた。

「な、な、なにが、あ、あったんだい？」

事態が飲み込めず、首をかしげて歩み寄ったエジュを、ファンゲルはいきなり殴り倒した。地面に跪《ひざまず》かせ、額にピストルを突きつけ、判決文を読む裁判官のようにハンナの手紙を読んだ。

「――というわけだ！　おまえの姉貴はナチスと手を組んだんだ！　奴らがくる前に、おまえを撃ち殺してやる！」

いきり立ち、目を血走らせた大男を止めることなどだれにもできなかった。年長のヴィンツェヴィッチ兄弟も黙って見ていることしかできなかった。

エジュはファンゲルの足元にすがりつき、涙ながらに命乞いをした。ハンナの行動はまったくの

寝耳に水であること、パルチザンに忠誠を誓っていることを必死で訴えた。

「ほ、本当だ！　こ、こ、こ、殺さないでくれ！」

刑を執行される寸前の憐れな小羊の命を救ったのは、ファンゲルの母親だった。小屋から飛び出してきた小さな老婆は、エプロンをとって息子の大きな背中を何度も叩いた。

「馬鹿だねこの子は！　わからないのかい？　エジュは無実だよ！」

老婆の手は止まらなかった。大男はこっぴどく折檻《せっかん》されるいたずらっ子のようにだんだんと小さくなっていった。

「さっさと銃を下ろすんだよ！　ハンナが私たちを裏切ったりするもんか！　ちゃんと手紙を読んでみな！　奇跡が起こったのさ！　天使が自転車でやってきたんだよ！　あのドイツ兵は神様が遣わしてくださった本物の天使なんだよ！」

ローラが止めに入り、ファンゲルの頭を抱きしめて言った。

「私にはわかっているわ。あなたは仲間を殺したりなんかしない」

ファンゲルは憤然として立ち上がり、皆の顔を睨《ね》め回した。

「奴らが襲ってきてから後悔しても遅いぞ！　どうなろうと俺は知らないからな！」

鼻を鳴らしながらひとしきり大股で歩き回った後、エジュに立ち上がるよう目配せし、母親に向き直って言った。

「ママ、すぐに荷物をまとめるよ。ここはもう危険だ」

朝焼けのなか、森の奥に新しく掘った壕のそばに座り、エジュはハンナの手紙にあらためて目を通した。最後の一行を繰り返し読み、思う存分嬉し涙を流した。

ファンゲルのお母さんへ、

私はドイツ兵に撃たれ、ドイツ兵に命を救われました。この手紙を届けてくれた方はドイツ軍人のヴァルター・ローゼンクランツさんです。とても優しい方です。ＳＳ隊員たちから私を匿ってくれた本物の天使です。お願いがあります。ヴァルターさんに女物の服を何着か渡していただけないでしょうか。ファンゲルに私が無事なことを伝えてください。自由はすぐそこまで来ています。ロシア人は数日のうちに村にやってくるでしょう。悪夢はもう少しで終わりです。

エジュに愛していると伝えてください。

秘密　SECRET

ハンナは厩《うまや》から食用油の貯蔵小屋に移された。夜間も入口に見張りがいて、許可なしにはだれも入れないようになっている点は心強かったのだが、すぐにまた別の場所に移らねばならなかった。理由は、ハンナの悲鳴が外に漏れてしまうためだった。油小屋はネズミの巣窟になっていたのだ。

次の隠れ家は近くの打ち捨てられた農家だった。ヴァルターはここにも兵士を一名見張りに立たせてくれたが、数日もしないうちにそれはなんの意味もなさなくなった。村人たちの姿がまったく見られなくなり、兵士たちが皆浮き足立ちはじめたからである。

その日、夜明けとともにはじまったソ連軍の砲撃は昼になっても止まなかった。ハンナは地響きがするたびにベッドのなかで身をすくめていた。感じていたのは恐怖だけではなかった。

〈この砲撃が鳴りやめば……長かった悪夢も終わるんだわ……〉

嬉しく思いつつも、なぜだか自由の身になった自分の姿を想像できないでいた。

〈私はどうなるかわからない……だけど森の仲間たちには……〉

勝利の美酒を味わってほしいと願った。

〈そうよ！　エジュが自由になるんだわ！〉

そう思うと飛び跳ねたくなった。

〈でもあの子……村に戻ってゼニグ・タスに復讐しようだなんて気にならなければいいんだけど……〉

あれこれ考えているうちに、ふいに頭の中に懐かしい景色が浮かんだ。それはリヴォフの街並みだった。

〈あのまま勉強をつづけられていたらどんなに良かっただろう。本を好きなだけ読むことができたのに……学校はまだあるのかしら？　もう一度見ることができるのかしら？〉

ハンナは学校につづく美しい街路と緑に包まれた庭園を思い起こそうとした。だが目の前に浮かんだのはハイムの姿だった。顔ははっきりしなかったが、戦車の上で無線機に向かって命令を発しているのは間違いなくハイムだった。ハンナは猛スピードで走る戦車を懸命に追いかけた。足をもつれさせて転び、髪を振り乱して呼んだ。

「ハイム！　私はここよ！　ここにいるの！」

兵士は振り向き、戦車から飛び降りて駆けてきた。ハンナは愛しい恋人の胸に思い切り顔を埋《うず》めた。

「ああハイム！　ずっとあなたを待っていたの！」

ハイムと一緒に戦車に乗り込んだハンナは、戦車がどれほど速く走るかをはじめて知った。頬に当たる風が心地よかった。

〈これからずっと一緒にいられるんだわ……〉

そう思ったのも束の間、激しい揺れに手を滑らせてしまい、道路に転げ落ちた。

「待って！　ハイム！」

戦車は二度と止まらなかった。小さくなり、ついに見えなくなった。

ハンナは耳をつんざく爆音に夢想から叩き起こされた。すぐそばで爆弾が破裂したのだ。家全体が大きくかしぎ、壁にひびが入り、天井から破片が降り注いだ。

そのとき、迷彩服の兵士が飛び込んできた。ハンナは悲鳴を上げそうになったが、兵士がヘルメットを持ち上げたとき、喜びの声を上げた。

「ヴァルター！」

だが、いつものふくよかな笑顔はなかった。

「これでお別れだ」

ヴァルターはハンナの両肩を取るなり言った。

「私たちは撤退する。すまないが君を連れてはいけない。証明書を作っておいた。きっと役に立つはずだ」

胸ポケットから書類を取り出し、急いで読み上げた。

この者、アナ・スタヴィンスカは、ヴォリヒン出身のポーランド人であること、ならびにキリスト教徒であることをここに証明する。夫を赤軍に徴兵された後、第一装甲師団・兵站部《へいたん》＊炊事班に勤務していた同人が、ドイツ国内の志願兵駐屯地に到着できるよう、関係各方面の援助を要請する。

ドイツ国防軍第一装甲師団
情報部大尉　ヴァルター・ローゼンクランツ

一番下には力強い署名と国防軍の印があった。

「少ないが食料だ」

ヴァルターは新聞紙の包みと軍用毛布を渡した後、ハンナの体を引き寄せ、額にキスをした。

「ああ、ヴァルター……」

ハンナはそれ以上言葉が出てこず、ヴァルターの手を握りしめ、涙を溢れさせるばかりだった。

「すべてが終わったら手紙を書いておくれ。住所はティリンゲン、ブルーネン通り、二五番地だ。これは書かないで、憶えるんだ。言ってごらん」

「ティリンゲン……ブルーネン通り……二五番地」

つぶやいたハンナに、ヴァルターは精一杯の笑顔を見せた。

「心配はいらない。神様はいつも君のことを見ていてくださるよ」

ひとり残されたハンナは、ベッドの上にじっとうずくまったままだった。新聞紙の包みを開いてみると、前線で戦うドイツ兵の携帯食――コニャックの小瓶一瓶、大きなチョコレート一枚、サラミ一本が入っていた。ハンナはそれらを一つひとつ眺め、丁寧に包み直し、ぎゅっと抱きしめた。

空が暗くなってから、ハンナはようやく立ち上がった。

「心配はいらない……神様はいつも見ていてくださるよ……」

つぶやき、荷物をいっぱいに詰めた小さな鞄――ヴァルターが森から持ち帰ってくれた鞄を持って外に出た。

目的はただひとつ、森の仲間たちとの再会だったが、戦闘はまだあちこちでつづいていた。銃声や砲声がするたびに、低く垂れ込めた雲が一瞬白く浮かび上がった。

〈いったいどこにだれがいるの？　だれとだれが戦っているの？〉

ウクライナ兵に出くわすことがもっとも好ましくない事態なのはわかっていたが、どの国の部隊がどの辺りにいるのか、なにをどう判断すればいいのか、まったく見当が付かなかった。闇雲に走りながら、膝ががくがく震え、泣き出してしまいそうになった。

〈こんなの無理よ！　ひとりきりで逃げるなんてできっこない！　ああ、ヴァルター！〉

野原を渡り切る前に恐怖に耐えきれなくなり、塹壕《ざんごう》を見つけて転がり込んだ。

「神様はいつも君のことを見ていてくださる……神様はいつも君のことを見ていてくださる……心配はいらない……神様は――」

穴の底で縮こまり、震えながらヴァルターの最後の言葉を繰り返しつぶやいていたハンナの耳に、遠くから兵士たちらしい会話が聞こえてきた。ハンナはさらに縮こまって祈った。

〈ウクライナ兵じゃありませんように……ウクライナ兵じゃありませんように……〉

きつく目を閉じたハンナの耳に届いたのはロシア語だった。

〈赤軍の兵士だわ！〉

ハンナは驚喜した。近づいてくる角灯《カンテラ》の光の中に見えたのは、間違いなく〈ハイムの軍服！〉だった。

〈神様がお助けくださった！　奇跡が起きた！〉

ハンナは歓喜の叫びを上げたくなった。思い切り声を張り上げ、躍り上がって大笑いしてやりたかった。

〈ついに悪夢は終わったわ！　私は生き延びたのよ！　自由なのよ！〉

だが、ソ連兵たちの腕章が目に入ったとき、背筋が一気に凍りついた。

「ユダヤ人娘だ！」

「また死体じゃないのか？」

「いや、怪我をしているようだが、生きているぞ！」

ハンナは壕から乱暴に引きずり出された。その兵士たちは、ドイツ軍に加担しているソ連兵『ウラソフチック*』だったのだ。皆ソ連軍の軍服の上に、深紅の鉤十字の腕章を巻いていた。

「私はポーランド人です！　ドイツ軍で働いていました！　証明書もあります！」

ハンナが必死にロシア語で訴えても、兵士たちは聞かなかった。

「嘘をつけ！　ＳＳに引き渡してやる！」

ライフル銃を構えた大柄の兵士たちに囲まれ、ハンナはすべてが一瞬にして水泡に帰したことを悟った。恐怖よりも、悔しさよりも、申し訳なさのほうが先に立った。

〈ごめんなさい、ヴァルター……せっかく助けてくださったのに……もう処刑場に連れてゆかれます……書いてくださった証明書も役に立ちそうにありません……〉

死ぬ覚悟を決め、素直に兵士たちに従って歩きながら、ハンナは姉チポラの笑顔を思い浮かべた。

〈チポラ姉さんはこんなときにも勇敢だったんだわ……泣いたり、わめいたりせず、『イスラエルの栄光は必ず現れる』って叫んだんだわ……私も姉さんみたいに潔く……〉

だが、引き立てられていった先——本隊の兵営にＳＳ隊員たちの姿はなかった。すでに撤退した後だったのだ。

指揮官の国防軍将校は、狐のような顔をしたひどく短気な男だった。ウラソフチクスたちのたどたどしいドイツ語の報告を途中で遮り、顔を真っ赤にして甲高い声で怒鳴った。

「この馬鹿どもめが！　味方が次々に命を落としているときに、ユダヤ娘を捕らえて、褒めてもらえるとでも思っているのか！　すぐに持ち場に戻れ！　ひとりでも多くパルチザンを殺すんだ！」

将校は兵士たちを追い払い、憤然としてハンナを睨みつけた。

「おまえは何者だ！」

心中では泣き出しそうになりながらも、ハンナは精一杯の勇気を振り絞り、ヴァルターにもらった書類を差し出しながら言った。

「迷惑しているのは私のほうなんです。あの乱暴な人たちは、私の言うことを一切聞こうとせず、ここまで引っぱってきたんです」

ハンナの完璧なドイツ語を聞き、将校は大きく舌打ちした。

「ちっ、ロシアの豚どもめが……」

書類にさっと目を通し、ハンナに返しながら、部下に早口で命じた。

「この娘をハンガリーへ移動する部隊まで案内しろ！　兵站《へいたん》部で役に立ちそうだ！」

トラックの荷台に上るとき、ハンナは運転手がソ連兵の捕虜らしいこと、助手席に自動小銃を持ったドイツ兵がいることを確かめた。荷台にはだれもおらず、『移動部隊用糧食《りょうしょく》』と書かれた木箱がいくつも積み重ねられてあった。


西へ撤退する大部隊は深夜過ぎに出発した。以前にヤーコブと丘の上から見たときのように、ひどくのろのろとした進み方だった。

〈ハンガリーなんて、カルパチア山脈のずっと向こうだわ……いったい何週間かかるのかしら？〉

隙を見て脱げ出すことも考えたが、知らない土地でひとりで生き延びられるとは到底思えなかった。

〈どの国の兵士につかまってもひどい目に遭わされる……〉

たとえ無事にビアラ村の森に戻れたとしても、仲間たちが生きているという確証はなかった。

〈このまま行くしかないわ……〉

翌日からハンナは、自分から申し出て、腕と胸の痛みをこらえながら兵士たちの食事の用意を手伝うようになった。故郷のグリニャーニ村が日ごとに遠のいていくことを思うと、不安でたまらず、頭がおかしくなってしまいそうだった。

〈安全な場所なんかどこにもない……いまはドイツ軍の中にいるのが一番なのよ……〉

ハンナは自分にそう言い聞かせ、他のことはできるだけ考えないようにした。トラックの荷台で朝を迎えるときには、

〈今日一日を無事に過ごせますように〉

眠りにつくときには、

〈明日一日を無事に過ごせますように〉

と、一日一日を生き延びることだけに集中するよう努力した。一種の自己暗示だったが、効果はあった。懸命に働いているうちに、炊事班の兵士たちから「スタヴィンスカ！」と頻繁に声をかけられるようになり、荷台の食料の管理を任されるようになった。

やがて道は登りになり、坂道が延々とつづくようになった。カルパチア山脈に入ったのだ。ある早朝、まだ日の開けやらぬころ、部隊がルーテニア人*の山村で小休止したことがあった。起き出してきた村人たちがゴート・チーズを部隊に配りはじめたのを見て、ハンナは手伝いを買って出た。そのうちひとりの年老いた農婦がハンナに近寄り、しげしげと眺め、眉をひそめてつぶやい

た。

「おまえさんは……いったい何者かね？」

ハンナはきっぱりと答えた。

「ヴォリヒン生まれのポーランド人です。国防軍の炊事婦として働いています。夫は戦争がはじまってすぐ赤軍に徴兵されました」

老農婦はもう一度ハンナを頭のてっぺんから足の爪先まで見つめた後、家に駆け込み、ルーテニアの民族服――裾の長いスカートと刺繍の施された上着――を手にして戻ってきた。

「かわいそうに、怪我しているうえに、ひどいぼろを着ているじゃないか。これを持っておゆき。神様はあんたのような気立ての良い娘を見捨てやしないよ」

部隊が出発するとき、ロシア人運転手が荷台を覗き込み、早口のロシア語で言った。

「あんた、俺の言葉もわかるんだろう？　どうやら神様を味方につけているようだな。ドイツ人たちが見ず知らずの相手に親切にするなんざ、思ってもみなかったよ。あんたが本当にポーランド人だかどうだかは、怪しいもんだがな」

ハンナは密告されることを怖れたが、その運転手は別段ユダヤ人に敵意を抱いているわけでもなかったらしく、目の敵にされるようなことはなかった。

カルパチア山脈を越え、チェコスロバキアを横切り、ようやくハンガリーに入っても、ハンナの不安と緊張の日々は変わらなかった。それどころか、町に入ったとたんに恐怖にかられた。玄関脇の柱にメズザのある家をいくつも見かけたからだ。メズザは、小さな細長い筒に聖句の刻まれた羊皮紙を入れたもので、ユダヤ人が住んでいることを示すものだったが、どの家も例外なく扉の閂《かんぬき》が壊され、人の気配はまったくなかった。

国境沿いのその町、ジャホニには大勢のウクライナ難民がいた。ドイツ軍に加担していた者たちがポーランド各地から逃げてきていたのだ。なかにはグリニャーニ村のある東部ガリツィア地方の者たちもいた。

見知っている顔にばったり出くわすのを怖れ、ハンナは言いつけられたドイツ軍将校の給仕の仕事をしながら、できるだけ家から出ないようにして過ごすことにした。

だが、危険は屋内にもあった。一週間が何事もなく過ぎようとしていたその朝、髭剃り用の水を運んだとき、将校がいつもとは違う調子でハンナに問いかけてきた。

「おまえには家族はいるのか？」

ハンナがヴァルターの書類通りの話をすると、将校はだみ声を張り上げた。

「我が第三帝国軍は一時的に後退してはいるが、最終的には勝利を手にする。赤軍に取られたおまえの夫とやらはどうせ生きておるまい。少々楽しませてもらったところで、文句を言う者はだれもいないわけだ」

ハンナは震えながらとっさに本部に呼ばれていると嘘をついた。

「すぐに戻ってくるんだぞ、可愛い子ちゃん！」

将校の猫なで声を振り払うようにしてその場を逃れ、急いで自分の部屋に駆け戻ると、ベッドの下に準備してあった鞄を引っつかんで外に飛び出した。

だが、逃げ場などどこにもないことはわかり切っていた。ただ闇雲《やみくも》に駆けながら、どうすればいいのかわからず、また胸の傷がうずきはじめ、道の真ん中でへたり込んで泣き出してしまいそうになったとき、前方に大勢の人だかりが目に入った。ハンナは息を整え、平静を装って近づいていった。

そこは駅だった。線路に貨車が停まっているのを見たハンナは、ゲットーを思い起こしてぞっとした。貨車に詰め込まれたユダヤ人たちがどんな目に遭ったか、運ばれた先でなにが起こったか——残酷な光景で頭がいっぱいになった。だが、貨車から聞こえてきたのは馬のいななきだった。

〈中にいるのは馬……なの？　それに並んでいるのはみんなウクライナ人たちだわ……〉

なにが起こっているのか、列の最後尾にいる若者にウクライナ語で訊ねてみた。

「知らないのかい？　俺たちはみんな志願労働者さ！」

と、若者はひどく嬉しそうに答えた。

「労働って、どんな仕事なの？」

「ドイツ軍がポーランドじゅうから集めた優良馬を運ぶのさ」

「運ぶって、どこに？」

「ビショフタイニッツ*だよ」

「それは……どこなの？」

「ずっと西さ。チェコスロバキアの西の果て——ドイツのすぐ近くらしいんだ。俺たちは大きな牧場に雇われて、ドイツ軍のために馬の世話をするんだ」

走り出した貨車の中で、ハンナは複雑な思いにとらわれていた。とりあえずはあの将校から逃げることができた――ひどい目に遭わせられなくて済んだことに胸を撫で下ろした。厳しく身元を調べられもせず、名前を記入しただけで労働者たちの中に紛れ込むことができたのは幸運だった。だが、これから行く先になにが待っているのか――どんな場所なのか、どんな人たちがいるのか、まったくわかっていなかった。

汽笛が長い尾を引いて鳴り響いたとき、ハンナはどうしようもない絶望感に襲われた。光のまったく射さない洞窟の中を、出口がどっちにあるのかわからないまま、手探りで行ったり来たりしつづけているような気がして、泣き出してしまいそうになった。

〈私はどうなるの？　どこに行けばいいの？　安心して眠れる日は来るの？　いったいいつまで逃げつづけなければならないの？〉

涙をかろうじて堪《こら》えながら、ハンナはふと、かたわらにいる馬たちに目をやった。ドイツ軍はさぞや優秀な血統ばかりを集めたらしく、どの馬も堂々たる体躯と素晴らしい毛並みを持っていた。

ハンナは干し草の上に横になり、馬たちを眺めつづけた。

「あなたたち……とってもきれいよ……」

つぶやいたとき、黒毛の一頭が応えてくれたかのように鼻を鳴らした。

「ブルルルッ！」

それが嬉しく、ハンナはまたつぶやいた。

「あら……あなた、私の言うことがわかるの？」

「ブルルッ！」

「私の体を心配してくれてるのね？　まだ力は入らないけれど、大丈夫よ……」

「ブルッ！　ブルルルッ！」

「そう、あなたたちは強いのね……私ももっと強くなるわ」

馬たちの鼻息と蹄《ひづめ》の音を聞きながら、ハンナはいつしか眠りに落ちた。

貨物列車は駅を素通りし、定期的に鉄橋の上で停まった。バケツを持って川に下り、水を汲んで馬に与えるのがハンナの仕事だった。

はじめて水汲みに下りたときから、ハンナは同じ車両に乗っているひとりの少女のことが気になっていた。亜麻色の髪に青い瞳、きれいな顔立ちをしたその少女は、ウクライナ人の男たちに始終唾を吐きかけられていた。

「売女《ばいた》め！」

その理由は明白だった。少女の下腹はわずかに膨らんでいたのだ。夜、ハンナは少女のそばに行き、ウクライナ語で話しかけた。

「今夜は暑いわね？」

少女はビクッとしただけで、なにも答えなかった。

「心配することはないわ。私はアナ。あなたは？」

それでも少女は口を利こうとしなかった。ハンナはかたわらに腰を下ろした。

「みんなひどいことするわね。お腹にいるのはドイツ兵の子供だって噂だけど、本当なの？」

突然、少女は床に突っ伏して泣きじゃくった。

「本当です……でも……無理矢理に……」

少女はとぎれとぎれに、ドイツ兵に強姦《ごうかん》されて妊娠したこと、そのため村にいられなくなったことを語った。ハンナは少女の髪を優しく撫でた。

「あなた、お名前は？　私はアナ・スタヴィンスカよ」

「ユルカです……ユルカ・プチコ」

ユルカはまだ十七歳になったばかりだった。

「これから行く場所に知り合いでもいるの？」

「いません……でも、兄が二年前に志願してオーストリアに働きに出ましたから、できれば兄のところに行きたいと思っています」

「そう……あなたもひとりぼっちなのね」

ハンナは少女の力になってやりたいと思った。少女の身に起こったことは他人事ではなかった。ひとりきりでいることの危険性をずっと感じていたのだ。

「いいわ、元気だしなさい。私がなんとかしてあげる。私はドイツ語を話せるの。いい？　私たちは従姉妹《いとこ》同士で、ヴォリヒン出身のポーランド人だということにしましょう」

ユルカの目からどっと涙が溢れ出した。

「本当に？　本当に力になってくださるんですか？」

「本当よ、守ってあげる。これから私たちはいつも一緒にいて、協力し合うの。水汲みも、食事も、眠るときも一緒よ」

列車は煙をたなびかせながら広大な緑の平原をいくつも横切った。途中、戦争など知らないかのように平和なままの暮らしをつづけている村をいくつも見かけ、ハンナは次第に〈戦争が遠くに離れていく〉ような明るい気持ちになっていった。だがそれも、水汲みをしている最中に、ひとりの若者が声をかけてくるまでのことだった。

「ヴォリヒン生まれのポーランド人だって？」

と、そのかぎ鼻の若者は、ニヤニヤしながらポーランド語で言った。

「そうよ。それがどうしたの？」

「この汽車に乗っているのはほとんど全員がウクライナ人だ。俺の見たところ、あんたはユダヤ人だ。間違いない」

ハンナは内心血が凍る思いだったが、落ち着き払った態度を崩さなかった。

「私はポーランド人よ、あなたと同じにね。疑うのなら訴えればいいじゃないの」

「ほう、ずいぶん強気だな。そうさせてもらうよ」

若者はニヤリと笑って去って行った。

翌日、ハンナは部隊の指揮官に呼び出された。機関車のすぐ後ろにつながれた豪華な客車に入っていくと、六十代半ばほどだろうか、白髪頭の痩せた小男が大きな椅子にふんぞり返っていた。大きすぎるコートを無格好に羽織り、煙草を口の端にくわえたそのドイツ人将校は、始終酒浸《さけびた》りらしく、赤い鼻をしていた。

最初に口を開いたのはその将校ではなく、横に立っていた長身の女性だった。

「あなたはユダヤ人だそうね。訴えがあったわ。なにか言いたいことはおありかしら？」

冷酷な目をしたそのポーランド人女性は、医者で、将校の愛人だと噂されていた。

ハンナは女性の質問には答えず、まっすぐ赤鼻の将校に歩み寄った。大きくあくびした将校の口からアルコールがぷんと臭ってきた。

「いったいなんのことなのかわかりません。私はアナ・スタヴィンスカ、先祖代々のポーランド人です。ここに証明書もあります」

ハンナの完璧なドイツ語はここでも力を発揮した。将校はさも面倒くさそうに書類を見やり、しゃがれ声で言った。

「おまえは我が軍に有益な人物だというわけか……」

将校は立ち上がり、いきなり背伸びするようにして愛人女性の頬を打った。

「わしの職務は馬を無事にビショフタイニッツに送り届けることだ！　こんな娘の素性を確かめている暇などない！」

将校はブランデーをグラスに注ぎながら、ハンナの書類を床に放った。

「もういい、出て行け！」

その夜ハンナは眠れなかった。いったんは危機を免れることができたが、「ユダヤ人がいる」という噂が広まるに違いなかった。

〈次の駅にＳＳ隊員が待ちかまえているかもしれないわ……〉

翌日ハンナは、機関車が汽笛を鳴らすたびに、あわてて窓から身を乗り出した。前方に鉄橋が見えてくると、ほっと胸を撫で下ろした。

「いったいどうしたの、アナ？」

ハンナの奇妙な振る舞いに、ユルカは首をかしげた。

「ううん、なんでもないわ……それより、私の噂聞かなかった？」

「噂って、どんな？」

「どんなって……なんでもよ」

「そういえば……」

と、ユルカがひどく深刻な顔をしたため、ハンナは息を飲んだ。

「アナは馬としゃべれるんじゃないかって、男の人たちが言っていたわ」

ハンナはいっぺんに肩の力を抜き、大きく息を吐いた。

「どうなの、アナ？　しゃべれるの？　しゃべっているところを見たって、そう言っていたわ。私には本当のことを教えてよ」

どこまでも真剣なユルカを、ハンナは笑顔で抱きしめた。

「馬鹿ね。しゃべれるわけないじゃないの。私はみんなと同じ普通の人間よ」

それ以降も列車が駅に停まりそうな様子はなく、かぎ鼻の若者をはじめ、周囲の者たちからとやかく言われることもなかった。だがときおり、指揮官の愛人女性に遠くから見つめられていることがあった。冷たい視線に気づくたびに、ハンナは気を引き締めた。

〈気を抜いちゃだめよ。まわりは敵ばかりなんだから……〉

緊張を解き、気を紛《まぎ》らわす機会もあった。水汲みに谷川に下りるとき、ハンナはユルカと水を掛け合って遊ぶことができた。逃亡する気配を見せれば即座に撃ち殺されるに違いなかったが、ドイツ兵たちの監視の目はそれほど厳しくなかったのだ。同時に彼らは、ウクライナ人の男たちがユルカにするひどい仕打ちにもまったく無関心だった。

ユルカへのいじめは陰惨だった。通りすがりに唾を吐きかけられるくらいはまだましなほうで、面と向かって、殴りかからんばかりに激しく罵倒《ばとう》されることも少なくなかったのだ。

「ねえアナ、どうしてみんなは私のことをいじめるの？　みんなだってドイツ軍に喜んで協力していたじゃない？」

夜、二人きりになったとき、ユルカは涙ながらに胸の内を語った。

「それに私……本当は犯されたんじゃないの」

ドイツ兵に強姦されたというのは、彼女の嘘だったのだ。

「なにも心配することはないって、ハンスは言ったの。赤ちゃんが生まれたら結婚しようって、そう言ってくれたの。でも、ハンスはロシアに行ったわ。ロシアの前線ってひどいんでしょう？」

ユルカはハンナの腕にすがりついた。

「ねえアナ、ハンスはいまどこにいるの？　私を迎えにきてくれる？　いつ？　戦争が終わってから？　ねぇ、戦争はいつ終わるの？　いつになったらハンスと一緒に暮らせるの？」

ハンナはなにも言うことができず、ただユルカを強く抱きしめた。

「優しくしてくれるのはあなただけよ……」

ユルカは母親に抱かれる子供のように、ハンナの胸に顔を埋《うず》めた。

「あなたは他の人たちとは違うわ。とっても温かい心の持ち主……」

ユルカは、ハンナが「ユダヤ人の嫌疑」をかけられ、指揮官に呼び出されたことを知っていた。だが、それがなにを意味することなのかは、よく理解できていなかった。彼女の小さな村には、ユダヤ人はひとりも住んでおらず、村人たちの噂で、

「ポーランド各地でユダヤ人たちがひどい目に遭っている——」

と聞いたことはあっても、それが実際にどんな仕打ちなのか、どれほど「ひどい目」なのかなど、まったく知らなかったのだ。

もとより、ハンナがユダヤ人なのかどうかなど、彼女にはどうでも良いことだった。村の女性が子供を産んだとき、一晩中悲鳴が止まなかったことが記憶にあり、ただただ出産を恐れていたのだ。

〈赤ちゃんを産むときに私のそばにいて、支えてくれる人をお送りください〉

そう神に祈っていたところに現れたのが、ハンナだったのだ。

ユルカは事あるごとにハンナと従姉妹同士だと主張した。だが、その話に無理があることは自分でもわかっていた。彼女の髪は亜麻色で、瞳は青。対してハンナは髪も目も黒かった。村でときおり見かけたジプシーのようだと思っていた。

〈だけどジプシーとは違う……スワビア人*なのかしら？　いったいアナって何者なの？　普通の

農家の娘だとは思えないわ。頭が良くて品があるもの……きっとどこかの大きな町で生まれ育ったんだわ〉

ユルカは胸に湧いてくる疑問を追い払った。

〈そんなことはどうでもいいの！　だれであれ、アナはあなたの守護天使なの！　聖母マリア様が遣わしてくださったのよ！〉

ハンナの胸から顔を上げたユルカは、涙を拭き、教会でするようにきちんと跪《ひざまず》いて十字を切った。そして乾し草に身を横たえ、子供のように無邪気な笑顔を浮かべたまま、ゆっくりと目を閉じた。

告発　BETRAYAL

列車の旅が終わる日の朝、ハンナは床が激しく叩かれる音で目を覚ました。壁板の隙間《すきま》から射し込む朝陽を受け、馬たちは相変わらず美しかった。一週間近く寝起きを共にしている間に、大きな黒毛の一頭は、ハンナを見かけるたびに「ブルルッ」と言いながら頭をもたせかけてくるようになっていた。

横になったまましばらく黒毛と見つめ合っていたハンナは、黒毛が大きな目玉の奥のほうで「心配ないよ」と言ってくれているような気がした。

「大丈夫だよ、すべてうまくゆくさ」

馬が突然、ポーランド語でそう囁いたのを耳にしたのだが、ハンナは驚きもせず、

「そうね、きっと素敵な場所が私たちを待っているわね」

と囁《ささや》き返し、

「ありがとう」

と笑いかけた。すると黒毛も、

「お互い様さ」

と、笑って応じた。

〈これは夢なの？〉

ハンナがはたと我に返り、半身を起こすと、黒毛は、

「ブルルッ」

と、もう一度笑った。

〈夢じゃないわ。私は馬と話せるの？　ユルカが見ていたらなんて言うかしら？〉

苦笑しながらかたわらを見やると、ユルカはまだ眠っていた。ハンナはもう一度苦笑した。色白で、「可憐」という言葉が似合う、とてもきれいな顔立ちをしているのに、ユルカは大きな鼾《いびき》をかくのだ。ハンナは少々あきれつつも、ユルカが良く眠っていることを嬉しく思った。前日から嫌がらせが極端に少なくなっていたのだ。目的地を前にして、ウクライナ人たちは他人のことをとやかく言うよりも、自分たちの先行きのことを真剣に心配しはじめていた。特に民族主義運動に積極的だった者たちがひどく脅えていた。

「ロシア人はどこまで攻め込んでくるんだ？　ビショフタイニッツまでやってくるのか？」

「ありえない話じゃないいな。ドイツは徹底的に打ちのめされる。もっと西に行ったほうがいいか

もしれないな」

彼らはソ連軍を心の底から怖れ、生き延びるにはできるだけ西へ行くしかないと考えているようだった。

またそれとは別に、ハンナに首をかしげさせたことがあった。こっそりと会話に耳を傾けていてはじめて知ったのだが、彼らのユダヤ人への敵愾心《てきがいしん》は、二千年以上前の古代ユダヤ王国にまで遡《さかのぼ》る、信じられないほど根深いもののようだった。「ユダヤ人を殺した」、「思う存分殴ってやった」などと自慢げだったのはまったく聞くに耐えなかったが、ハンナが理解に苦しんだのは、彼らがそれを「当然の報復」だと考えているらしいことだった。

「奴らは呪われた民族だ」

「居場所なんかどこにもないのさ」

ハンナは悲しくなり、倒れるように身を横たえた。

〈ユダヤ人がなにをしたっていうの？　そんな昔のこと、私にどうしろっていうの？〉

しばらくぼんやりと黒毛を眺めていたハンナは、突然身震いに襲われた。稲妻のように、一本の道がはっきりと頭の中に閃《ひらめ》いた。朝陽が輝きを増し、馬たちがひときわ高く嘶《いなな》いたような気がした。

〈わかったわ！〉

父アーロンの顔が見えた。「シオンに還《かえ》れ！*」という声が聞こえた。

〈そうなのね、パパ？　私の行き先はシオンなのね？〉

そのときハンナは、父と歩いたグリニャーニ村の夜を、星空の下で交わした約束を思い出した。

〈パパ、ママ、私はきっとシオンに行く！　シオンに還ってから、アマレク人＊に復讐するんだわ！〉

力が満ちあふれてくるのを感じながら、ハンナは心にモーセ＊の姿を想い描いた。古代イスラエルの伝説的指導者は、山上に立ち、両腕を高く掲げ、アマレク人との戦いを指揮していた。モーセの従者のヨシュア・ビン・ヌンと父アーロンが現れ、モーセの腕を両側から支えた。

「パパがんばって！　パパがしっかりしなきゃ！」

これ以上ないほど頼もしい光景だったが、ハンナは急に不安に襲われた。

〈アマレク人が勝ってしまう！〉

背筋に不吉な予感が走ったのだ。

〈モーセの腕が下がってしまう！〉

ハンナはあわてて父のそばに駆け寄り、腕を支えながら、弟を呼んだ。

「エジュ、あなたも手伝うのよ！」

姉弟はあらん限りの力を振り絞ったが、すぐにガクンと膝を落とした。

「おまえたちは逃げろ！　生き延びるんだ！」

アーロンの叫びを聞き、自分でもそうしたいのは山々だったが、ハンナは足を動かせずにいた。

戦場を蹂躙《じゅうりん》した敵は、大挙して山に押し寄せてきた。先頭で剣を振りかざしているのは、なぜだか女戦士たちの部隊だった。迫りくる金切り声に包まれ、ハンナは必死で立ち上がろうともがきつづけた。

「アマレク人が来る……アマレク人の女戦士たちが来るわ……」

脂汗をかいてうなされているハンナを、ユルカが揺り起こした。

「アナ。ねえ、アナったら」

飛び起きたハンナは、わけがわからず周囲を見まわした。

「幻覚を見ていたのね、アナ。チフスにかかっているんだわ。でも大丈夫、だれにも言わないでおくから」

ハンナはユルカの顔をまじまじと見つめ、つぶやいた。

「あなたは……私の敵？　アマレク人の女戦士？」

「大丈夫よ。チフスのことはだれにも言わない。放り出されちゃうもの。私が秘密で看病してあげる」

かいがいしく水を飲ませようとしたユルカを押しのけ、ハンナは勢い良く立ち上がった。

「怖い夢を見ていただけよ！　チフスなんかじゃないわ！　変なこと言わないでちょうだい！」

黒毛が「ブルルッ」と鼻を鳴らしたのを合図に、ハンナとユルカは同時に吹き出した。

「アナ、私はあなたの敵なんかじゃないわよ」

口を尖らせたユルカを、ハンナは抱きしめた。

「わかってるわ。私たちは力を合わせて生き延びるのよ」

ビショフタイニッツは息を飲むほど美しい牧場だった。ハンナがまず目を引かれたのは、戦争がはじまる前までとある男爵家が住んでいたという古城だった。広大な敷地内には谷があり、川が流れていた。馬を入れる厩舎《きゅうしゃ》と労働者たちの粗末な宿舎は、草原の真ん中にある大きな池を取り囲むようにしていくつも並んでいた。

駅ではない場所——丘の上に停まった列車に向かって、城から、厩舎から、大勢の人々が集まってきた。ＳＳ隊員の姿はどこにも見当たらなかった。国防軍兵士たちも数えるほどしかおらず、それも自動小銃を構えて厳しい号令を発しているわけではなく、のんびりとした風情で新入り労働者たちを眺めていた。

家族や親類、友人と再会し、朗《ほが》らかな声を上げている人々の間を通りながら、ハンナは気持ちを引き締め直さねばならなかった。

〈だれかにばったり出くわすかもしれない……〉

敵に囲まれていることにまったく変わりはなかったのだ。口を真一文字に結んでいたハンナのかたわらで、ユルカが消え入りそうな声で言った。

「知り合いも、友だちも……私にはだれもいないわ……」

ハンナは無理やり笑顔を作り、ユルカの背中を叩いた。

「なに言ってるのよ。私がいるじゃないの。さぁ、登録にゆくわよ」

「大丈夫かしら……？　こんなお腹の私にできる仕事、あるのかしら？」

「平気よ、私がなんとかするから！」

「本当に大丈夫……？」

ハンナは尻込みするユルカの手を引っ張り、登録の行なわれている兵舎に向かった。

「まかせなさい！」

口ではそう言いつつも、彼女の心は不安でいっぱいだった。

〈ユルカのことよりも、私のことだわ……他の人たちと顔を合わせないでいられるように……できるだけ外に出なくてすむようにしないと……〉

結果は、兵舎から外に出たとき、草原の緑がいっそう輝きを増して見えたほど、良かった。ハンナは他の労働者たちとは分けられ、城内で働くことになった。ここでもドイツ語が力を発揮したのだ。もちろんユルカのことも忘れなかった。

「この子は私の従姉妹《いとこ》です！　どうか一緒にいられるようにしてください！」

ドイツ軍人の人事担当官を前に、ハンナはユルカを抱き寄せて懇願した。

「それにアーリア人の赤ちゃんを身ごもっています！　その人はいま、ロシアで戦っているんです！」

「特別だぞ」

ヴァルターの書類に目を通したドイツ兵は、ユルカにも、炊事班の仕事と、城内の大きな調理場の中二階にある小部屋を、宿舎として与えてくれた。

「あなたのおかげよ、アナ」

新しい住まいが小ぎれいだったことに大喜びし、ユルカはベッドに飛び乗って言った。

「本当に私の守護天使なんだわ。いいことばかりだもの」

「良かったわね。ここなら安心して赤ちゃんを産めるわよ」

笑顔でそう応えつつも、ハンナは胸にナイフを突き立てられたような心持ちでいた。ユルカの言うように「いいことばかり」というわけにはいかなかったのだ。最後の最後に、彼女は大きな失敗を犯していた。

ハンス・ヴェルバーという名の炊事班班長は、軍人のわりには気さくで話のしやすい人物で、彼に流暢なドイツ語と頭の良さを気に入ってもらえたところまでは良かったのだが、最後に「自転車に乗れるかね？」と訊かれたとき、ハンナは深く考えもせずに「はい」と答えてしまったのだ。

「そりゃいい。言葉がわかる者がいなくて難儀していたところだ。大助かりだよ」

翌朝から、ハンナの息の詰まるような日々がはじまった。「できるだけ外に出ない」どころではなかった。食料の買い出し係を言い付けられ、隣村の市場まで、毎日自転車で通わなければならなかったのだ。

暑い盛りにもかかわらず、ハンナは頭にスカーフを巻き、体を小さくかがめ、なにがあろうと脇見をしないようにして自転車を漕いだ。小さな市場では、農家や商店の人々と話をしないわけにもいかず、さりとてあまり親しく接しすぎると、あれこれと質問される羽目にあった。

「そうかね、ロシア人にひどい目に遭わされて、はるばるポーランドから逃げてきたってわけかね」

一軒しかない肉屋の、人の良さそうな店主は、そう言いながらソーセージを一切れ差し出した。

「おあがり。こんなうまいソーセージはロシア人どもには作れやせんよ」

断るわけにもいかず、ハンナはユダヤ教の戒律に反する豚肉を、決死の思いで飲み込んだ。

とにかく緊張し通しの毎日だった。隣村までは野中の一本道だったが、ときおりすれ違う人にじっと見つめられることがあった。無事に調理場に帰り着くたびにほっと息をついた。

〈このままじゃいつかだれかに見つかってしまうわ。どうにかしてここを離れないと……〉

四六時中脱出の手立てばかり考えていたが、なんの妙案も思いつかないまま季節は過ぎ、秋がやってきた。

寒気《かんき》が身に染みるようになっていたその朝、ハンナはコートを羽織って自転車を漕ぎ出した。

〈朝霧が濃くて安心だわ……〉

と思っていたが、人影が目に入ったときにはすぐそばまで近づいていた。それは、ドイツ軍が徴用している畑に出かけるウクライナ人の若者の集団だった。

「ハンナ！　ハンナじゃないか！」

ふいにウクライナ語が聞こえ、ひとりの若者が追ってくるのがわかった。

「ハンナ！　ハンナだろう？」

背筋が凍りつき、息が止まってしまいそうになりながら、ハンナは聞こえないふりをして自転車を漕ぎつづけた。だが、若者は全速力で駆けてきて、道を塞《ふさ》いだ。

「ほら、やっぱりハンナだ！　ホフベルグさんのところの次女！　ムニュの妹だ！」

若者はひどく嬉しそうだった。

「驚いたよ！　いったいこんなところでなにをしているんだい？　どうやって来たのさ？」

ハンナは若者の顔を見つめ、首をかしげ、ポーランド語で丁寧に応じた。

「どなたかと思い違いしているようですわね。私の名前はスタヴィンスカです」

「なんだよそれ！　ウクライナ語で話しなよ！　ハンナじゃないか！　神に誓ってハンナだよ！」

他の若者たちも興味深げに近寄ってきた。

「思い違いです。さようなら」

ハンナはポーランド語で貫き通し、逃げるように自転車を漕ぎ出した。

幸い若者はそれ以上追いかけてこなかった。なにもなかったかのようにしばらく走った後、ハンナは突然自転車を乗り捨て、草原に駆け込んだ。

〈いまのはブンダだったわ！〉

そのまま憑《つ》かれたようにどこまでも走りつづけた。

特に親しかったわけではないが、ハンナはブンダを知っていた。グリニャーニ村の石炭の配達人夫で、いつも馬車で彼女の家に石炭を届けにきていた。ついに心配していたことが現実になったのだ。

〈とうとう見つかった！　まさかブンダがいるなんて！〉

怖かった。膝がガクガクと震え、叫び声を上げてしまいそうになった。

〈どうすればいいの？　捕まってしまう！〉

ハンナは足をもつれさせ、草むらに倒れ込んだ。立ち上がろうとしても体が言うことを聞かなかった。

〈なんとかしないと！　このままじゃ密告される！〉

草の中でもがいていると、胸の奥でだれかが、「動くな」と囁《ささや》いた。ハンナは動きを止め、手足を投げ出した。目を閉じると、朝露が頬に心地良かった。

「ほっとしているんじゃないの？」と、だれかが言った。

「自首したほうがいいんじゃない？　死に脅《おびや》かされて逃げ回るより、受け入れたほうが楽でしょう？　あんな言い訳でごまかせたはずはないわ。遅かれ早かれ、あなたは密告されて、ＳＳに捕まるのよ」

ブンダは特に意地悪なタイプではなかったが、気立ての良いほうでもなかった。黙っていてくれるとは到底思えなかった。牧場には、他にもときおり奇妙な視線を向けてくる者たちがいた。

〈みんなが寄ってたかっていろいろなことを言いはじめるわ……お祈りの仕方が変だとか……じゃが芋ばかり食べてるとか……どう見てもユダヤ娘だとか……〉

目を開くと、霧が晴れ、青空が広がろうとしているところだった。

「処刑される……」

と、ハンナはつぶやいた。

「へぇ、死ぬつもりなの？」

と、また胸の中で声がした。

「せっかくここまで生き延びたのに？　お父様との約束はどうするの？　あなたには守護天使が

いるじゃない！　忘れたの？　ヴァルターの書いてくれた証明書があるじゃない！」

ハンナは肌身離さず持っている書類を取り出してみた。

〈ああ、ヴァルター……私のたったひとりの守護天使……いまどこにいるの？〉

何度も命を救ってくれた書類だが、今度ばかりは奇跡をもたらしてくれるようには思えなかった。ハンナはふらふらと立ち上がり、両親の顔、兄弟の顔、リヴォフの街並み——思いつくかぎりのあらゆる源泉から、足を踏み出す力を集めようとした。

「とにかく……まず市場に行って、食料を買って、城に戻りなさい」

ハンナは自分に向かってそうつぶやき、草むらに残っている足跡を逆にたどりはじめた。

「しっかりしなさい……あきらめちゃだめ……捨て鉢になっちゃだめよ……歩くのよ」

つぶやいているうちに、ヴァルターに手紙を書いてみることを思いついた。

部屋に戻ると、ユルカはベッドに腰かけて縫い物をしていた。お腹の大きな美少女は、ハンナを見るなり眉をひそめ、首をかしげた。

〈そう、あなたももう聞いているのね……〉

と、ハンナは胸の中でつぶやいた。

〈いいわ、密告なさい。私を処刑台に送ればいいわ〉

だが、実際には別のセリフを口にしていた。

「なんだか気分が悪いの。今日は休ませてほしいって、班長に伝えてきてくれない？」

ユルカが出て行くのを待ち、ハンナは急いで便箋を取り出し、手紙を書いた。

親愛なるヴァルター・ローゼンクランツ様、
あなたが元気でいることを祈りながら、この手紙を書いています。私は元気です。いまチェコスロバキアのビショフタイニッツにいて、国防軍のために働いています。ところが、私のことを知っているウクライナ人がいて、とても困ったことになりそうなのです。私の身元を証明する手助けをしていただけませんでしょうか。あなたほど私のことを知っている人はいません。あなたはヴォリヒンの私の家に住んでいたのですから。

あなたの友人、アナ・スタヴィンスカより

はっきり書けないのは検閲《けんえつ》があるためだった。外国からの手紙はすべてゲシュタポ*が目を通すと聞かされていた。


〈いまにもSSがやってくるかもしれないわ……〉

不安に脅えながら、ハンナはその日、一日中ベッドに寝ていた。

それから四日間、SS隊員にドアを叩かれることはなかった。いつまでも仮病を使っているわけにもゆかず、ハンナは意を決して部屋を出た。調理場には思った通りのいたたまれない空気が待っていた。だれひとり声をかけてこず、皆ひそひそと陰でなにかを話していた。

〈今日こそ最後の日になるかもしれない……〉

毎朝そう思いながらさらに不安な数日を過ごした後、部屋に一通の手紙が届けられたとき、ハンナは踊り上がらんばかりに喜んだ。

親愛なるアナ・スタヴィンスカ様、
誠に残念ですが、倅《せがれ》はまだ戦争から戻っておりません。東部の前線に行くと知らせてきたのが最後です。近くにお越しの際にはぜひお立ち寄りください。いつも幸運があなたとともにありますことをお祈り申し上げます。

ヴァルターの父より

〈これで終わりだわ……〉

ハンナはがっくりと肩を落とした。ヴァルターはもう戦死しているかもしれないと思った。

〈無事でいたとしても、ソ連軍の捕虜になっているかもしれない……〉

心底落胆しつつも、手紙の最後に書き添えてあったヴァルターの所属部隊に宛てて、もう一度手紙を送ってみることにした。

その数日後、正午の鐘の音に合わせたように、村の警官がやってきた。ハンナはそのとき自分の部屋にいた。

「スタヴィンスカ！　スタヴィンスカ！」

ヴェルバー班長の声を聞き、ドアを薄く開けたハンナは、階下の調理場に警官がいるのを見て、すぐに覚悟を決めた。そのままゆっくりとドアを押し開け、胸を張って階段を降りていった。逆らうつもりはなかった。降参する心の準備がとうにできていたのだ。

〈やっぱり私、なんだかほっとしている……〉

それはずっと待ち望んでいたものではなかったが、どんな形であれ、終わりを歓迎したい気分だった。

〈なにもかも終わったんだわ……〉

ハンナが黙って警官の前に立ったとき、ドイツ語の怒鳴り声が部屋中に鳴り響いた。

「この娘の身元を疑っているというウクライナ人の豚はどこだ！」

ハンナは自分の耳を疑った。警官は周囲の者たちを見まわしながらつづけた。

「本官の元に、偉大なる第一装甲師団ローゼンクランツ少佐より、直々に書簡が届いた！ 少佐は移動中にヴォリヒンでこの娘の家に滞在したこと、ならびにこの娘がアナ・スタヴィンスカであることは、間違いのない事実であるとおっしゃっておられる！」

警官は、静まり返った調理場をひとしきり見まわした後、ハンナの顔を覗き込んだ。

「さて？ あなたのことを疑っているという不届き者は、ここにはおらぬのかな？ それともドイツ語がわからんのかな？」

奇跡が起こっていた。だがそのときハンナは別のことを考えていた。

〈少佐になったんだ……〉

ヴァルターが昇進したらしいこと知り、自分のことのように嬉しく感じていた。

畑に出ていたブンダはすぐに連れてこられた。警官はいきなりブンダの腕をひねり上げ、地面に押し倒した。

「人間の屑《くず》め！　この娘にあらぬ嫌疑をかけて、いったいなにを企《たくら》んでおるのだ！」

警官のドイツ語をハンナが通訳した。ブンダは震えながらドイツ語で弁解しようとし、なにも言えず、ハンナに向かってウクライナ語で言った。

「お嬢さん、お願いです！　悪気はまったくなかったんです！　ただ、僕の知り合いに似ていただけで、勘違いだったんです！　そう伝えてください！」

ハンナは憐れな若者の言ったことをそのまま通訳した。

「こう言ってあげなさい」と、警官はハンナに笑顔で言った。

「もしまた同じようなことをすれば、ユーゴスラビアに送って苛酷《かこく》な水路掘りに従事させるぞ！」

ブンダは声にならない声で、

「もう二度としません、神に誓って――」

と、何度も繰り返した。

警官を門のところまで見送った後、ハンナは堂々と大勢の野次馬たちの間を通って城に戻った。自分の部屋に入り、ベッドに腰かけてから、はじめてほっと胸を撫で下ろした。ヴァルターの顔を思い浮かべ、彼の機転と優しさに思いつくかぎりの感謝を捧げた。

だが、まだなにも終わっていないことは、彼女自身が一番良くわかっていた。

逃避　ESCAPE

秋が深まるにつれ、ハンナのビショフタイニッツでの日々は耐えがたいものになっていった。ブンダが村の警官に厳しく叱りつけられた話はすぐに広まり、自転車で通りかかるハンナを見ると、ウクライナ人たちは唾を吐きかけるようになった。

「あばずれ女め！」

ドイツ人将校から手紙が届いたことも知れ渡っていた。

「旦那と子供を捨ててドイツ兵とねんごろになりやがって！　一緒にいるもうひとりの売女《ばいた》と同じに、私生児を産むがいいや！」

いよいよチェコスロバキアを離れるべき時がきた――そう感じたハンナは、以前から考えていたことを実行に移すことにした。ヴェルバー班長に、オーストリアへの移動を願い出たのだ。自分の問題にはまったく触れず、ユルカを口実に使った。

「ユルカはずっと、お腹の子供のことでひどい目に遭っています。なんとかしてあげてください。クニッテルフェルト*には彼女のお兄さんがいます」

彼女は班長の人の良さを知っていた。きっと力になってくれるに違いない――そう思っていた。

だが、小太りのドイツ軍人は、顎《あご》に手をやって考え込んだ。問題は別にあるようだった。

「ふうむ……力になってやりたいところだが、いまの不安定な戦況下では……どうにもならない」

「でも、ユルカはこれ以上ここには――」

「まあ聞きなさい。いま鉄道は、すべて軍事専用になっておる。労働者の移送などには使えんのだよ。どうやってクニッテルフェルトまでいくつもりだ？」

「なんとかします！」と、ハンナは班長の机の上に身を乗り出した。

「どこでだって働けます！　かわいそうなユルカのためなんです！　お腹にいるのがアーリア人の赤ちゃんだということを忘れないでください！　お願いします！」

「ふうむ……」

唸りながら、ヴェルバーは紙を取り出し、万年筆でコツンコツンと叩いた後、筆を走らせた。

　　クニッテルフェルト強制労働収容所・人事担当官殿、
　アナ・スタヴィンスカならびにユルカ・プチコの二名は、ビショフタイニッツにおいて、我が指揮の下、炊事婦として勤務しておりました。貴所にて適当な役職を与えていただくよう、ここに要請いたします。

ビショフタイニッツ強制労働収容所
炊事班班長　ハンス・ヴェルバー曹長

ハンナはヴェルバーの広い額にキスしたいのを我慢し、うやうやしく一礼して書類を受け取った。

「この御恩は忘れません、ヴェルバーさん！」

「いつ発つつもりだね？」

「今日、いますぐにでも！」

ハンナがそう言うと、ヴェルバーはいくぶん寂しげな表情になり、ポケットからマルク*紙幣と食料配給券の束を取り出した。

「持っていきなさい。くれぐれも気をつけるんだよ」

ハンナはもう一度深く頭を下げ、班長室を出て、自室に駆け戻った。

「ユルカ！　荷物をまとめてすぐに発つわよ！　班長が通行許可証を書いてくれたわ！　お兄さんのところに行けるのよ！」

ユルカは編み物の手を止め、のんびりとした口調で応えた。

「まあ、良かったわ。でもそんなに急ぐことないじゃない？　明日の朝になってからにしましょうよ」

「あなたにはそんな余裕はないのよ！　ウクライナ人たちがあなたのお腹を裂いて、赤ちゃんを引きずり出すって言っているらしいの！　急ぎなさい！」

　とたんにユルカは跳ね上がり、旅の支度に取りかかった。二人は三分もしないうちに牧場を飛び出し、一度も後ろを振り返らずに駅へ向かって駆けていった。

　煉瓦造りの大きな駅舎は、ドイツ兵たちでごった返していた。

〈怖がっちゃだめよ……堂々と歩くのよ……〉

　そう自分に言い聞かせながら、ハンナは乗車切符の発券窓口へ行き、ヴェルバーとヴァルターの書類を差し出した。

「私たち二人は軍の労働者です。オーストリアのクニッテルフェルトまで行かなければなりません」

　だが駅員は、丁重に応じつつも、首を大きく横に振った。

「残念ですが、一般市民の方はご乗車できません」

　ハンナは簡単に引き下がるつもりはなかった。

「どうしても行かなければならないんです」

「できません」

　首を降りつづける駅員の前に、ハンナはユルカを引っ張ってきて、懇願しつづけた。

「この子は国防軍将校の赤ん坊を身ごもっているんです。安全な場所へ行かせてあげてください」

「できません。当局の命令なんです」

「でも、通行許可証もあるのに！」

押し問答をつづけていると、突然背後から声をかけられた。

「お嬢さん、どうなさいました？」

ハンナが振り返ると、ひとりの痩せたドイツ兵が、軍靴《ぐんか》の踵《かかと》を打ち鳴らし、礼儀正しく頭を下げた。美男子だったが、顔には笑顔のかけらもなかった。

「第十一歩兵連隊所属、ヨハン・ディートリッヒ大尉です」

少なからず気圧《けお》されながらも、ハンナは丁重におじぎを返して言った。

「は、はじめまして、アナ・スタヴィンスカです。この子の……私の従姉妹のお腹には、ドイツ軍将校の赤ちゃんがいるんです。お願いします、安全なところまで行かせてください。ここに軍の偉い方々からいただいた手紙があります」

二通の書類に目を通した大尉は、突然軍人らしい声を発した。

「この両名は国防軍の重要人物である！　次のプラハ行きの席を確保したまえ！」

駅員があわてて切符を用意しはじめたのを見て、ハンナはほっと安堵し、同時に首をかしげた。

「ありがとうございます。でも、プラハ……なのですか？」

方向が違うような気がしたのだ。

「ええ」と、大尉ははじめて笑顔を見せた。「まずはプラハに行くことになります。オーストリアまでの線路が分断されていますから、ブダペスト経由で行かれるとよろしい。プラハ、ブダペスト、ウィーン、そしてクニッテルフェルト。私も少々閉口しましたが、頻繁に臨時停車する長い旅になります。お気をつけて！」

踵《かかと》を鳴らした大尉に、ハンナは深く頭を下げた。

車内はドイツ兵で溢れ返っていた。ほとんどの顔は暗く沈み、先ほどの大尉のようにドイツ軍の士気の高さを感じさせるようなものは、ひとつもなかった。それでも兵士たちは、座る場所がなくて困っている娘たちを見ると、上官に命令されたわけでもないのに、すかさず皆で一致団結して動き、席を空けてくれた。さらに、ユルカがドイツ軍人の子供を身ごもっていることが知れ渡ると、あちこちからチョコレートやクッキーが、兵士たちの手から手を渡って集まってきた。

列車に揺られながら、ハンナは不思議な思いでいっぱいだった。

〈みんな良い人たちだわ……この人たちはユダヤ人がどんな目に遭っているのか、自分たちの仲間がどんなに残酷なことをしているのか、知っているのかしら？〉

物思いに耽《ふけ》るうち、彼女は奇妙な衝動にとらわれはじめた。

〈もしも……いまここで、私がユダヤ人だと言ったら、どうなるのかしら？　殺されるの？　S隊員のところに連れてゆかれるの？〉

馬鹿な考えだということはわかっていても、もう何年も、生き延びるために素性を隠してきた彼女は、そのとき、ドイツ兵に囲まれた身動き取れない状況の中で、自分の運命を試してみたくなったのだ。

「私はユダヤ人なの！　父はアーロン！　母はリヴカ！　誇り高きユダヤ人のハンナ・ホフベルグなのよ！」

そう叫んでしまいたい衝動を、彼女は頭《かぶり》を振って追い払った。

気を落ち着けてから、あらためてまわりの兵士たちの顔をひとつひとつ眺めてみた。目が合うと、そのうちの何人かは笑みを返してきた。どこか悲しげな笑みだった。

〈ここにいるのは……血も涙のない人たちばかりなの？　それともヴァルターみたいな人もたくさんいるのかしら……〉

さまざまな思いが駆け巡るなか、ハンナはいつしか眠りに引き込まれていった。

ブレーキが軋《きし》む音と衝撃に目を覚ましたとき、列車はプラハ駅に滑り込もうとしているところだった。実際に目にするのははじめてだったが、チェコスロバキアの首都が美しい街だということは、父アーロンから何度も聞かされていた。

「文化豊かな素晴らしい街だ。ユダヤ人にとっても歴史深い地で、それはそれは立派な礼拝堂《シナゴーグ》があるんだぞ」

乗り継ぎの列車を待つ間、自分のことのようにプラハの自慢をしていた父を思い起こしながら、ハンナは暗く静まり返ったゴーストタウンを歩いた。ときおり軍用車が通るだけで、人影はどこにも見当たらなかった。

〈家に帰ったらパパに教えてあげなきゃ……〉

ハンナはうっかりと、そんなふうに考えていた。両親がこの世からいなくなっていることを思い直しても、悲しさは涌いてこなかった。

〈ここは本当にプラハなの……？〉

歩むうちに、次第になにが現実で、なにがそうではないのか、わからないような気がしてきた。

〈パパとママは本当に死んだの……？　私は……？〉

しまいには、自分が生きているのかどうかさえ疑いたくなった。

〈もうやめなさい！〉

何度も頭の中でそう言い聞かせても、ハンナは夢の世界を漂っているような奇妙な感覚から一向に抜け出せなかった。

プラハからブダペストまでは、ほぼ丸一日の道のりだった。二等客車の硬い椅子は座り心地が悪く、ハンナは真夜中に目を覚ました。そのとき列車は、人里離れた深い渓谷に沿った、曲がりくねった線路を走っていた。

〈ひどく揺れていたのはこのせいだったのね……〉

ユルカはよく眠っていた。もう一度眠ろうとして、暗い川面をぼんやりと眺めているうちに、ハンナはグリニャーニ村のことを思い出してしまい、目を閉じることができなくなった。家族みんなで暮らしていたころのことが、恋しくてたまらなくなったのだ。同時に、自分から望んだわけでもないのに、知らない場所から知らない場所へと連れて行かれてばかりいることが、無性に怖くなった。

〈この先にはなにがあるの……？　私はどこに向かっているの……？　どうやったらシオンに行けるの……？〉

ふと目を上に向けると、延々とつづいていた真っ黒い崖の一角が、月明かりに、城の形をしているのがわかった。

〈あんなところにも人が住んでいる……〉

そのことだけで、ハンナは不安が薄らぎ、勇気づけられる思いがした。

〈何百年も、何千年も、ずっと生きてきたんだわ……〉

ハンガリーの首都は、プラハとはまったくの別世界だった。巨大な駅舎を出たとたん、ハンナとユルカは街の活気に圧倒された。どこもかしこも人波でごった返していたのだ。コーヒーや紅茶、焼きたてのパンやケーキ、ソーセージや揚げ物——とにかくいい匂いがそこいらじゅうに漂っていた。軍服を着た兵士の姿はどこにもなく、歩道はそぞろ歩く着飾った女性たちでいっぱいで、カフェというカフェは満員の客でにぎわっていた。カフェだけではなく、どの店も清潔で、棚は色とりどりの品々で溢れていた。

「素敵なところ、ねえ、アナ……ねえったら！」

ユルカは、なにも応えないハンナの腕をゆさぶった。

「え……？　なにか言った？」

ユルカの言葉などまったく耳に入らないほど、ハンナは街のにぎわいに心を奪われていたのだ。

「素敵ねって言ったの！」

「ええ、そうね……本当に素敵だわ」

歩くうちに、ブダペスト市民たちの奇妙な視線に晒されていることは重々承知しながらも、二人は好奇心を抑えることができず、ひときわ立派な建物の中に入った。内部には、太い柱の立ち並ぶ巨大な神殿のような空間があり、大きな温泉プールがあった。

「ペンッ！　ペンッ！」

ひとりの老婆が駆け寄ってきて、ハンナが首に掛けていた手作りのネックレスを握って放さなかった。言葉がわからないながらも、ハンナがネックレスをはずして渡すと、老婆は大笑いしながらフォリント*紙幣を握らせてくれた。

「これでコーヒーを飲みましょうよ」

ハンナが言うと、ユルカは大喜びした。

「やった！　ケーキも食べたい！」

「いいわよ。マルクだって使えるかもしれないし」

二人が、絨毯《じゅうたん》の敷き詰められた宮殿の大広間のようなカフェに入ると、ウエイトレスの女性たちがクスクス笑った。擦り切れた服を着た亜麻色の髪の妊婦と、軍用毛布を仕立て直した上着を羽織った、ジプシーのような黒髪の娘は、席に案内されるどころか、奥から出てきた立派な身なりの男性に、丁重に追い払われた。

「そんなにしょげることないわ。こんな格好なんだから、仕方ないわよ」

なだめるハンナに、ユルカはニッコリと笑顔を向けた。

「はい、アナに半分あげる」

ユルカはどこからかケーキを一個かすめ取ることに成功していたのだ。ブランデー・シロップの染み込んだ信じられないほどおいしいケーキを食べながら、二人は夢の世界の散策を満喫した。

石造りの堤防に寄りかかり、ドナウ川を眺めながら、ハンナはため息を漏らした。

「まるで戦争なんてなかったみたいだわ。なにもかも輝いている……」

対岸を見渡すと、同じ高さの堂々とした建物がどこまでもつづいていた。壊れた建物はひとつも見当たらず、オーストリア＝ハンガリー二重帝国の栄華がそのまま息づいていた。

「なんなのこれ？」

ハンナは急に腹立たしくなり、叫んだ。

「不公平だわ！　どうして私はこんなに苦しまなければならないの？　私の悪夢はちっとも終わりそうにないのに！」

ユルカはまだ夢の世界に浸っていた。ハンナの刺々しい言葉にちょっと首をかしげただけで、堤防にもたれ、街を眺めながら、ポーランドの陽気な民謡を口ずさみはじめた。

「見て、アナ！」

そう言ってユルカが指差したのは、街角にいる恋人同士だった。街路樹の下で、ひとりの青年が、きれいなドレスをまとった乙女の手にキスしていた。うっとりと見とれていたユルカは、さも嬉しそうに言った。

「きっとハンスも戻ってきて、あの人みたいに私の手にキスしてくれるんだわ」

「馬鹿なこと言わないで！」と、ハンナは声を張り上げた。「ここの人たちは苦しみを知らないの！　幸せなのはあの人たちだけで、私たちは違うのよ！」

「嘘みたい……」

しょげ返ったユルカに気づき、ハンナは自分の言ったことを後悔した。

「そうね……ハンスは、あなたと……あなたのお腹の赤ちゃんのことばかり考えているわ。きっとあなたたちを迎えにきてくれる……」

そう言いながら、ハンナがユルカの肩に手をかけようとすると、ユルカはビクッと体を震わせた。

列車がブダペスト駅を出て、広大な平原をひた走っている間じゅうずっと、オーストリアに入ってからも、二人は口を利かなかった。ユルカがようやく口を開いたのは、夕暮れ間近、首都ウィーンが近づいてからだった。窓の外を見つめながら、

「アナの言うとおりだわ……」

とつぶやき、ハンナの手をぎゅっと握った。

歴史に名高いハプスブルク王朝の都には、戦争の爪痕《つめあと》が深く刻まれていた。まるで邪悪な巨人が通り過ぎた後のように、完全に瓦礫《がれき》と化している街区があちこちにあった。ここでも二人は、乗り継ぎを待つ間、駅舎を出て近くを散策した。まだ動いている路面電車を見つけ、ハンナがドイツ語で話しかけると、老齢の車掌男性は、

「乗りなさい。今日はあと一往復で終わりだし、どうせ客はおるまい」

と言い、二人を終点まで無料で往復させてくれた。

ウィーンの街路は、ハンナがそれまで見たどの街のものより広かったが、馬車も自動車も一台も通らず、閑散としているうえ、あちこちで歩道の敷石が剥がされ、土嚢《どのう》を積み上げた待避壕が作ら

れていた。開いている商店やレストランもいくつかあったが、客の姿はひとりも見かけなかった。まばらな人影は、皆足早にどこかへ向かっていた。

「ここが……パパとママが新婚旅行にきた……美しい街なの?」

と、ハンナは窓の外を眺めながらつぶやいた。癌の手術を受けた後、最新の医療設備や医薬品がどんなに素晴らしかったかを、口角沫《こうかくあわ》を飛ばさんばかりに熱く語っていた父アーロンの姿を思い起こした。聞かされた話といま目の前にある光景とは、どこをどう見ても重なりそうになかった。

〈ぜんぜん違うわ……〉

唯一、かつての文化の豊かさと栄華の片鱗らしきものが感じられたのは、道を歩いていたひとりの年老いた女性の身なりだった。繰り返し空襲に晒されている中でも、高級そうな帽子をかぶり、精一杯の身だしなみを心がけているようだった。

「爆撃機の編隊は、蠅か虻の群のように見えるんだが……まったく、この手で叩き落としてやりたいよ。あっという間にこの有り様さ。治安もひどく悪くなった。あんた方にも華やかなウィーンを見せたかったよ。戦争は負けだ。オーストリアはもうお終いだ……」

車掌はそう言って悲しそうに首を振った。

なにを見せられようとも、言われようとも、ハンナの心には一片の憐憫《れんびん》の情も湧いてこなかった。

〈自業自得だわ……〉

と、ハンナはヘブライ語でつぶやいた。オーストリアは戦争のはじまる前から第三帝国に加わり、ナチスと固く手を結んでいたのだ。

〈今度は自分たちが苦しみを味わう番なのよ……〉

ハンナは唇を噛んだ。父アーロンのことが腹立たしくてならなかったのだ。

〈パパが自慢していたこの街は、ヒトラーが住んでいたところなのよ……ユダヤ人のことを病原菌《ペスト》だとか、ウジ虫だなんて言っているヒトラーが……〉

ゲルマン民族の国々を、文化を、戦争がはじまる前はもちろん、はじまってからも敬いつづけた父の純真さ——というよりも、浮き世離れした初心《うぶ》さが、ハンナには理解できなかった。逃亡生活をつづけながら、さまざまな人々に出会い、世の中のことを知るにつけ、彼女は何度も首をかしげていた。

〈どうしてなの？　どうしてパパは、ユダヤを嫌っている反ユダヤ主義者たちのことを、もっと真剣に考えようとしなかったの？　オーストリア＝ハンガリー二重帝国の美しさと、フランツ・ヨーゼフ皇帝の偉大さに目が曇っていたの？〉

怒りを持て余しながら、次第に夕闇に包まれてゆく、焼けただれた大都市を眺めているうちに、ハンナはふと、父を許したい気持ちになった。

〈裏切られたんだ……パパは人を信じて、信じていた人たちに、裏切られたんだわ……〉

そう思うと、胸のつかえが少しだけ取れたような気がした。

駅舎のベンチで夜を明かし、二人は翌朝ようやく最終目的地へ向かう列車に乗り込むことができた。

南へ、南へとひた走る列車からの風景は、息を飲むほど素晴らしかった。雪を頂く雄大な山並み、紅葉に燃え立つ森、草原には小川が流れ、前方から次々に現れてくる大小さまざまな湖は、陽光を受けて宝石のような輝きを放っていた。

山を貫くトンネルを通るのははじめての経験だった。先頭の機関車が汽笛を鳴り響かせたのを合図に、列車は長い暗がりから飛び出した。そのとたん、ハンナは思わず笑みをこぼした。心がいっぺんに晴れ渡った気がしたのだ。窓外の明るく平和な景色を眺めながら、ハンナはそのときはじめて、少しずつ自由に近づいている自分を感じていた。

宿命　FATE

山沿いの小さな町、クニッテルフェルトで降りた乗客は十人ほどしかおらず、ほとんどが軍のお抱え商人、もしくは技術者風の男たちばかりだった。駅舎を出たところは思ったよりも大きな石畳の広場になっていたが、人影はまばらで閑散としていた。駅員に訊ねると、路面電車もバスも走っていないことがわかり、ハンナとユルカは町はずれの工場地帯まで、長い道のりを歩いて行くことになった。

町の小さな教会の前に軍用ジープが並んでいた以外は、ドイツ兵の姿はまったく見かけなかった。商店で買い物をしている女、自宅の庭に待避壕を掘っている男、休憩中の工場労働者たち——町の人々は、荷物を抱えたみすぼらしい風体の余所者《よそ》が通りかかっても、チラリと目を向けるだけで、皆素知らぬ振りをしていた。

遠くに『クニッテルフェルト強制労働収容所』と書かれた大きな門が見えたとき、ハンナはいったん立ち止まり、深呼吸をした。長い煉瓦塀には『パウロ・モラサッティ製材所』と書かれてあった。遠目にもそちらの方が古いことがわかった。

「なんだか怖いわ……大丈夫かしら？」

不安がるユルカの手を握り、ハンナは深くうなずいてみせた。

「大丈夫よ……」

門の脇の詰所には、自動小銃を肩にかけ、タバコをくわえたドイツ兵がいた。

「私たちはビショフタイニッツから来た志願労働者です」

ハンナがそう言っても、兵士はなにも答えなかった。

「クニッテルフェルトへの移動を命ぜられました」

少しの怯《ひる》みも見せず、ハンナがヴェルバーの書類を差し出すと、兵士は無表情のまま目を走らせ、〈ついて来い〉というふうに首を振り、門の中に入っていった。

広い敷地内には、煉瓦造りの大きな倉庫がいくつも建ち並び、不気味な雰囲気を醸し出していた。兵士の後を歩きながら、ユルカは下唇を噛んで震えていた。

「心配ないわ……私がなんとかするから」

ハンナが耳元で囁くと、ユルカはぎこちない笑顔を作った。

兵士が向かっているのが『事務所』と書かれた建物だということがすぐにわかり、

「ね？　言ったでしょう？」

と、またハンナが囁《ささや》くと、ユルカは奇妙な笑顔のままうなずいた。

事務所から顔を見せたのは、六十歳はとうに超えていそうな小太りの紳士だった。兵士と流暢《りゅうちょう》なドイツ語で話していたが、ハンナはかすかな外国人訛《なま》りに気づいた。

コッツィ――それが、ひょこひょこと踊るようにして歩く工場長の名前だった。中に招き入れられ、二言三言、言葉を交わしただけで、ハンナはコッツィの人の好さと、収容所が心配していたような規則の厳しい場所ではなかったことに安堵し、思い切ってユルカの兄のことを訊ねてみた。

「おるよ、おるよ。ほっほっほ、そうかね、妹さんかね」

ハンナが期待した以上に、コッツィは鷹揚《おうよう》な態度で応じてくれた。

「今日は朝早くから外の現場に出かけてもらっておるから、戻るのは夜になってからだね。気の荒い作業員たちをうまくまとめてくれて、助かっとるよ。さて、だれのところで働いてもらおうかね……」

言いながらコッツィは、壁に掛けられた黒板に目をやった。作業員たちはいくつもの班に分けられているようだった。

「炊事部は足りとるようじゃし……」

ハンナは緊張しながらコッツィの次の言葉を待った。右か左か――いつでもそれが運命の岐路なのだ。

「プリムスさん、この二人の娘さんの面倒を見てもらえるかね？」

「もちろんですわ。ドイツ語のわかる働き者なら、いつでも大歓迎です」

そう言いながら立ち上がったのが、髪の短い気さくそうな女性だったことに、ハンナはほっと息をついた。

あてがわれた宿舎は、倉庫と倉庫の間に列をなして建てられいる、木造の仮兵舎の一角だった。作業員たちが作ったというそれは「仮兵舎」と呼ばれてはいたが、中に入ってみると、それまでの宿舎よりも広くて清潔で、そのうえ真ん中に大きな薪《まき》ストーブまであった。

「あらあら、そんなに喜んでくれるのね」

とプリムスは、飛び跳ねる二人を見て笑った。

「この区画には捕虜たちは入ってこないから、安心してね。労働志願者の、それも女性専用なのよ。明日の朝から作業に加わってもらうから、あとで北側の倉庫に行って、作業着を選んでおいてね。場所はすぐにわかるわ。外出には、私かコッツィ氏の許可が必要だけれど、所内を歩くのは自由よ」

プリムスはとても話好きな女性だった。ハンナがドイツ語を完璧に話せることが気に入ったらしく、パウロ・モラサッティというのが有名なイタリア人資産家の名前だということ、オーストリア各地に同じ名前の工場や会社がたくさんあること、コッツィ工場長もイタリア人で、とても陽気な人物だということ、そして製材所が、ドイツ軍の強制労働収容所を兼ねた半官半民の施設で、主にドイツ軍とイタリア軍に木材を供給していることなどを教えてくれた。

「チェコスロバキアからなんて、長旅で大変だったでしょう? 今日は荷物を整理して、ゆっくり休みなさい。夕食は食堂まで取りに来てね。時間になったら声をかけてあげるわ」

プリムスの残していった優しい言葉に、ハンナとユルカは手を取り合って喜んだ。

「優しそうな人たちばかり！　アナは本当に私の守護天使だわ！」

「これは奇跡よ！　安心して赤ちゃんを産めるわね！」

二人は荷物を片付ける前に、早速所内を見て回った。仕事はきつそうだったが、どの作業場でも、外国人兵士の捕虜たちと町の人たちが分け隔てなく一緒に働いているようだった。見張りのドイツ兵が要所要所にいたが、威圧的な雰囲気は少しもなかった。ユルカはますます上機嫌になった。

「ここならきっといじめられないわ。ぜんぶアナのおかげよ」

「神様が味方してくださったのよ」

だが、プリムスに教えられた倉庫に行き、暗がりに山と積まれた作業着を目にしたとき、ハンナはぞっとして思わず後ずさった。どれも擦り切れ、袖やポケットが破れていたが、ぼろぼろだったことに驚いたのではなかった。ユダヤ教徒の男性が礼拝のときに着る服、ツィツィートがいくつも混ざっていたのである。

ハンナは鼻を両手で覆い、こぼれそうになる涙を堪えて外に飛び出した。入ったときから鼻を突いていた臭いが、ゲットーと同じだったことに気づいたのだ。

「作業着に使える服を持っています」

気を静めてから、ハンナは事務所に行ってプリムスにそう報告し、兵舎に戻ってユルカの兄の帰りを待つことにした。

少ない荷物の整理はあっという間に終わった。壁一面に作り付けられている物入れはあきれるほど大きく、持っている衣類を全部しまっても、百分の一も埋まっていないように見えた。

大切な品々をベッドの下の一番奥に隠した後、木箱のテーブルにテーブルクロス代わりのハンカチを敷いたり、窓辺に花瓶代わりのコップを置いたり——部屋の飾り付けをしているうちに、ハンナはユルカがそわそわしはじめたことに気づいた。

「どうかしたの？」

ユルカはうつむき、消え入りそうに答えた。

「だって……アンドレ兄さんに会えるのは嬉しいけど……私が妊娠していることを知ったら、怒るに決まってる……殺されちゃうかもしれないわ」

「なに馬鹿なこと言ってるのよ。まさか、妹を殺すなんてこと——」

なだめようとしたハンナを、ユルカは遮った。

「アナはアンドレ兄さんを知らないから！　怒ると怖いの！　兄さんにこっぴどい目に遭わされたことないから！　立てなくなるまで殴られた村の男の子は、それこそひとりや二人じゃないんだから！」

ハンナはいまにも泣き出しそうなユルカに近づき、

「大丈夫よ……」

と、髪を撫でながら言った。

「私がなんとかしてあげるわ。そうね……すぐには言わないほうがいいかもしれないわね。隠していればわからないわよ。落ち着いてから、頃合いを見計らって打ち明けて……相手はポーランド人だってことにするのはどう？　ドイツ人だって言わなきゃいいのよ」

「そうか！　そうよね！　アナは本当に頭がいいのね！」

ぱっと笑顔になったユルカは、すぐに一番大きなコートを羽織り、

「これならわからないわよね？」

と言いながら、ハンナの前でくるりと回ってみせた。

アンドレアス・プチコは長身の若者だった。頬骨が大きく突き出ていることよりも、また肩まである金髪を丁寧にオールバックに撫で付けていることよりも、深い群青色の瞳が印象的だった。真っ黒に陽灼けしていることに加え、ドイツ軍の作業着と濃褐色のブーツを身に着けていることも、彼の風貌をさらに精悍《せいかん》なものにしていた。

アンドレアスはユルカを見て笑顔をはじけさせたが、妹を抱きしめる前に、部屋にいるもうひとりの娘をしげしげと眺めた。

厳《いか》つい若者に見つめられ、ハンナは思わず、ヴァルターにもらった軍用毛布で作った上着の埃《ほこり》を手で払った。スカートを履いてはいたが、一度シラミに悩まされて以来、髪を男の子のように短く刈ってしまっていることが、恥ずかしくてならなかった。

「こちらの重要人物は？　どちら様だい？」

アンドレアスの野太い声に、ユルカが応じた。

「アナよ。途中で会ったの。アナ・スタヴィンスカ。ヴォリヒン生まれなのに、ドイツ人みたい

にドイツ語がしゃべれるのよ。アナがいなかったらどうなっていたかわからないわ。なにせ私がこんなお腹だから――」

「ユルカ！」

ハンナが割って入ったが、もう遅かった。アンドレアスはユルカの腹部を凝視していた。大きな鷲鼻に縦皺が寄ったとき、ハンナはユルカが殴られると思った。

「なんだ、それは！」

怒声が響く前に、ユルカはもう半べそをかいていた。

「私は悪くないわ……ハンスは結婚しようって……そう言ってくれたの」

「だれだ、そのハンスってのは！」

ユルカはベッドに突っ伏し、わんわん泣き声を立てはじめた。

「アナ、どうすればいいの？」

ハンナはベッドの端に腰かけ、ユルカの髪を撫でた。

「馬鹿な子ね……本当のことは言わないようにしようって、ついさっき決めたばかりじゃないの……」

大きなため息をひとつついてから、アンドレアスに向き直った。

「相手はドイツ人なの。国防軍の兵士に無理やり犯されたの。とにかくいまさらなにを言っても遅いわ。ユルカと赤ちゃんのためになにができるかを考えなくちゃ」

「くそっ！」

アンドレアスは大きく舌を打ち鳴らした。

「みんなに知られたら、俺まで馬鹿にされるんだぞ！　だれにも言うな！　なにがあっても秘密にするんだ！」

ハンナが神妙にうなずくと、アンドレアスはもう一度舌打ちし、ユルカに向かって言った。

「おまえは余計なことするんじゃないぞ！　だれにも、なにも言うな！」

繰り返しうなずくユルカを見下ろしながら、アンドレアスはいくぶん優しい声音になり、言い足した。

「赤ん坊の父親はおれが見つけてやるよ」

翌日から製材所での仕事がはじまった。重い木材の運搬など、屋外の寒気に晒《さら》されながらのきつい力仕事が多かったが、ハンナはそれほど苦しいとは感じなかった。銃で脅されていないだけでも幸せだったのだ。

しばらくは平穏な日々がつづいた。ハンナは同じ班で働いている町の婦人たちと親しくなり、たびたび自宅に招いてもらえるようになった。なかには手縫いの服をくれる人もいて、彼女の寂しい衣装棚は少しずつ賑やかになっていった。

ある日、作業場を通りかかったコッツィ工場長が、ハンナの顔を見て立ち止まった。

「ああ、スタヴィンスカ、元気でやっとるかね？」

ハンナは陽気な工場長に精一杯の笑顔で応じた。

「はい、コッツィさん！」

「ほっほっほ、それは良かった。困ったことはないかね？」

「はい。仕事は大変ですけれど、プリムス主任をはじめ、町の人たちも、みなさんとてもよくしてくださいます」

コッツィはうんうんと笑顔でうなずき、立ち去りかけたが、ダンスのターンのように振り向いた。

「そうだそうだ、君と一緒に来たアンドレの妹……プチコ……ユルカ・プチコだったね、彼女はそろそろ出産だね。病院に入れてあげないといけないね」

「病院……ですか？」

「ああそうだよ、病院だよ。グラーツの病院なら、わしの知り合いがおるし、外国人でも受け入れてもらえるからね。プチコに伝えておいておくれ」

「はい、わかりました」

その夜、夕食の最中にハンナはそのことをユルカに告げた。それが問題になろうとは、露ほども思っていなかった。

「そうそう、コッツィさんが、あなたを病院に入れるって言ってるわよ。グラーツの病院ですって」

ユルカはいきなり立ち上がって叫んだ。

「いやよ！　絶対に行かない！」

異常なほどの取り乱し方だった。

「どうしたの急に？　なにがいやなの？　グラーツはそんなに遠くないわ。それにコッツィさんのお友だちの先生がいるのよ？　心配ないわよ」

ハンナがいくらなだめようとしても、ユルカは「いや！　いや！」を繰り返した。

「アナの馬鹿っ！」

ついにはドアを弾き飛ばして外に駆け出した。

「ユルカ！」

ハンナはあわてて後を追った。

「待ちなさい！　どこに行こうっていうの！」

一度暗闇の中に見失いかけたが、どうにか追いつくことができたのは、ユルカが途中で地面にへたり込んでいたからだった。

「いったいどうしたのよ……」

ハンナがそばにかがみ込むと、ユルカは寒さにぶるぶる震えながら、泣き声を立てはじめた。

「泣いているだけじゃわからないわよ。とにかく部屋に戻りましょう。寒くて赤ちゃんも――」

「だって！」と、ユルカは叫んだ。「病院は人が死ぬところだわ！　子供を産むために入院するなんて話、聞いたことないもの！　お願い、私の赤ちゃんを殺さないで！」

ハンナはユルカを抱きしめた。

「わかったわ。私がなんとかする。絶対に病院には行かせない」

「本当……？」

「本当よ」

「嘘つかない？」

「嘘なんかつかないわ」

「約束してくれる？」

「約束するわよ。いいかげんにしてよ」

それでもユルカは納得しようとせず、ふたたび声を荒げた。

「神様に誓ってちょうだい！」

「誓うわよ！　だからもう——」

「そんなのじゃいや！　ちゃんと誓ってよ！」

ユルカのあまりの剣幕にたじろぎつつ、ハンナは天を仰ぎ、両手を合わせた。

「これでいい？」

神妙な顔で見ていたユルカは、こっくりとうなづき、涙を拭いた。

「やっと普段の顔に戻ってくれたわね」

と、ハンナは立ち上がったユルカに言った。

「ごめんなさい……」

つぶやいたユルカの頭を、コツンと叩いた。

「すごい顔してたわよ。まったくあなたって、困った子ね」

「えへへ」

ユルカは気恥ずかしそうな笑顔になり、突然ハンナをドキリとさせるようなことを言った。

「でも、アナのお祈りって、なんだか変だわ」

ハンナは焦りを顔に出さず、もう一度コツンと叩いた。

「なに言ってるのよ。とにかく帰りましょう。寒くて赤ちゃんも震えているわよ」

それから一週間もしない日の夕暮れ、ハンナが仕事を終えて宿舎に戻ると、ユルカが床の上で呻《うめ》いていた。

「ユルカ！」

あわてて駆け寄ったハンナの手を握りしめ、ユルカは叫んだ。

「痛い！　アナ、助けて！　死んじゃう！」

「だれか！　助産婦さんを呼んでください！　赤ちゃんが生まれる！」

ハンナの声は隣室の住人の耳に届いた。

「がんばってユルカ！　がんばるのよ！」

お産に立ち会ったことなど一度もなかったハンナは、ただただうろたえてばかりだった。町の助産婦が到着しても、ユルカはハンナの手を放そうとしなかった。

「アナ！　そばにいて！　ひとりにしないで！」

ユルカの悲鳴が産声に取って替わられたのは、ハンナの手が真っ赤になり、空が白みはじめたころだった。

「元気な男の子だこと。頭の形も、とてもきれいですよ」

そう言いながら、助産婦がユルカに赤ん坊を抱かせようとすると、ユルカは小さく首を振った。

「私じゃなくて、アナに……」

「あらあら、お父さんがわりなのね？」

と、助産婦はハンナを見て笑った。

「なに言ってるのよ！」

ハンナは拒んだが、ユルカは「どうしても」と言い張った。

「一番最初に、あなたに抱いてほしいの……」

まだ湯気を立てている赤ん坊を両手に託されたとき、ハンナはその熱さに驚き、ぶるぶると体を震わせた。

「きれいよ、ユルカ！　あなたの子供よ！」

ユルカはまた小さく首を振った。

「ちがうわ……私たちの子供よ……」

真冬の朝に生まれた赤ん坊は、ハンナとユルカの別れを連れてきた。アンドレアスが父親を見つけてきたのだ。

このミコライという、色黒で背が低く、ずんぐりとした体つきの四十がらみの男は、とにかくハンナを震え上がらせた。顔に大きな疵《きず》があるうえ、襟元や袖口にチラチラ見えたのだが、全身に刺青《いれずみ》を入れているようだった。近くの小学校の用務員をしながら、民家の暖炉の焚き付けや煙突掃除をしている——と漏れ聞いていたところまでは良かったのだが、はじめて顔を合わせたときに、

「刑務所にいたことがあるんだ」

と、本人の口から聞かされ、ハンナは仰天してひっくり返りそうになった。

「酔っぱらっていて、まったく憶えていない」

ミコライはそう言ったが、ハンナには納得がいかなかった。

〈憶えていようといまいと、女の人を殺して、死刑判決を受けたことに変わりはないじゃない！〉

そう叫びたかったが、怖くてできなかった。ミコライだけではなく、死刑囚や重罪犯はそこらじゅうにいた。ナチスドイツはオーストリアを併合した後、服役中だった受刑者たちを、全員強制労働収容所に移していたのである。

話はアンドレアスと元死刑囚の間でとうに本決まりになっていたらしく、ハンナの死ぬほどの心配をよそに、ユルカと生まれたばかりのリーヒは、ミコライの兵舎に引っ越していった。

だが、ハンナが真に気に病むべきは、ユルカのことではなく、彼女自身のことだった。ひとり住まいになると、アンドレアスが頻繁に訪ねてくるようになったのだ。

「ユルカが世話になったな。これはお礼だよ」

最初は調理場でくすねたらしいサラミを持ってきた。

「ちょっと入ってもいいかな？」

「どうぞ。私もユルカに助けられましたから。友達が一緒にいることで、どれほど勇気づけられたことか」

ハンナはアンドレアスを部屋に招き入れ、ストーブで沸かした紅茶を出し、少しだけ身の上話をした。もちろん、ユダヤ人であることを隠した上でのことだった。

「そうか……旦那をソ連軍に取られ、ひとりで逃げてきたのか。大変な思いをしたんだな。生き延びられただけでも、神の助けなのかもしれないな」

優しい言葉をかけられ、ハンナはつい、アンドレアスの群青色の瞳をじっと見つめてしまった。

「なんだい？」

「ううん、なんでもないわ。ありがとう……」

それが良くなかったらしく、翌日、アンドレアスは野原で摘んだ花を持ってきた。その翌日も、ハンナが仕事から戻ると、プレゼントの軍用毛布を手に、宿舎の前で待っていた。

町の娘たちにちょっかいを出すときとは違い、できるだけ礼儀正しく振る舞おうとしている様子が見て取れたため、最初のうちはハンナもそれほど悪い気はしていなかった。また親友の兄にあまりすげなくすることもできず、しばらくは好きとも嫌いとも言わずに適当にあしらっていたのだが、やがて手に負えなくなってきた。アンドレアスはあまりにしつこかったのだ。そして、ついにとんでもないことを言いはじめた。

「一緒に住もう！」

何度はっきり断わろうとも、アンドレアスはあきらめなかった。ハンナは困り果て、ユルカに助けを求めることにした。

ミコライの兵舎からは赤ん坊の泣き声が聞こえていた。おそるおそる窓から覗くと、奇妙な取り合わせの夫婦——透き通るほど白い肌の可憐な少女と、色黒で悪人面の中年男——は、揺りかごをはさんでストーブのそばに腰かけていた。

赤ん坊をあやしていたユルカは、窓辺にハンナの顔を見つけ、満面の笑顔になった。

「アナ！　来てくれたのね！」

ミコライは噛み煙草で片頬を膨らませ、大きなナイフで木を削っていた。目が合ったとき、ハンナが思わず後ずさったため、元死刑囚はからからと笑い声を立てた。

娘たちが紅茶を飲みながら話をしている間、かたわらの悪人面の男は、ときおりストーブの上で手を揉《も》みながら、黙々とナイフを動かしつづけていた。話はすべて聞こえているはずなのだが、床に唾を吐く以外は、まったく口をはさもうとしなかった。

「いいわ、あとでアンドレ兄さんに言っておく」

ユルカの楽天的な言葉は、ハンナを不安にさせた。

「本当に？　うまく言える……？」

「大丈夫よ。アナだっていつもそう言うじゃない？　私がなんとかする、大丈夫よって」

ユルカはむずがりはじめた赤ん坊を抱き上げ、パッと胸をはだけて母乳を与えはじめた。その瞬間、ハンナはかたわらの悪人面が優しい笑顔に変わったのを見逃さなかった。自分の問題はさておき、どうやらユルカとミコライがうまくやっているらしいことを知り、大きな肩の荷をひとつ降ろせたような気がした。

その翌日からは、作業員総出の大掛かりな運搬作業――屋外で雪をかぶっている木材を倉庫内の乾いた場所に運び込む作業だったが、材木置き場に行き、班分けの列に並ばされたとき、ハンナは不安にかられた。同じ班の作業員たちの中にアンドレアスの顔があったのだ。

ハンナは思わず顔を伏せたが、アンドレアスはそっぽを向き、他の作業員と談笑していた。作業がはじまっても、声をかけてくるどころか、ハンナのことがまったく目に入らないかのように振る舞いつづけた。

〈いったい……どういうつもりなの……?〉

首をかしげつつも、作業に没頭して不安を忘れかけたとき、それは起きた。倉庫に入ったとたん、材木の束が倒れかかってきたのだ。次の日には、材木の山の上から大きな切り株が転がり落ちてきた。その次の日も、また次の日も、大怪我をしかねない危険な嫌がらせはつづいた。

ハンナはたまりかね、夜中、人目を忍んでアンドレアスの兵舎に行った。

「あなただってことは分かってるんだから！　コッツィさんに訴えてやる！」

ドアを開けるなり叫んだハンナに、アンドレアスはニタリと笑っただけだった。

ハンナは自室に戻った後、ストーブに手をかざし、大きなため息をついた。威勢良く啖呵《たんか》を切ってはみたものの、本当に訴えることなどできなかった。秘密を守るため、噂話の種になるようなことはできるだけ避けねばならなかったのだ。

〈もしこれでだめなら、他にもう手はないわ……アンドレアスに抱かれよう……〉

肩を落とし、しばらく考え込んでいたハンナは、蛇に噛まれたように飛び上がった。

〈だめよ！〉

別の心配があることに、はたと気づいたのだ。プシェミシラーニ・ゲットーで従姉妹のローラが言ったことを思い出していた。

「異教徒はユダヤ人を鼻で嗅ぎ分けるって言うわ。男の人をあまり近づけちゃだめよ」

ハンナは恐怖にかられ、居ても立ってもいられなくなった。

〈抱かれたりすれば、ユダヤ人だってばれてしまう！　いつの間にか死神に取り囲まれているじゃない！　どうにかしないと！〉

檻の中の熊のように一晩中部屋を歩きまわったが、解決策はまったく思い浮かばなかった。

ハンナは一睡もしないまま朝を迎え、重い足を引きずりながら作業場に向かった。

〈もうだめかもしれない……〉

口をついて出そうになる言葉を、何度も飲み込んだ。

休憩時間、同僚たちからひとり離れて座っていると、突然背後で声がした。囁くような小声は、訛りのあるドイツ語だった。

「なぜ工場長に訴えないんだ……あんな奴をのさばらせておくことはないじゃないか」

振り向くと、材木の陰に隠れるようにして、眼鏡をかけた長身の男が立っていた。フランス人捕虜のミシェルだった。

色白で端正な顔立ちをしたミシェルは、女性作業員たちの人気者だった。収容所一の紳士で、早朝だろうが夜間だろうが、彼の褐色の髪に櫛が入っていないことはなかった。腕の立つ技術者だったことからも、男たちからも一目置かれており、コッツィ工場長などは、機械の調子がおかしくなるたびに、

「だれかミシェルを見なかったかね?」

と、あちこち探しまわっていた。

「なんのことですか?」

気づかれていたことに内心驚きつつも、ハンナは首をかしげてみせた。

いつもは寡黙な男は、怒りを露《あらわ》にした。

「君が言えないなら、僕がコッツィ氏に言ってやる!」

「やめてください! お願いだから余計なことはしないで!」

目を潤ませたハンナを、ミシェルはじっと見つめた後、静かに材木の陰に消えた。

問題はあっけなく解決した。その週末、日曜の朝早く、赤ん坊を抱いたユルカがハンナの宿舎にやってきた。笑顔半分、泣き顔半分——複雑な表情をしていた。

「昨日、アンドレ兄さんがユーゴスラビアに送られたわ……」

「なんですって?」

ハンナは思わずティーカップを取り落としそうになった。

「いったいどういうことなの?」

「わからないの……水路を掘る、とても厳しい収容所だって、みんな言ってるわ。他にも何人か送られたみたいなんだけど、みんな規則を破った人たちなの……」

ユルカは、上目遣いの試すような視線をハンナに向けた。

「アナ……じゃないわよね……?」

「と、とんでもないわよ！」

ハンナは思い切り頭《かぶり》を振った。

「そりゃあ、少しは困らされてはいたけれど……」

「そうよね……アナにそんなことできるはずないものね……」

ユルカはため息をつき、肩を落とした。

「きっと大丈夫よ！」

と、ハンナは明るく言った。

「荒くれ者たちをまとめるのがうまいから、班長として選ばれたんじゃないの？」

ユルカはとたんに明るい笑顔になった。

「そっか！　そうよね！　やっぱりアナは頭がいいわ！」

ユルカがいつもの笑顔に戻ってくれたことにほっとしつつ、ハンナは心の中でアンドレアスの無事を祈った。

「ジャガ芋が少しあるから、どう？　食べていかない？　茹でて、リーヒの分は、つぶしてお砂糖をかけてあげれば、喜んで食べてくれないかしら？」

「いいわね！　私がやるわ！　アナはリーヒを見ててよ！」

ハンナはミシェルにお礼を言いたいと思ったが、言えなかった。どう言えばいいのかわからないせいもあったが、もともと志願労働者の彼女が、作業で捕虜のミシェルと顔を合わせることは滅多になく、当然のことながら、捕虜たちのいる区画にわざわざ訪ねて行くような勇気などあろうはずもなかった。

　十二月三十一日に収容所内の全員が参加するダンスパーティーが開かれたとき、良い機会だと思いはしたが、しばらく悩んだ後、やはり人混みは避けることに決め、気分が悪いと嘘をついてひとりで部屋に籠《こも》っていた。後になってから、ミシェルがパーティー会場に現れ、すぐにいなくなったという話を聞き、参加しなかったことをひどく後悔した。

〈お礼を言いたい〉

という彼女の思いは、次第に、

〈会いたい〉

という切ない気持ちに変わっていった。

　暦の上では冬が過ぎ去っても、山に囲まれたクニッテルフェルトの雪はいつまでも降り止まなかった。まるでなにか見えない力が、春がやってくるのを拒んでいるかのようだった。

　屋外での作業は相変わらず厳しく、製材所と駅をつないでいるトロッコの引き込み線まで、ハンナは雪の中で、重い木材を抱えて一日中往復しなければならなかった。一番の悩みは手足の霜焼けだった。特に、作業員が作った木靴を履いている足――それも爪先がひどい状態だった。ヤクトロウの森でエジュにもらった革ブーツをまだ大切に持ってはいたが、履くことはできなかった。すぐに盗まれてしまうからである。

　足にぼろ布と新聞紙を何重にも巻き付け、辛い雪中作業をつづけているうちに、寒さの厳しかったある日、ハンナは雪の中に昏倒した。

目を覚ますとコッツィ工場長の丸い笑顔があった。

「具合はどうかね？」

工場長室に寝かされていることはすぐにわかったが、足の感覚がまったくなかった。見ると、両足ともバケツに入れられていた。

「あの……私の足は……」

「水に浸かっておるよ。急にお湯に浸けると、火傷するそうだからね」

「あの……足はまだ……ついてますか？」

「ほっほっほ！」

と、コッツィは笑った。

「もちろんついておるよ。なにも感じないかね？」

「はい……まるで……なくなったみたいです」

コッツィはうんうんとうなずきながら、かたわらに置いてあったブーツを持ち上げた。

「赤十字社からもらったもので、ひとつしかないんじゃが、君にあげよう。サイズもちょうど良さそうだからね」

「コッツィさん……」

老工場長の温かい言葉が身に染み、ハンナは涙をこぼした。

「辛い思いをさせているね」

言いながらコッツィは、そっとハンナの髪を撫でた。

「だがねスタヴィンスカ、君だけじゃない。皆堪えているんだよ。もう少しの辛抱だ……もう少しだよ」

コッツィの手厚い看護のおかげで、ハンナは凍傷になりかけていた足を切断されずに済んだ。

恩人はもうひとりいた。ハンナは、雪の中で気を失ったとき、すぐに駆けつけ、事務所まで運んでくれ、適切な処置を施してくれたというその人物にも、繰り返しお礼を言った。

「本当にありがとうございます……ずっと言おうと思っていたんですけれど……アンドレアスとのことも……あなたが助けてくれたんでしょう？」

「さてね、どうだったかな」

と、ミシェルはとぼけて答えただけだった。

起き上がれるようになるまでの五日間、ミシェルは毎日、栄養たっぷりの特別食とドイツ語の新聞を運んできてくれた。ある朝、周囲にだれもいないとき、こっそりとハンナの耳元に囁《ささや》いた。

「連合国が北フランスを取り戻して*からこっち、ドイツの奴らはてんでだめなようだよ。戦争はじきに終わる」

やがて、連合国軍の爆撃機はクニッテルフェルト上空にも姿を現すようになった。編隊は雲霞《うんか》のごとく押し寄せてきた。標的にされているのは近隣の大きな町、ユーデンブルクの兵器工場だという話だったが、爆弾はところかまわず降り注いだ。空襲警報が鳴り響くたびに、ハンナは所内にいくつもある防空壕に駆け込んだ。外の現場で作業しているときには、あわてて木陰や薮の中、溝の中に逃げ込み、頭を抱えて震えていなければならなかった。

警報が発令されないまま、爆撃機が突然上空に現れることが多くなってくると、町の人々は家を捨て、森に住みはじめた。

〈いい気味だわ。私は森の穴蔵に一年以上隠れていたんだから〉

町の人々に対しては少しも同情する気持ちになれないハンナだったが、ユルカと赤ん坊のことだけは気がかりだった。偏屈なミコライが防空壕に避難することを嫌っていたのだ。空襲があるたびに、ハンナは壕の中でユルカ母子の無事を祈りつづけ、爆撃が止み、ユルカの兵舎に駆けていくとき、いつも胸が押しつぶされそうな不安を味わわなければならなかった。

ある日、ハンナはたまりかねてユルカに詰め寄った。その日の空襲で、直撃こそ受けていなかったものの、ミコライの兵舎は爆風で窓が吹き飛び、家具やテーブルがすべてひっくり返っていたのだ。

「かすり傷で済んだのが不思議なくらいだわ！　リーヒをこんな危険に晒すわ、洗礼*は受けさせないわ、いったいミコライはどういうつもりなの？　あなたはそれでも平気なの？　ぴしっと言ってやりなさいよ！」

次に警報が鳴り響いたとき、ハンナは赤ん坊を抱いて防空壕に駆けていくユルカと、足を引きずりながらその後を追いかけていくミコライを見た。厳しく意見した甲斐があったことにほっとしたのも束の間、その翌日、ユルカの思いも寄らない言葉に仰天させられた。

「アナに言われてから、ミコライと話し合ったわ。防空壕にもちゃんと非難するし、それに洗礼も受けさせることにしたの。アナにリーヒの教母*になってほしいの。洗礼式は明日よ。教父*はアンドレ兄さんのお友だちにもうお願いしてあるのよ」

その夜、はじめて顔を合わせた教父役の男は、ハンナの顔を見るなり言った。

「ポーランドのクラコウ・ゲットーで会ったユダヤ人の女の子にそっくりだよ」

悪意のない人物だったのは幸いだった。内心ではギクリとしつつ、

「よく言われるの。どうせあなたも金髪女性がお好みなんでしょう?」

と、冗談まじりに受け流した。

だが、洗礼式のほうは大問題だった。子供のころからウクライナ人やポーランド人と親しく近所付き合いしていたが、宗教のことでは互いに干渉しないのが習わしだったため、キリスト教の儀式など、参加したことはもちろん、見たことさえ一度もなかったのだ。

〈どうすればいいの? ユダヤ人だってわかってしまう!〉

自室に戻り、ひとりになってから、ハンナはうろたえ、またしても腹を空かした熊のように部屋の中を歩き回らねばならなかった。逃げ出すことも考えたが、その先に安全や自由が待っているとは到底思えなかった。なにも思いつかないままベッドに身を投げ出し、とりあえず胸の前でキリスト教徒のように十字を切る練習をした。ちゃんとできているのかどうかさえわからなかった。

〈ああ神様、せめてもう少し準備する時間を与えてくだされば良かったのに……いろんなことが次々に起こって、とてもついていけません。今度ばかりはどうしようもなさそうです〉

翌日、ハンナは神のはからいに感謝した。早朝に空襲があり、教会が消えてなくなったのだ。だが喜びも束の間、死神がドアをノックした。

「行きましょう、アナ！　神父様が特別にご自宅で式を執り行なってくださるの！」

嬉しそうなユルカに、ハンナは、

「よかったわね！」

と応じるしかなかった。

奇跡的に無罪を勝ち取って歓喜しているところに、すぐさま判決が覆《くつがえ》ったことを告げられ、処刑場に送られることになった罪人のような気分で、ハンナは神父の家へ向かった。

到着するころには、腹を括《くく》っていた。

〈次から次に命のかかった試練ばかり！　来るなら来なさいよ！　こうなったら運命に身をまかせてやる！〉

壁にかけられた小さな十字架を前にして、神父は銀の器の中の水に指を浸し、ユルカの抱く赤ん坊の頭に十字を描いた。神父が祈りの言葉をつぶやきはじめると、ハンナも真似をして唇を動かした。もちろんなにを言えばいいかなどまったくわかっていなかった。

神父は赤ん坊を抱き上げ、ハンナに差し出した。どうすればいいのかわからず、ハンナはとにかく赤ん坊を受け取り、口をもぐもぐ動かすことにした。まわりの人々にじっと見つめられているのを感じ、

〈怪しまれている……？〉

そう思ったとたん、足が震え、冷や汗が噴き出してきた。生きた心地のしない、ひどく長く感じられた沈黙の後、ふいに教父が目の前に近づいてきて、両手を差し出した。ハンナが赤ん坊を手渡

すと、参列者全員が外に向かって歩き出した。

「ありがとう、アナ」

ユルカが振り向いて言った。知らないうちに試練は通り過ぎていた。

「この子が洗礼を受けられたのはあなたのおかげよ。ご恩は一生忘れません」

ハンナのはしゃぎようは皆を驚かせた。全員と握手した後、ミコライにも飛びついてキスをした。悪人面の男は目を白黒させてひっくり返った。

〈今度も死神を撃退したわ！〉

父が、母が、姉が、愛する人々が見守ってくれているに違いない――そう確信した。

〈パパ、私は負けない！　必ずシオンに行く！〉

ハンナは父アーロンとの約束を今一度思い起こし、生き延びる決意を新たにした。

幻覚 HALLUCINATION

寒さはいつまでもゆるまなかった。まるで冬がヨーロッパに居座ることを楽しんでいるかのようだった。空襲警報も一向に鳴り止まなかった。胸を掻きむしるような音が響き渡るたびに、ハンナはミシェルの自転車の後ろに飛び乗り、防空壕に逃げ込んだ。

クニッテルフェルト強制労働収容所にはさまざまな国籍の捕虜たちがいた。イギリス人、フランス人、ユーゴスラビア人、イタリア人*、そしてソ連軍のロシア人たち。

ほとんどの捕虜たちは人道的な扱いを受けていたが、ロシア人だけは別だった。人の顔色をうかがいつつ耳をそばだてることが習慣になっていたハンナは、ロシア語の会話もときおり聞いたのだが、皆一様に生きる気力を失っているようだった。骸骨のように痩せこけ、肩を落としているロシア人の姿は、背筋を伸ばして堂々と歩いているイギリス人たちとは対称的だった。

イギリス人でなくとも、ロシア人以外の捕虜たちには赤十字の援助があり、食料や物資の支給を受けていた。ロシア人だけが冷遇されていたのだ。ときおり工場内で開かれる食事会は、作業員全員が参加を許され、ドイツ兵たちと気さくに談笑さえできるような寛容な機会だったが、唯一ロシア人だけは除外されていた。ぼろ布のような作業着を着せられ、粗末な食事しか与えてもらえず、所内でもっとも苛酷な作業に従事させられていた。怪我をしたり、病気になるようなことがあっても、満足な治療も受けさせてもらえず、事あるごとに棒で殴られ*、撃ち殺された。

ある日、ハンナはロシア人捕虜が射殺されるところを目の当たりにした。トロッコをクニッテルフェルト駅まで押しているときのことだった。木材を積み込んでいる別の班の横を通りかかったとき、突然ドイツ兵たちがひとりの捕虜を取り囲み、寄ってたかって殴る、蹴る——袋叩きにしはじめた。銃床で頭を殴りつけられた捕虜は雪の中で悶絶した。銃声が鳴り響いたのはその後だった。ハンナの目の前で、ドイツ兵に唾を吐きかけた別の捕虜が、即座に頭を撃ち抜かれた。

ハンナは気を失いそうになった。吐き気とともに、ドイツ人への怒りと憎しみがこみ上げてくるのを感じた。ゲットーを、ヤクトロウの森を思い出した。だがもちろん、その場でドイツ兵の銃を奪い取って仕返しすることなどできようはずもなく、ただ唇を噛み、トロッコを押しつづけた。

「ドイツ人はどうしてあんなひどいことばかりするの？　なんとかしてよミシェル！　ロシア人を殺させないで！」

ハンナはミシェルの兵舎に行き、怒りをぶちまけた。

「気持ちはわかるよ、だけど……」

と、ミシェルは悲しげに言った。

「コッツィ氏にもドイツ兵を止めるような力はないんだよ。ソ連軍捕虜には救いがないんだ。本国に逃げ帰ったところで、死が待っているだけだからね。赤軍では、降伏した兵士は処刑される。彼らは死ぬまで戦わなければならないんだ」

ウクライナ人やポーランド人の労働者たちは、自分たちの町を占領されていたことに対する憎しみから、「いい気味だ」と思っているようだったが、ハンナにはロシア人たちを嫌う理由がなかった。ソ連はユダヤ人を受け入れてくれた唯一の国だったのだ。ドイツ軍がやってくる前に東に逃げたユダヤ人たちは、生き延びているはずだ——そう思っていた。

「戦争が終われば」

と、ミシェルは静かにつづけた。

「ドイツは計り知れない代償を支払うことになる。犯罪者はすべてを剥奪されて当然だからね。それが僕らの復讐になる——いまはそう考えていようよ」

「復讐……」

と、ハンナはつぶやいた。それは母リヴカの手紙にあった言葉だった。

「会わせたかったわ……」

「え？　会わせるって、だれにだい？」

ミシェルに顔を覗き込まれ、ハンナは頬を赤らめた。

「ううん……なんでもない」

雪どけを待ちわびていた大地が一斉に芽吹きはじめた。うららかな陽射しを浴び、平和の世ならばだれもが春を謳歌しはじめるところだったが、その年、一九四五年はそうはいかなかった。爆撃が激しさの頂点に達すると、今度は陸上から大砲の音が近づいてきた。

ドイツ兵たちは浮き足立ちはじめた。まず最初にロシア人への虐待が見られなくなり、つづいて夜間の歩哨が朝になると姿を消していることが度重なった。

「逃げ出したに違いない」

「ソ連軍がやってくるぞ」

「ドイツ第三帝国は滅びる」

労働者たちはあちこちで輪になり、囁《ささや》き合った。なかでも一番あわてていたのはウクライナ人たちだった。ドイツ以外の国の勝利は、彼らにとって死を意味しているに等しかったのだ。ソ連軍に捕まればどんな目に遭わされるか——物陰で頭を突き合わせ、真剣に西へ逃げる算段をしていた。

そんな危急のさなか、ハンナは熱を出した。

「きっとただの風邪よ。すぐによくなるわ」

心配するミシェルに言い、実際にそう思っていたのだが、二日もするとベッドから起き上がれなくなった。早朝に様子を見にきたミシェルは、ハンナの容態の急変にあわてふためいた。

「すぐに病院に入れてもらえるよう、工場長に頼んでくる!」

高熱にうなされていたハンナは、ミシェルの言葉には応えず、

「パパ……ママ……」

と、つぶやくだけだった。

「アナがひどい病気なんです！　病院に入れてあげてください！」

いきなり部屋に飛び込んできて叫んだミシェルに、コッツィはあきれ顔で両手を広げた。

「病院だと？　そんなものどこにある？　この界隈の病院は、グラーツでも、どこもかしこも瓦礫と化していることは、君も知っておろう？　赤軍はもうすぐそこまで来ているというのに——」

「お願いですコッツィさん！　このままでは死んでしまいます！」

ミシェルの懸命さに、老工場長はしばし考え込んだ。

「ふむ……ウィーンまで行けばどうにかなるかもしれんが……いったいどうやって行くつもりだね？　汽車はもう動いておらんぞ」

「食料運搬用のトラックがあるじゃないですか！　通行許可証をください！」

「しかし……あのトラックを失うようなことがあれば、わしはここから動けなくなる……」

「お願いです！　アナを病院で看てもらって、食料も手に入れて戻ってきます！」

コッツィは眉間に皺を寄せて考え込んでいたが、急に両腕を広げ、笑った。

「マンマ・ミーア！（なんたることだ！）あの娘のためにわしは自分の命を危険に晒すのか！」

机の引き出しを開け、トラックの鍵と通行証を取り出した。

「もう食料は手に入らんじゃろう。他のことはよいから、スタヴィンスカを病院に入れて、すぐに戻ってきてくれるか？　神の御加護を祈っとるよ」

ミシェルは爆撃で穿《うが》たれた穴を右に左に避けながら、全速でトラックを走らせた。ドイツ軍の検問は消えていた。それどころか、途中で通りすぎた村々に人気はまったくなく、牛や山羊が駆け回っているだけだった。

唯一人影を目にしたのは、ある学校のそばを通りかかったときだった。敗戦色が濃厚になっているというのに、その校庭ではヒトラー・ユーゲント*の制服に身を包んだ少年たちが、木製のライフルを肩に行進していた。ミシェルは窓から唾を吐いた。

「今度は俺が指揮官になって、ナチスに仕返ししてやる。奴らの作った地下室の中で、奴らを拷《ごう》問《もん》してやるぞ！」

憎しみが高まるあまり、ミシェルはトラックを運転している理由を忘れ、思い切りアクセルを踏み込んだ。勢い良く瓦礫に乗り上げたとき、荷台から聞こえた呻き声に我に返り、あわてて急ブレーキをかけた。毛布に何重にもくるまれたハンナの体は火のように熱くなっていた。ミシェルは水たまりでタオルを濡らし、うなされているハンナの頭を包んだ。

ウィーンに入る直前の幹線道路にドイツ軍の検問があった。二人の番兵は、すでに任務を遂行するどころではなかったのだろう、あれほど厳しかった身分証検査をしないどころか、ミシェルの差し出した書類を受け取りもせず、ウィーンが毎日爆撃にさらされていること、食料の補給が断たれていることをミシェルに手渡し、代わるまくしたてた。ひとりが最後に、段ボール箱から取り出したクラッカーの袋をミシェルに手渡し、天を仰いで胸の前でうやうやしく十字を切った。

ミシェルはトラックを発車させてから、

「馬鹿野郎！　いまさら善行を積んだところで、神様は許してくれないぞ！」

と叫び、唾を吐きかけた。

目を開けたとき、朦朧《もうろう》とした意識の中でハンナが見たものは、真っ白い壁と小さな十字架だった。

〈ここはどこ……?〉

身をよじって周囲を見渡したが、どこを向いても白い世界だった。

〈天国なの……?　私は死んだの……?　どうして十字架があるの……?　キリスト教徒のふりをしていたから……?〉

ぼんやりと考えていると、急に寒けに襲われた。

〈生きているんだわ……天国が寒いはずなんかないもの〉

体中が水に浸かったように濡れていた。白い服に着替えさせられていることにも気づいた。

ぶるぶる震えていると、突然一方の白壁が開き、異常に背の高い人影が現れた。

「具合はどうだね?」

完璧なポーランド語が部屋に響いた。低く柔らかい声が心地良かった。

「あなたはだれ……?　幻覚なの……?」

ハンナのつぶやきに、影は短く笑って答えた。

「残念ながら現実だよ。戦争も、君が重い病気にかかっていることもね」

「いったいあなたは……?」

「私はスタニスワフ・クジンスキー。医者だよ。君はドイツ軍の管理下に置かれた外国人病院にいる。薬はもう残っていないが、なんとか手を尽くそう」

ハンナはその人物をあらためて眺めた。太い眉毛と褐色の髪。四十をいくつか超えているだろうか。目が笑っているように思えた。まるでなにか隠し事を楽しんでいるかのように。白い肌と完璧なポーランド語からは考えにくいことなのだが、ユダヤ人……？　そう感じた。

「もしかすると……あなたは……」

だが、それ以上口にする勇気はなかった。

「なにも心配はいらないよ」

言いながらクジンスキーは、コップに水を注ぎ、ハンナに差し出した。

「少し飲みなさい」

喉を鳴らして水を飲むハンナを、クジンスキーは椅子に腰かけて見ていた。

ハンナは優しい瞳に見つめられていることに言いようのない安堵を感じながら、ふたたび眠りに落ちた。

熱は数日のうちに下がった。ベッドから起き上がることができたその日、ハンナは迎えのトラックが玄関先に待っていることを知らされた。

病室にはクジンスキー以外だれも入ってこなかったが、一歩外に出た廊下は、怪我人や病人で埋め尽くされ、医師や看護士が走り回っていた。

ハンナが期待したような再会を喜び合うシーンはなかった。ミシェルはトラックから降りようともせずに言った。顔色を変えていた。

「急いで乗ってくれ。危険なんだ。クニッテルフェルトはもうほとんど無政府状態なんだ。コッツィ氏に頼み込んでトラックを出させてもらったけど、ソ連軍があちこちにいて、無事に戻れるかどうかわからない。どこもかしこも戦場なんだ」

タイヤを軋《きし》ませて走り出したトラックの窓から身を乗り出し、ハンナはクジンスキーに手を振った。

「クジンスキー先生！　ありがとうございます！」

長身の医師が大きく投げキッスをしたのが見えた。

「戦争が終わったらまた会おう！」

その声はハンナの耳にかろうじて届いた。

戦争が終わったら……戦争が終わったら……クジンスキーの最後の叫びは、木霊《こだま》のようにハンナの頭の中でしばらく鳴りつづけた。

〈そんな日が……本当に来るの……？〉

戦闘が行なわれている場所を避けるため、ミシェルは要所要所で幹線道路をはずれ、細い村道を迂回した。途中で何度も、負傷兵を大勢抱えて西へ撤退していくドイツ軍部隊とすれ違った。打ちひしがれ、生気を失ったぼろぼろの男たちの群れに、ミシェルは嬉々として汚い言葉を浴びせかけた。

「いい気味だ！　豚野郎ども！　俺たちの苦しみを思い知れ！」

ハンナは少しも喜ばしい気分にはなれなかった。ヴァルター・ローゼンクランツの姿を探していたのだ。小太りの兵士を見かけるたびにハッとして目を凝らしたが、それらしき人物は見つけられなかった。


クニッテルフェルトには鉛色の雲が垂れ込めていた。町中に人影はなく、異様な静けさが漂っていた。

「ミシェル……いったいどうなってるの？」

「わからない……とにかく収容所に行ってみよう」

ミシェルは慎重にトラックを進め、収容所の門の脇に停車した。

「歩哨もいないようだな……ここで待っててくれ。様子を見てくる。出ちゃだめだよ」

そうハンナに言い、ひとりで中に入っていった。

どのくらい待ったかわからない。一分が一時間のように感じられ、胸の中で膨らみつづける不安に堪えきれなくなったハンナは、トラックから降り、おそるおそる門をくぐった。やはり人の気配はどこにもなかった。

〈みんな逃げ出したの……？　まさか……毒ガス爆弾でみんな死んじゃったの……？〉

事務所と工場長室を覗いてみるか、心配でたまらないユルカの兵舎に行くか、それともトラックに戻った方がいいのか――ハンナが決めあぐねていると、突然わめき声が響き渡った。次の瞬間、倉庫から、兵舎から、大勢の人々が一斉に飛び出してきた。

ハンナは縮み上がった。足がすくみ、逃げることもできなかった。だが、群衆はハンナには目もくれず、門に向かってなだれていった。

人波に揉まれ、なにが起こっているのかまったく理解できず、ハンナは呆然と立ち尽くしていた。ほとんどはウクライナ人のようだった。手に手に荷物を抱えていた。

「アナ！」

どこからか呼ぶ声がした。

「ユルカ！　ユルカ！」

人波を掻《か》き分けた先にいたユルカは、リーヒを抱きかかえ、笑っているような、泣いているような、なんとも言いようのない顔をしていた。

「ユルカ！　いったいなんなのこれ？」

「知らないの、アナ？　ドイツ軍が降参したのよ！」

ハンナは一瞬気を失いかけた。

〈ここはどこ……？　病院の白い部屋……？　私はベッドの上でびしょ濡れになって、まだ夢を見ているの……？〉

大きく頭《かぶり》を振り、ユルカを大声で叱りつけた。

「馬鹿ね、ユルカ！　あなた、また騙《だま》されているのよ！　ありえない！　ウクライナ人がデマを流しているんだわ！」

「本当よ、アナ！　みんなそう言っているもの！　戦争は終わったの！」

気が遠くなり、地面に倒れ込みそうになったところで、ハンナは大きな腕に支えられた。ミシェルだった。ミシェルはこれ以上ないほどの満面の笑みで、ハンナの手を取ってダンスを踊りはじめた。

「だめよ、ミシェル！」

ハンナはミシェルに振り回されながら叫んだ。

「これは罠よ！　信じちゃだめなの！」

その夜、ハンナはまんじりともできなかった。

〈みんな騙《だま》されているのよ……戦争が終わるわけないわ〉

夜明けを待ちきれずにベッドから起き出し、ひとりで町に出た。空にはまだ月があったが、道は家財道具を積んだ荷馬車でごった返し、人だかりがあちこちにあった。収容所の塀に、民家の壁や庭の柵に、街灯の柱に――いたるところに貼り紙がしてあるのが目に入った。


　　ドイツ降伏せり！

　　　ドイツ降伏せり！

　　　　ドイツ降伏せり！


それでもハンナは信用しなかった。

〈手の込んだ罠なのかもしれない……ユダヤ人をおびき出そうとしているのかもしれない……〉

会話に耳を傾けながら歩いていると、

「ヒトラーは死んだらしい」

と聞こえた気がした。

「降伏文書に署名したのはデーニッツ提督だそうだ」

はっきりとそう聞こえたとき、ハンナはその人物に駆け寄った。

「あの……いまおっしゃたこと、本当なんですか？」

「ああ本当だとも！」

荷馬車の列はドイツ軍に協力していた者たちで、あわてて西へ向かって逃げ出そうとしているのだと教えられた。ハンナは誰彼かまわずつかまえ、繰り返し同じことを訊いてまわった。

「本当に？　本当に戦争は終わったんですか？」

ひとりのオーストリア人の老婆は、

「ああ、本当さね！」

と言った後、だれよりも早く山に逃げた肉屋の店主のことを激しく非難した。

「あの肉屋はね、戦争がはじまるとすぐにユダヤ人の奥さんを追い出して、平気な顔をしていたんだよ！　かわいそうなユーディットは、ＳＳに連れて行かれたよ！　あんなひどい男は神様が許しちゃおかないよ！」

老婆が人目をはばかることなくそう声高にののしったとき、ハンナは世界が大きく変わったことを知った。

〈本当に終わったんだわ……でも……〉

ソ連軍は町まで数時間の距離に迫ってきているそうだったが、人々が式典の準備をしている様子はどこにもなかった。

〈でも……戦争の終わりって……こんなものなの?〉

ハンナは、人々が手に手に旗を振り、花や紙吹雪が舞い降るなかを、解放軍が意気揚々とやってくるような、そんな自由の日の到来を想い描いていたのだが、目の前の光景はずいぶん違っていた。駅前広場まで行き、そのまま町を一巡りしてみても、思い切り歓喜の叫び声を上げたり、だれかれかまわず抱き合ったり——心の底から喜びを露《あらわ》にすることができるような場所は見つからなかった。

〈あんなに苦しかった戦争が、こんなふうに終わってもいいの……?〉

ハンナは収容所までの道をとぼとぼと引き返した。

〈殺された人たちの恨みは……復讐はいったいどうなるの?〉

歩きながら、初夏の装いをまといはじめている山々と、その向こうで徐々に青みを増してゆく空を見上げ、

〈そんなのどうでもいいじゃない……〉

と、つぶやいた。

〈これで村に帰れるんだもの……ムニュ兄さんとエジュに会えるのよ〉

そのことだけでも、戦争の終わりに心から感謝したい気持ちになった。

〈ムニュ兄さんは、ハイムのような軍服を着ているのかしら？　戦車に乗ってやってくるの？　それとも歩いて？　エジュはどうかしら？　勇ましく銃を抱えているの？　きっと立派になっているに違いないわ〉

兵舎に戻り、ひとりベッドに腰かけたハンナは、窓から射し込んでくる朝陽を体いっぱいに受け止めた。

解放 LIBERATION

晩春の陽光が降り注ぐ正午、ソ連軍は静かに町にやってきた。

トラックから降り立つおびただしい靴音とそれにつづくロシア語の号令を、クニッテルフェルト収容所の者たちは息を潜めて聞いていた。示し合わせたように、だれもが自分の兵舎のドアを激しく叩かれるまで、決して外に出ようとしなかった。

長い時間をかけてひとりも漏らさず材木置き場に引き出した後、ずっと椅子に座ったままだったもっとも年長の人物が立ち上がり、全員の顔を見まわして言った。

「言葉のわかる者はいるか?」

ソ連軍将校はもう一度繰り返した。「ロシア語だ。ひとりもいないのか?」

「はい……」

一歩進み出た若い娘に、さも珍しい物を見るようなソ連兵たちの視線が集まった。

「ロシア語と……ドイツ語も話せます」

「何者だ？」

無愛想だが、優しい声だとハンナは感じていた。

「アナ・スタヴィンスカです。ポーランドのヴォリヒンから来ました。夫が赤軍に徴兵された後、ドイツ軍のために働いていました」

「ナチスの奴らはどうだった？」

「ドイツ人は……みんないなくなりましたけど……」

「どんな様子だった？」

「え……？」

「言ってみろ。犬のように尻尾を巻いて逃げ出したのか？　それとも羊か豚のようだったか？」

兵士たちの間に笑いが起こった。

「見ていませんが……きっとそうだと思います」

「ふん！」

将校は満足そうに鼻を鳴らし、歩きながら居並ぶ者たちを見まわした。

「責任者はだれだ？　おまえに命令を出していた者はここにいるのか？」

「いません……」

「では、この者たちは何者だ？」

「私のような志願労働者と、外国人兵士の捕虜、それに……刑務所にいたような人たちもいると思います」

「ロシア人もいただろう？」

立ち止まった将校の声が急に冷たくなったが、ハンナは臆することなく応じた。

「大勢いましたが、皆様が来られる前にいなくなりました。ひどく怖がっているようでしたから」

「おまえはその理由を知っているのか？」

ハンナはそれには答えず、黙っていた。

「敵軍に投降した赤軍兵は、反逆罪で死刑だ！」

将校は地面に唾を吐いた後、また元のいくぶん優しげな声音に戻った。

「全員に教えてやれ。我が軍はおまえたちの命を保障する。また、働く必要はない。明日から身元調査を行なう。食料は支給しない。そのつもりでいろ」

ソ連兵たちがひとり残らずトラックに乗り込んで去って行った後、皆はあちこちで頭を突き合わせた。

「信用していいのか？　本当にだれも殺されないのか？」

「どうなるんだ？　国に帰れるのか？」

「ロシアに連れて行かれるんじゃないか？　逃げるなら今のうちだぞ」

「だがどこに行けばいいんだ？」

「そうだ、西も東も、どのみち占領されている」

長い間かまびすしく話し合っていたが、どの国の言葉でも、しばらく様子をみるしかない——という意見に落ち着き、逃げ出す者はひとりもいなかった。

午後、ハンナはミシェルと一緒に食料調達に出かけた。ソ連軍がやって来たところで、町が急に物資で溢れ返るようなことにはならず、何時間もかけてほうぼうを歩き回ってもパンと小さな林檎《りんご》を手に入れるのが精一杯だった。

「だれか付けてくる……」

尾行されていることに気づいたのはミシェルだった。

「振り返っちゃだめだ。気づかない振りをしていよう。さっきからずっと……どうやらソ連兵のようだ」

収容所まで後を付けてきたその男は、門の前であわてて駆け寄ってきた。

「待って！　お嬢さん！」

「私……ですか？」

ハンナはとっさにドイツ語で応じながら、心臓が口から飛び出しそうなほど驚いていた。ソ連軍の軍服を着たその若い兵士は、イディッシュ語で話しかけてきたのだ。

「あの……いまなんておっしゃいました？」

ハンナは膝の震えを必死で押さえた。

「ああ……えっと……」

兵士の顔にかすかに落胆が浮かんだ。

「ドイツ語、少しわかる……この収容所、ユダヤ人、いないか？　私、ユダヤ人、助けたい」

「ユダヤ人？」

ハンナは首をかしげた。

「いいえ、いません。生き残っているユダヤ人なんていないと思います」

兵士は目に見えて肩を落とした。

「ユダヤ人、いない……どこにも……ここに来るまで、ひとりもいない」

兵士が去った後、ハンナはミシェルと別れて自分の兵舎に戻った。部屋に入るなり、ベッドに突っ伏し、声を押し殺して泣いた。

〈どうして言えなかったの？　あの人はユダヤ人だったのに！　イディッシュ語で話せば良かった！　私はユダヤ人ですって、大声で叫んで、抱きしめれば良かったのに！〉

何度も枕を殴りつけた。

〈まだ怖いの？　戦争は終わったのよ！　いったいなにを怖がることがあるの？〉

ひとしきり泣いた後、ハンナは床に放り出していた手提《てさ》げ袋を引き寄せ、手に入れてきたばかりの固いパンに思い切りかぶりついた。酸っぱい青林檎を齧《かじ》りながら、涙を拭《ぬぐ》い、明日は正直に言おう――そう心に決めた。

だが翌朝、兵舎の前で機関銃やライフルを抱えている大勢のソ連兵たちを目にすると、思うように足が動かなかった。何度もためらった後、崖から身を投げるような気持ちで、身元調査をしている兵士の机の前に立った。

ハンナより先に兵士が口を開いた。熊のような髭《ひげ》を生やしたその兵士は、訛りの強いドイツ語で、ハンナのことを「同志」と呼んだ。

「同志、栄光ある赤軍の統治する新しい世の中はどうだね？」

ハンナはこわばった笑顔で答えた。

「はい、とても素晴らしいです……」

「生まれ変わったようだろう？」

「はい……実は私は……」

兵士はニヤニヤしながら遮《さえぎ》った。

「忌々《いまいま》しいナチスの犬どもを追い払った我々に、いったいどんな言葉をかけてくれるのかな？」

「はい……スターリンに神の祝福がありますように。あの、私は……」

「しかしだね――」

と、兵士はまた遮った。

「奴らはひとつだけ良いことをしてくれたよ」

ハンナは嫌な予感に声を震わせた。

「それは……なんなのですか？」

「ユダヤ人を皆殺しにしてくれたことだよ。せいせいしただろう？」

駆け出したハンナを、兵士の笑い声が追いかけた。

「ユダヤ人に同情するお優しい人道主義者がまだいたとは！　驚くべきことだ！」

つまずいて転んだハンナに、ミシェルが駆け寄った。

「大丈夫かい？」

抱き起こされながら、ハンナは歯噛みして吐き捨てるように言った。

「なんてひどい人たちなの！　パパの言ったとおりだわ」

ハンナの傷心の理由を問おうともせず、ミシェルは小声で言った。

「イギリス軍が川向こうのユーデンブルクにいる*らしいんだ。僕は近いうちに彼らの陣地に行くつもりだ。一緒に来るかい？」

ハンナは小さくうなずき、ミシェルの胸に顔を埋《うず》めた。

数日後、兵士が「アナ・スタヴィンスカ」を探しにやってきた。

「おまえはポーランド人のアナ・スタヴィンスカだったな？」

「はい……」

とっさだったうえ、「通訳娘」として知られていたことから、言い逃れなどできなかった。

「いますぐ司令官室に出頭しろ」

顔をこわばらせて兵士の後について行ったハンナだったが、元工場長室に押し込まれたとたん、声を上げた。

「先生！」

ソ連軍将校と談笑しているクジンスキー医師がいたのだ。

「どうして先生がここに？」

クジンスキーは顔をほころばせ、ゆっくりと椅子から立ち上がった。

「さて、なぜかな？　少しそこらを散歩しようか」

長身で早足のクジンスキーを、ハンナは飛び跳ねながら追いかけた。外に出たところで、

「先生！」

と、父親にするように腕にしがみついた。

「またお会いできるなんて、まるで夢みたいです。命の恩人の先生が、どんな方なのか全然知らないままだったので、とても後悔していました。よろしければ教えてください」

「さて、なにから話そうかな……」

ゆっくりと歩を進めながら、クジンスキーはハンナの丁寧なポーランド語に太く優しい声で答えた。「私はフランスで薬学を学んだ後、ワルシャワの病院に勤務していた。ドイツ軍が攻めてきた後、捕らえられ、ウィーンの病院に移された。そこに君が連れてこられた。簡単に言えばそんなところだよ」

クジンスキーは身をかがめてハンナの顔を覗き込み、いたずらっぽく言った。

「君は重い肺炎だったんだよ。まるで憶えていないだろうが、びしょ濡れのシーツが君の命を救ったんだ。シーツに感謝なさい」

ハンナは声を立てて笑った後、

「先生……」

と、急に神妙な顔付きになった。

「今度は……私のことを聞いてください。でも、絶対にだれにも言わないことを、先生の一番大切なものに誓ってください」

「妊娠でもしているのかな？」

ハンナは大きく首を振り、クジンスキーの腕をぎゅっと握った。だが、一向に口を開こうとせず、黙ったまま歩を進めた。

「誓うよ、言ってごらん」

クジンスキーは優しく問いかけた。

「なにか、大変な心配事かね……？　病気にかかっているのかね？」

ハンナはまた大きく首を振り、勇気を振り絞って言った。

「病気なんかじゃありません！　先生、私はユダヤ人なんです！」

とたんにクジンスキーが眉間に皺を寄せたのを見て、ハンナは立ちすくんだ。

「先生……」

黙り込み、遠ざかっていくクジンスキーを見つめながら、言ってしまったことを後悔した。

「クジンスキー先生……私……」

ハンナが涙をこぼしそうになったとき、クジンスキーが振り向いた。顔には満面の笑みがあった。

「知っていたよ」

「嘘！　どうして？」

ハンナの驚愕は滑稽なほどだった。

「高熱にうなされて『ママー、ママー！　イッヒ、スターブ、アヴェク！*（ママ、ママ、私は死んでしまう）』などと口走るのは、ユダヤ人以外考えられないだろう？　おかげで私は、廊下に寝かされていた君をあわてて隔離しなければならなかったんだよ」

「ずっとご存知だったんですね！」

ハンナはクジンスキーに飛びついた。

「ああ、知っていたとも」

ひとしきり屈託なく笑った後、クジンスキーは一転して真剣な声音になった。

「さて……次は私の番だな」

と独り言のように言い、ハンナに首をかしげさせた。

「決してだれにも言わないことを、君の一番大切なものに誓ってもらえるかな？」

問われたハンナは、居住まいを正し、うなずいた。

「はい、誓います」

「私は医者ではないんだ。クジンスキーでもない。ルブリン*生まれで、名前はヨーゼフ・ジンゲル。開戦前はワルシャワで薬剤師をしていた。妻と子供たちはSSに連れてゆかれた。私はしばらくの間、勤務先の薬局の店主に匿ってもらっていた。ワルシャワのゲットーでユダヤ人たちが武装蜂起*したとき――一カ月ももたずにSSに鎮圧されたのは聞いているだろう？　そのとき私は、店主の勧めもあって、投降したユダヤ人捕虜の列に紛れ込んだ。最初に送られたのはオーストリアの強制労働収容所だった。その後、ドイツ国内の収容所に移されたときに、医者だと嘘をつき、ウィーンに送られて、あの病院で働いていたというわけさ。解放された後、君がクニッテルフェルトにいることを思い出して、こうして会いにきたんだよ」

「先生……」

涙で声を詰まらせたハンナを、ジンゲルはぎゅっと抱きしめた。

「本当のことを話せて、こんなに嬉しいことはないよ」

「私もです、先生……」

「君も知っているだろうが、隠し事をしているのは、ひどく身体に悪いからね」


その翌日、ハンナとミシェルは夜陰に紛れてムール川にかかる橋を渡った。ユルカとミコライ夫婦、それにジンゲルも一緒だった。峡谷に沿った一〇キロを超える道のりだったが、危険な思いは一度もしなかった。

〈まるで別世界に来たみたい……〉

はじめて見るイギリス兵の礼儀正しさは、ハンナを驚かせた。だが、難民宿舎になっている小学校に入ると、収容所で見知っていた乱暴なウクライナ人たちの顔があちこちにあったため、肩を落としてミシェルにつぶやいた。

「やっぱり、どこまで行ってもなにも変わらないんだわ……」

それが思い違いであることに気づくまでさほど時間はかからなかった。難民たち全員に清潔なカーキ色の服と靴が支給されていたことだけではなく、すべてが川の対岸とは違っていた。ロシア側では満足に食べることもできず、だれもが顔をこわばらせて周囲に敵意と疑いの目を向けていたが、ユーデンブルクには明るく和やかな雰囲気が漂っていた。食料がふんだんにあるうえ、イギリス兵たちの歌や演劇にもたびたび慰められ、人々の悪意はどこへやら消え失せていた。

二週間ほど過ぎた朝、ジンゲルがハンナのところにやってきて言った。

「一度ワルシャワに戻ろうと思うんだ。妻と子供たちの最期を知っている者が見つかるだろう。必ず戻ってくるよ」

ハンナは涙を流してジンゲルを見送った。その日を境に、生き別れになった家族や親類を捜すため、多くの難民たちが宿舎を後にしはじめた。噂では、ヨーロッパじゅうから難民が集まっている町がイタリア北部にあり、イギリス軍が統治している側からは国境を自由に越えることができるそうだった。

ミシェルとの別れは辛かった。それこそ身を引き裂かれるような思いだった。まだユルカ一家がそばにいたが、ハンナはひとり取り残されてしまったような寂しさに苛まれ、グリニャーニ村のこと、弟エジュのこと、開戦以来会っていない兄ムニュのことが片時も頭から離れなくなった。

〈いったい私はどこへ行けばいいの……？〉

ポーランドに戻ってもいいのか、ジンゲルの帰りを待つべきか、それともひとりでイタリアへ行くべきか――心を決められずにいたハンナは、イタリアへ行くポーランド人の青年に、手紙を書いて託してみることにした。

私はポーランド東部、ガリツィア州にある村、グリニャーニ村のアーロン・ホフベルグの娘、ハンナ・ホフベルグです。いま、ユーデンブルクの難民宿舎に滞在しています。兄のムニュ、弟のエジュ、それに義理の兄のアンシェル・ドレズナーのことを捜しています。

そのボリスという名の青年は、英語をまったく話せなかった。そのため国境で怪しまれ、持ち物をくまなく調べられた。

「なんだこれは?」

イギリス兵たちは、ハンナがヘブライ語で書いた手紙を見つけた。

「まったく読めないな」

「だれかわかる者はいないか?」

「パレスチナの文字じゃないのか?」

ハンナの手紙は、パレスチナ出身の兵士、ツヴィ・ブーフビンダーの元に届けられた。ツヴィはちょうどそのとき、マンチェスターから来ていた従軍ラビのラビ・ソロモンと話をしている最中だった。

「アーロン・ホフベルグの娘……」

ツヴィは手紙を持つ手をぶるぶると震わせた。

「いったいそれはなんなのですか?」

ツヴィの頬に涙がつたったのを見て、兵士たちが色めき立った。

「信じられません！」

ツヴィは叫び、手紙をラビ・ソロモンに渡した。

「父の親友の娘が生き残っていようとは！　まったく信じられないことです！」

ラビ・ソロモンは、肩まである巻き毛の金髪を掻きあげ、

「うむ……美しいヘブライ語だ」

とつぶやき、ツヴィに訊ねた。

「すぐに出かけられるかね？」

ツヴィとラビ・ソロモンがユーデンブルクに到着したとき、難民たちは移送された後だった。

そのころ、ハンナとユルカは毎日湖での水遊びを楽しんでいた。スイスにほど近いチロル州インスブルック*の難民宿舎は、まるでリゾート施設のように快適だった。その放送があったときも、二人はアルプスの山々に囲まれた湖畔の芝生の上で日光浴をしていた。ユルカはお手製の粗末な水着だったが、ハンナはヴァルターにもらった黄色い水着を着ていた。

そこにスピーカーから声が流れてきた。

「ハンナ・ホフベルグ、ハンナ・ホフベルグ、ただちに司令官室に出頭しなさい」

ハンナが固まっていると、放送はもう一度繰り返された。

「どうして秘密がばれたの？　だれが私の本当の名前を知っているの？」

ハンナは思わずヘブライ語でそうつぶやいた。顔から一気に血の気が引くのを感じ、ついに終わ

りが来たと思った。

「どうしたの、アナ？　いまなんて言ったの？」

と、ユルカがハンナの顔を覗き込んだ。

「気分でも悪いの？　お医者さんに看てもらう？　一緒に行ってあげようか？」

ハンナはなにも答えずに立ち上がった。

〈ＳＳたちはどこ？　ウクライナ兵はどこにいるの？　イギリス軍とも組んでいたのね？　やっぱりドイツ軍が降参したなんて、嘘っぱちだったんだわ！　この数週間はユダヤ人をおびき出すための、ナチスの手の込んだ罠だったのよ！〉

上着を羽織り、司令官室に向かった。

〈逃げなさいハンナ！　なぜ逃げないの？　どんなに苦労して生き延びてきたと思っているの？　いまになって自首する気？　羊のように処刑されたいの？〉

さまざまな思いが頭の中を駆け巡っていたが、ハンナは自分の足を止めることができなかった。

〈どうして名前がばれたの？　密告したのはだれなの？〉

なによりもそのことを知りたかった。

司令官室の前には大勢の人だかりがあった。だが、ＳＳ隊員たちの黒い姿は見えず、全員カーキ色だった。

立ち止まり、首をかしげたハンナに、ひとりの青年が駆け寄った。

「あなたがハンナさんですね？」

ヘブライ語だった。ハンナはきょとんとして、青年の頭のてっぺんから足の爪先まで眺め回した。

〈赤毛で……四角い顔……イギリス軍の軍服……？〉

いくら考えてもそれがだれなのか思い出せなかった。イギリス兵や大勢の各国の難民たちにまわりを取り囲まれ、たじろぎつつも、ハンナは青年の腕章から目が離せなかった。

〈白地に二本の青い線……真ん中にあるのは……ダビデの星……？〉

はじめて見るもののように思ったが、

〈少し違うけれど……〉

子供のころ、十二歳の誕生日に、似たような旗を父アーロンからもらったことを思い出した。

「いつの日か建国される、我らの国の旗だよ」

頭の中で父の声が聞こえたような気がした。

「あなたは……」

ハンナは青年にヘブライ語で訊ねた。

「あなたはいったい、どなたなのですか？」

「ツヴィ・ブーフビンダーです。アシェル・コレックの息子——と言えばわかりますよね？」

ハンナはいきなり青年に抱きついた。アシェル・コレック——それは父アーロンの親友の名前だったのだ。

「ああ……！」

ハンナの言葉は、言葉にならなかった。両目から涙が溢れ出た。

「ここにひとりの同胞が生き延びてくれていた。神の御加護だ」

ラビ・ソロモンが頬を濡らして言ったのを合図に、周囲で一斉に拍手が巻き起こった。

「ユダヤ人なんでしょう？　私も知っていたのよ」

そうポーランド語で言ったのはユルカだった。いつの間にかリーヒを抱いたミコライもそばに来ていた。

「ずっと前から知っていたの」

ユルカは目に涙を浮かべていた。

「あなたがユダヤ人だってわかっていたの。でも、だれにも言わなかった。絶対に言わないって誓っていたの」

「ありがとう、ユルカ……」

ハンナはユルカをぎゅっと抱きしめた。

「あなたはアマレク人なんかじゃない。私の命の恩人よ」

額にキスをした後、ハンナははたと思いついたようにユルカの目を見つめた。

「でも、それじゃあ……リーヒの教母のことは？　私がユダヤ人だってわかってて、キリスト教の儀式なんかやらせたの？」

「だって……」と、ユルカは口を尖らせた。

「どうしてもアナに、この子の教母になってほしかったんだもの。アナならきっとうまくやるって、わかってたわ」

「まったくあなたって、困った子ね！」

ハンナに頭をコツンと叩かれ、ユルカはペロッと舌を出した。

「えへへ。でも、これで私も安心してポーランドに帰れるわ」

「え？　ポーランドに……？」

「そうよ。だって私はポーランド人だもの。時機が来ればね」

ハンナは思わず不安げな視線をミコライに向けた。

ミコライは、悪人面にはまったく似合わない笑顔になり、ハンナにウインクして言った。

「もちろん家族全員一緒だとも」

次に人混みから進み出てきたのは意外な人物だった。その難民女性は、三十歳くらいだろうか、絵に描いたような金髪の美女だった。もともと口数が少なく、人付き合いの良いほうではなかったが、そのとき奇妙な行動に出た。

「どうしたの、エヴァ……？」

訊ねたハンナを押しのけるようにして、ツヴィのまわりをぐるりと一周した。

「これはなに？」

エヴァの不躾《ぶしつけ》なドイツ語の質問を、ハンナがヘブライ語に通訳した。

「新しいイスラエルの国旗ですよ。まだ建国運動のさなかですけれどね」

ツヴィは、エヴァに指差された腕章を周囲の人々にも見せた。

「あなたは……これから建国されるイスラエルという国の、ユダヤ人……ってわけなの?」

エヴァの口調は無邪気だった。

「そのとおりです」

「へぇ、そうなの……」

言いながらエヴァは、またツヴィのまわりをためつすがめつ一周した。

「僕はイギリス軍と一緒に、エルサレム*から来たんですよ」

ツヴィの言葉をドイツ語に通訳しようとしたハンナの目の前で、金髪美女の顔が崩れた。崩れたとしか言いようがなかった。エヴァはイディッシュ語で泣き叫んだ。

「お助けください! ファニア・ローゼンフェルトと申します! エルサレムに兄が住んでおります! どうか私と息子たちを一緒にお連れください!」

ハンナは仰天し、ドイツ語で叫んだ。

「エヴァったら! あなたもユダヤ人だったの? 男の子たちのオチンチンを隠して、よく生き延びてこられたわね!」

エヴァはヨーロッパ北部のラトビア*から二人の息子を連れて逃げ延びてきていた。

ユダヤ教徒の風習に割礼《かつれい》があり、生後八日目の男児の陰茎包皮《いんけいほうひ》を環状に切り取る。驚きのあまり、ハンナは思わずそのことを大声で口走ったのだ。

「いやだ! 私ったら!」

真っ赤になって顔を伏せたハンナを、ほがらかな笑いが取り巻いた。

旅路　VOYAGE

目的地はイタリアの北端、フリウリ地方の町ウディーネ。少ない荷物と大きな希望を積み込み、ハンナは——もちろんファニアと彼女の息子たちも一緒に、ツヴィ・ブーフビンダーの運転する軍用ジープで国境線に向かった。アルプスをまたぐ険しい山道を走りながら、ツヴィがラビ・ソロモンに語った話を聞き、ハンナは父アーロンのことをあらためて誇らしく思った。

「ホフベルグ氏の推薦があったからこそ、私の父はイスラエルに行けたのです。さもなければ入国査証《ビザ》を発給してもらえなかったでしょう。エルサレムに落ち着いてから、父はずっとホフベルグ氏とヘブライ語の書簡を交わしていました。ホフベルグ氏がどれほど素晴らしい学識を備えられた方であったか、父から聞かされています。トーラーに精通しておられ、それもパレスチナ・タルムード*とバビロニア・タルムードの双方を熟知しておられ、氏の演説は、随所に散りばめられた聖なる言葉で、まるで光り輝くかのごとくで、聴く者たちは最高の賛辞を贈ることを惜しまなかったそうです」

オーストリアとイタリアを結ぶブレンナー峠の小村を通り抜けるとき、道路脇の難民たちがハンナたちのジープに歓声を投げかけてきた。それは彼女がずっと想い描いていた「勝利の日」の光景に似ていた。

ハンナが身を乗り出して手を振っていると、ツヴィが急にブレーキを踏んだ。道にいきなり人が飛び出してきたのだ。その痩せこけた老婆のように見える女性は、ジープのボンネットにすがりつき、アンテナの先端に翻《ひるがえ》っているイスラエル国旗を指差しながら叫んだ。

「シェマア・イスラエル！（イスラエルよ、聞きたまえ！）アドナイ・エロヘーヌ・アドナイ・エハッド！（主は我らの神、主は唯一なり！）」

ユダヤ教の祈りの言葉だった。

「どうなさいました？」

ツヴィが問いかけても、

「イスラエルよ！　ああ！　イスラエルよ！」

同じことを繰り返すだけだった。

ハンナはジープから降りて女性に歩み寄り、優しく髪を撫でた。

「辛かったわね。私も同じ思いをしたのよ。お名前は？」

「マリルカ……」

「名字は？　なんていうの？」

「わからない……ああ……思い出せないの……」

そのまま一行に加わったマリルカは、パンとチーズを食べ、ハンナたちと話しているうちに、徐々に記憶を取り戻していった。老婆のように見えたが、歳はハンナとさほど変わらず、驚くべきことに、戦争がはじまって以来ずっと農家の地下室に閉じこもりきりで、一度たりとも外に出ていなかった。

「四年以上も暗い穴蔵にいて正気を失わなかったことこそ、奇跡と呼ぶべきかもしれんよ」

ラビ・ソロモンの言葉に、皆は黙ってうなずいた。

〈私やマリルカだけじゃない……幸運なユダヤ人は他にももっといるに違いないわ〉

ハンナのその考えは間違っていなかった。ウディーネには、大きなユダヤ人難民村が待っていた。執拗《しつよう》な迫害を逃れ、生き延びた幸運なユダヤ人たちは、ヨーロッパじゅうにいたのである。

ハンナは、数日を過ごすうち、難民村の雑踏の中で思いがけない人物とばったり出くわした。グリイスラエルから来ていたキブツ*の村長、エゼキエルが建てたテントで寝起きすることになったニャーニ村のシモン――従姉妹のローラの家で一緒だったフェイジの夫だった。シモンは「絶滅収容所」と呼ばれたクロヴィス強制労働収容所から逃げ出し、森の中で終戦を迎え、家族を捜しに、はるばるウディーネまでやってきていた。

「ゲットーで別れたままよ……その後の消息はわからないわ」

ハンナは、フェイジが貨車の中に赤ん坊を置き去りにした話はしなかった。

肩を落としていたのはシモンだけではなかった。生存者のほとんどが、家族との再会をあきらめざるを得なかった。

それでも人々は、同胞が大勢生き残っていることを喜んだ。毎晩焚き火のまわりに寄り集い、イスラエルの歌を合唱し、ホーラ*を踊った。人々の願いはただひとつ——父祖の地イスラエルへの帰還だった。エゼキエルは皆を鼓舞しつづけた。

「我々はイギリスの許可が得られ次第*出発する。心配することはない。願いは必ずや現実のものとなるだろう」

金曜日の夕暮れ、安息日シャバットを迎える儀式が執り行なわれた。ハンナが蝋燭《ろうそく》の火を点して、ヘブライ語の祝祷《しゅくとう》*を捧げた。

「世界の王なる我らの神、主よ、あなたは賛《ほ》むべきかな。我らは主のお教えに従い、ここに聖なる火を点し、厳《おごそ》かに安息の一日を迎え入れます」

頭《こうべ》を垂《た》れていた全員が「アーメン」と唱和すると、エゼキエルは感極まった様子で涙を流した。男が、それも四十歳を超えた村長たる人物が泣くことは、ユダヤ教徒としてあまり好ましいことではなかった。エゼキエルは涙を拭き、気を静めてから、人々の顔を眺め回して言った。

「イスラエルにいた我々は、まったく知らなかったのだ。アウシュヴィッツ*のことを、バビ・ヤール*のことを。ここにいる皆が、一人ひとりが、どれほどの苦しみと悲しみを胸に抱えていることだろう」

人々は自らの苛酷な体験を思い、また命を落とした愛する家族や友人たちのことを思い、静かに目を閉じた。

それから間もなく、ハンナは他の難民たちとともにウディーネを発った。途中、一時滞在したミラノで、ウニオーネ通り五番地の小学校に宿泊している間に、ハンナは壁に思い切り大きく、自分の名前をヘブライ語で落書きした。その後、汽車を乗り継いで一気にナポリまで南下し、難民宿舎に充てられている港近くの病院で寝起きしながら、船を待つ日々を送った。

一九四五年六月十七日――出航の朝がやってきた。

港はさまざまな国の人々でごった返していた。黒髪、赤毛、金髪、亜麻色の髪――青い瞳、ハシバミ色の瞳、茶色い瞳、黒い瞳――見た目は違っていても、だれもが一様に母国への帰還に胸を弾ませていた。

神聖な祖国愛よ
自由よ、愛しき自由よ
我らの旗の下、勝利の女神が
君の勝利と我らの栄光を見んことを*

栈橋で乗船許可を待っているとき、フランス語の歌を耳にしたハンナは、声のするほうに向かって懸命に人混みをかき分けた。合唱している一団を遠目に認めたとたん、蛇に噛まれたように飛び上がった。

「ミシェル！　ミシェル！」

ハンナの声が届いたらしく、ひとりの青年が伸び上がって周囲を見渡した。

「アナ！」

思わぬ再会は真実を告げる機会でもあった。

「私はこれからパレスチナに行くの……」

ミシェルの胸の中で、ハンナは言った。

「私はアナじゃなくて……本当の名前はハンナなの……ユダヤ人なの」

ミシェルは少しも驚かず、以前のままの静かな口調で言った。

「知っていたよ。収容所のポーランド人たちの態度を見ていてわかったんだ」

「ミシェル……」

つづくミシェルの言葉に、ハンナは目を剥いた。

「僕にも告白させてくれ。僕もユダヤ人なんだ」

言葉を失ったハンナの頬を、ミシェルは優しく撫でた。

「僕はミカエル・バウム。君と同じユダヤ人なんだよ。仲間のフランス兵たちはみんな知っていたけれど、秘密を守り通してくれた。命の恩人が大勢できてしまったよ。これから故郷のリヨンに帰って、婚約者を捜すつもりなんだ。生きていてくれるかどうか、わからないけれどね」

「ああ、ミシェル……」

ハンナは涙をこぼした。

「いきなりミカエルなんて呼べないわ……」

「僕だって同じだよ、アナ」

ミシェルはハンナを抱きしめた。

午後、二人は別々の船に乗り込んだ。タラップを登りながら、ハンナは何度も後ろを振り返った。ミシェルの姿を見つけることはできなかったが、椰子の木の生い茂る美しいナポリ湾の風景を目に焼き付けた。

甲板に上がると、白い細波《さざなみ》に彩られた蒼い大海原が広がった。胸を震わせる汽笛を合図に、ハンナの乗る船はゆっくりとヨーロッパの岸辺を離れていった。

青春　BLOSSOM

旧式の小型輸送船は、どこもかしこも人で埋め尽くされていた。身動きひとつできない甲板の上で、ハンナは昼は水平線を、夜は星を眺めながら数日間過ごした。ついに紺碧《こんぺき》の野の彼方に『約束の地』が見えたのは、まぶしい太陽の照りつける正午だった。

「ハンナ！　見えるわ！　エレッツ・イスラエルが見える！」

最初に叫んだのは、乗船したときからずっと海を見つづけていたマリルカだった。水平線に横たわるまだ陽炎《かげろう》のように頼りないその影を、難民たちは折り重なるようにしていつまでも飽くことなく眺めていた。歌声が上がったのをきっかけに、皆が手を取り合って踊りはじめると、喜びは船縁を越えて海にまであふれ出した。

港に入る前にイギリス軍の駆逐艦が待ち構えていた。カッターボートで乗り込んで来たイギリス兵たちは、乗組員も含めて、ひとりも漏らさず身分証を提示させ、念入りに調べた。

「ナチスの残党が紛れ込んでいる可能性がある」

そう聞かされはしても、上陸を目前にして追い返されるような悪夢に等しい事態を恐れ、難民たちはひどく脅えていた。

イギリス兵たちが去った後、難民船はゆっくりと桟橋に近づいていった。

船縁に立ち、父アーロンも訪れたことのないヘブライ人の都市を眺めながら、ハンナは感動に打ち震えた。

〈ナポリ港に負けていないわ〉

ハイファ*は明るい陽光に照らされていた。港の周辺には、赤い屋根を乗せた白壁の建物が軒を連ね、その向こうには、緑に覆われ、頂上付近まで点々と家々が顔を覗かせている小高い山が、まるでハンナを迎えてくれているようであった。

〈きっとあれが聖書に出てくるカルメル山*だわ……〉

思っていた以上に神秘的で美しい――ハンナは新天地に一目惚れした。

桟橋には十数人の男たちが立っていた。銃を持った兵士もいたが、大半はスーツ姿で汗みずくのユダヤ人男性たちだった。

踊るような足取りでタラップを降りたとたん、ハンナは不安にかられた。どことなく不穏な空気が漂っているのを感じたのだ。港の荷役《にやく》人夫たちの褐色の肌は、ナポリの男たちとさほど変わらなかったが、着ているものがまったく違っていた。くるぶしまである丈の長い服。布製の小さなかぶり物。そしてほとんど全員が、濃い口髭、鋭い目つき、硬い表情――の組み合わせだった。ハンナはアラブ人たちの敵意を嗅ぎ取らないではいられなかった。

「ユダヤ人は歓迎されていないのかもしれない……」

また、あちこちで跪《ひざまず》き、地面にキスをしていた難民たちが、イギリス兵にぞんざいに銃で追いたてられたことも、ハンナを不安がらせた。

だが、不安はそこまでだった。両側を塀で仕切られた通路を移民局の建物に向かって歩いていると、どこからか呼ぶ声がした。

「ハンナ！　私よ、ハンナ！」

出迎えに来ている大勢の人々の中に、思わぬ顔があった。

「ブルリア！」　叫び声を上げ、一目散に駆け出したハンナは、喜ぶ前に吹き出してしまった。背が低くて小太りだった従姉妹《いとこ》が、以前よりもさらに太り、〈ベラおばさんにそっくり！〉になっていたからだった。

ハンナの叔母ベラは、親族じゅうの人気者だった彼女の母リヴカとは違い、いつもしかめっ面で、誰彼かまわず口うるさくののしっては、反感を買ってばかりいた。何年ぶりかで従姉妹の顔を見たとき、ハンナは、〈ベラおばさんの大きなかぎ鼻！〉を見たように思い、笑いを堪えることができなかった。

長い入国手続きを終え、ハンナはようやくブルリアと抱き合うことができた。堰《せき》を切ったようにおしゃべりしはじめた二人は、めいめいがそれまでの数年間に自分の身に起こったことを話したいばかりで、相手の話には少しも耳を傾けようとしなかった。

「一日や二日じゃ終わらないわ！」

二人はその日、一週間後の再会を約束して別れた。

グリニャーニ村に住んでいたころのブルリアは、『ハショメール・ハツァイール*』と呼ばれるシオニスト青年運動に加わり、村の郊外で農作業を学んでいた。それが社会主義思想の濃い運動だったことから、社会主義を嫌っていたハンナの父アーロンは、「淫《みだ》らでけしからん者どもに加わるとは！」と、事あるごとにブルリアとその両親に意見した。

だが、強情なブルリアは信念を曲げなかった。父親の経営する銀行に勤めていた美男子、ベニュ・シャハフとの結婚を機に、叔父アーロンの怒声を馬耳東風と聞き流し、戦争の前にイスラエルに移住した。以来、カルメル山の上にあるキブツに加わり、社会主義の夢を追いつづけていた。

検疫のため郊外の宿舎に一週間留め置かれた後、難民たちは町に入ることを許された。

ブルリアとベニュ夫妻の家に住まわせてもらうことになっていたハンナは、その朝、迎えにきたベニュのトラックに喜び勇んで飛び乗った。

ヨーロッパとはまったく違うエキゾチックな景色に、ハンナは胸を躍らせた。地中海の玄関口らしい賑わいに満ちた町を出ると、バナナ農園の中に椰子の並木がどこまでもつづいていた。やがて道が登りはじめると、椰子の木は松林に取って代わり、前方から次々にいろいろな種類の果樹園が現れはじめた。

カルメル山は眼下に青い地中海が広がる、ため息が出るほど美しい場所だった。

ブルリアたちの住むキブツ・ベイトオーレンは、落葉樹林の中にある、「牧歌的」という言葉がぴったりの小村だった。門をくぐると、町で見たものと同じ赤い屋根と白い壁の――ただしもっと小さくて可愛らしい――家が建ち並んでいた。

「いらっしゃい、ハンナ！　どう？　素敵なところでしょう？」

満面の笑顔で出迎えたブルリアに、ハンナは飛びついて叫んだ。

「素晴らしいわ！　なんてきれいな国なの！」

ハンナの新しい生活は、それこそ考える暇もなく動きはじめた。到着したその日、村の幼稚園を手伝ってほしいと言われ、その五分後には、もうキブツ生まれの子供たちと歌を歌っていた。

村人たちとはすぐに打ち解けることができた。大食堂でみんなと食べる食事はいつも美味しく、ガリガリに痩せていた体は、瞬く間に「太め」なほどになった。

人懐っこくていたずら好きの子供たちに囲まれているうちに、ハンナは「教師になりたい」と思いはじめた。戦争で中断せざるを得なかった勉強を再開したい――教育学、特に児童心理学を学びたいという欲求が芽生えてきた。

〈チポラ姉さんはきっと喜んでくれるわ……だけどまたひとりきりになっちゃう〉

教師だった姉の遺志を引き継ぐ形になることは誇らしく思いつつも、そのためには村を出て、よそのキブツ集落にある学校に通わなければならなかったのだ。だがハンナは、従姉妹夫婦や仲良くなった子供たちと別れ、学業をとことん追い求める道を選んだ。

ベイトオーレンから東に約一〇キロ、カルメル山の反対側にあるキブツ・ヤグールが、ハンナの新しい村になった。

意気揚々と学校に入学願書を提出しにゆくと、老齢の校長、シーガル氏に、

「学力は問題ないようだが、まずその古めかしいヘブライ語をなんとかしないといけないね」

と言われ、意欲をくじかれそうになった。幼稚園でも、彼女が父から学んだヘブライ語は、サブラ*――イスラエル生まれのユダヤ人――の子供たちが話しているものとはずいぶん違うことに気づかされていたが、それほどひどいとは思っていなかったのだ。

それでもハンナは気持ちを奮い立たせ、言葉を一から学び直す決意をし、学費を賄《まかな》うために学校の食堂で働きながら、学業に励んだ。

住まいは二人の同級生たちとの同居だった。ルームメイトのティップとヘドヴァとはすぐに仲良くなったのだが、キブツの若者たちの開けっぴろげな態度と、頓着のなさすぎる人間関係にはどうしても馴染めなかった。男子学生からの頻繁な誘いは、仕事と勉強で忙しいことを理由に――それはあながち嘘でもなかったのだが――断りつづけた。


ある日のこと、ハンナは一通の手紙を受け取った。エルサレムに住んでいる従兄弟のシャローム・グラフとその奥さんデボラからの、遊びに来ないかという誘いだった。ハンナは喜び勇んでバスに飛び乗った。

ヤグールからエルサレムまでは一〇〇キロ以上の旅だった。おんぼろバスは気息奄々《えんえん》、山道で何度も停車し、オーバーヒートしたエンジンが冷えるのを待たなければならなかった。

ハンナは偶然隣り合わせた若者のことがずっと気になっていた。長身で細身。薄い口髭と陽に灼《や》けた褐色の肌。ときおり目が合うと爽やかな笑顔を見せるが、どこかしら寂しげな雰囲気を漂わせていた。

若者はアブラハム・メディナという名だった。エルサレムで衣料品店を経営しているという彼の言葉には、聞き慣れない訛《なま》りがあった。ハンナは、翌日バス停でもう一度会う約束をして別れた。

従兄弟夫妻は、こじんまりしたアパートでの何不足ない生活を送っていた。シャロームもデボラも、ハンナとの再会を心から喜んでくれた。ヨーロッパのユダヤ人たちがナチスドイツにどんな目に遭わされたかを知り、二人は戦争がはじまる直前にポーランドから移住した自分たちの幸運を神に感謝しつつ、ひたすら涙を流しつづけた。

その日の夕食はハンナを驚喜させた。チキンの入ったマッツォ・ボール、ジャガ芋のパイ、タマネギ入りのベーグル――デボラのコーシェル料理は、グリニャーニ村での家族団らんを思い出さずにはいられない、泣きたくなるほど懐かしい味だった。

ハンナが、バスに乗り合わせた若者のことを話しはじめたとき、楽しい食卓に奇妙な空気が流れた。

「きっとフランク*ね……」と、デボラがつぶやいた。

「フランクって?」

ハンナの問いかけに、デボラはため息を漏らしただけだった。

「フランクってのはね……」

と、代わりにシャロームが答えた。

「スペインやポルトガルなんかの、地中海沿いの国に生まれのユダヤ人のことだよ。あまり行儀が良くないことで有名なんだ」

「どうして？」

ハンナには納得がいかなかった。

「ユダヤ人はユダヤ人でしょう？　どこで生まれようと関係ないじゃない？」

デボラは眉間に皺を寄せ、シャロームに言った。

「アーロンおじさんの娘がフランクとデートするだなんて、私は絶対反対だわ。どうしましょう？」

「そうだな……おまえも一緒について行ってはどうだい？」

「そうねえ……」

「なにがそんなに心配なの？　ユダヤ人はユダヤ人、同胞でしょう？」

「あなたはまだ知らないのよ……」

デボラのはっきりしない態度に、ハンナは声を荒げた。

「いいわ！　ついてくればいいじゃない！　でも、余計なことはしないって約束してちょうだいね！」

デボラはどこまでも真面目な顔付きで言った。

「約束する。遠くから見ているだけにするわ。その代わりどこまでもついていくわよ」

デボラは約束を守った。だが、少し町を案内してもらい、カフェでコーヒーを飲んだだけだったにもかかわらず、アパートに戻るなり、両手で顔を覆い、大きなため息をついた。

「やっぱりフランクだったわ……間違いない」

シャロームは沈鬱な面持ちで黙り込んだ。

ハンナはあまりにも大げさな二人の態度に呆れ返りつつも、こう言うしかなかった。

「彼とは二度と会わないから、もう忘れてよ」

するとデボラはぱっと明るい顔になった。

「そうなの？　フランクとお付き合いしたりしないわね？　良かったわ。アーロンおじさんに顔向けできなくなるところだったわ」

かくして、イスラエルで最初のハンナの恋は、たった一日で終わった。

その年の暮れ、キブツ・ヤグールの中で武器庫が発見されたため、ハンナの学校はイギリス軍の命令で移転させられた。

テルアビブ*に移ったハンナは、休日決まってヤルコン川の畔《ほとり》に行き、ひとりきりで読書をして過ごした。相変わらずの貧乏暮らしのうえ、友人もそれほど多くなかったが、海に向かって流れてゆく水面を眺めながら、歴史上はじめて建設されたヘブライ人の町に住んでいることを誇らしく思い、いつも心の中でつぶやいていた。

「パパ、あなたの娘はいま、シオンで生活しているのよ……」

その日はなんの前触れもなくやってきた。授業の最中にもかかわらず、校長秘書のマーシャ女史がずかずかと教室に入ってきた。

「ハンナ・ホフベルグ、すぐに校長室においでなさい」

ハンナは驚き、不安にかられた。

〈なにか規則を破ったかしら？　退学させられるようなことをしたの？〉

校長室へ向かう間、いつ、どこで、どんな失敗をしでかしたのか、そのことばかり考えていた。マーシャ女史はドアを開ける前に、あらたまった口調で言った。

「覚悟なさい。驚きますよ」

驚くどころではなかった。ハンナは気を失いかけた。長椅子にへたり込み、口を開こうとしてもしばらく言葉が出て来ず、息をするのさえやっとだった。涙がどっと溢れ出た。

「エジュ……ああ、エジュ……生きていてくれたのね」

窓のそばに立っていた青年は、平静を保とうと努力していたが、堪《こら》えきれずに涙を落とした。マーシャ秘書はとうに嗚咽《おえつ》を漏らしていた。シーガル校長も目を潤ませ、戦争で引き裂かれた姉と弟の再会を見つめていた。

ハンナは立ち上がり、エジュの頬を両手で撫でさすり、力いっぱい抱きしめた。

シーガル校長は涙を拭き、エジュに声をかけた。涙を見せたことが恥ずかしいのか、努めて明るく振る舞おうとしているようだった。

「ハンナから話は聞いておるよ。森の中で離ればなれになったのだろう？　いったい君がどうやって生き延びて、どうしていまここに立っておるのか、教えてはくれまいか？」

「はい」

エジュは長椅子に腰かけ、話しはじめた。ハンナは弟の手を握って放さなかった。

「森の隠れ家をドイツ軍に襲撃されたとき、僕はとっさに茂みの中に飛び込みました。離れた場所にいた姉が逃げ切れないことはわかっていましたが、どうしようもなかったんです。夜になって、姉の遺体を探しまわりましたが、見つかりませんでした。その後しばらくして、ドイツ人将校が手紙を届けてくれたんです。姉さん――」

と、エジュはハンナに顔を向けた。

「あの手紙のせいで、僕はファンゲルに殺されかけたんだよ。ファンゲルは姉さんがスパイだって決めてかかったんだ。それこそ犬のように撃ち殺される寸前に――だれが助けてくれたかわかるかい？」

ハンナは首をかしげた。

「ファンゲルのお母さんさ！　見せたかったよ。ものすごい剣幕で、あの大男を殴ったんだ。『ハンナがそんなことするもんか！』ってね」

「ふふふ」

ハンナの笑顔を嬉しげに見つめた後、エジュは急に眉間に皺を寄せ、床に目を落とした。

「ファンゲルは……あの後すぐに、ウクライナ兵との戦闘で死んだよ。四方から攻撃を受けた仲間の部隊を救おうと、ひとりで突っ込んでいったんだ。戦争はもう少しで終わるところだったのに……ローラの悲しみようったらなかったよ……」

「ローラは無事なの？　いまどこにいるの？」

と、ハンナは身を乗り出した。だが、エジュは小さく首を振り、

「僕はひとりでグリニャーニ村に戻ったんだよ……」

と言い、校長に目を向けた。

「赤軍に解放された後も、食べる物がなくて、みんな飢えに苦しめられました。僕はひとりで自分の村に戻りました。ユダヤ人の家はぜんぶ焼かれて、跡形もなかった。ドイツ軍が火をつけたって話だったけど、きっとウクライナ人たちの仕業に違いないんだ。僕らの家もなくなっていた、まるで地面が口を開けて、呑み込んでしまったみたいに……」

　エジュはしばらく黙り込んだ後、だれに言うでもなく、中空を見つめて話しつづけた。

「隣のピフルカのおばさんが少しだけ食べ物を分けてくれた……だけど、村の人たちもみんな飢えていた……小さな林檎が一個だけ残っている木を見つけて、登って取った。その間に、根元に脱いでいたブーツを盗まれた。僕は裸足でうろつきまわった、何日も……それこそ飢え死にする寸前に、赤軍に拾われた。パンとジャガ芋に命を救われた。部隊にユダヤ人の情報将校がいたのが幸運だった。部下になってしばらくして、僕はドイツ語を話せるから、機密書類をベルリンに運ぶ仕事を言いつけられた。ベルリンに入ったその日、ユダヤ人の難民キャンプを見つけた。イギリス軍のユダヤ人部隊が管理していた。ためらうことはなにもなかった。すぐに川に行って、赤軍の軍服と書類の詰まった鞄を捨てた。部隊の将校は裸の僕に、そのときたまたまイスラエルに戻っていた兵

士の軍服と階級章をくれた。そうだ……軍服の胸ポケットに入っていたキブツ・ナーン＊の会員証……あれが導いてくれたんだ」

「どういうことだね？」

校長の声が聞こえなかったかのように、エジュはハンナに向き直り、早口でまくしたてた。

「姉さん、きっと姉さんもそうだったろう？　幸運は思わぬところから転がり込んでくる。いつもそうなんだ。僕はベルギーにも行ったんだよ。部隊が移動させられたんだ。何人かのユダヤ兵と仲良くなった。特に英語が話せるペータとヤーコブには良くしてもらったよ。奴らは『ペイデイ』を心待ちにしていた。『ペイデイってなんだい？』って聞くと、『大丈夫だ。おまえの分ももらえるようにしてある。楽しみにしていろ』なんて言って笑うんだ。ペイデイってのは給料日のことだった。知ってるかい？　イギリス兵は給料をもらえるんだよ。奴らは僕の分の小切手ももらってくれた。いい奴らさ。あの二人には本当に世話になったよ」

「あなたにも命の恩人がたくさんできたのね」

微笑んだハンナの顔を、エジュは大げさに覗き込んだ。

「それからエジプトに移動したんだけど、だれに会ったと思う？」

ハンナは首を振った。

「フェイジの旦那のシモンさ。イタリアで会ったんだろう？　姉さんが生きていて、難民船に乗ってイスラエルに向かったらしいことを聞いたんだ。すぐに追って来たかったんだけど、自由に動くことなんかできなかった。なんせ僕は偽物のイギリス兵だったんだからね。だけどチャンスが転がりこんできたんだ。ひどい病気にかかって、病院に入れられたとき、そこに救世主が待っていたのさ。色の黒い大男が、注射器を手に、わけのわからない言葉をしゃべりながら近づいてきたときには、もう終わりかと思ったけどね。だけど彼が、その医者が、僕をイスラエルに密入国させてくれたんだ。いまは、ベルリンでもらった会員証のとおりに、キブツ・ナーンにいるってわけさ」

「私がここにいることは？　どうやってわかったの？」

「電力会社に行って名簿を見せてもらったんだよ。グリニャーニ村出身の人たちを捜したのさ。姉さんの居場所を知っている人がいたよ。森の中なんかじゃなくて、ここはちゃんとした町だからね。見つけ出すのは簡単だったよ」

ハンナはエジュにキスをしようとして、急に目を剥いた。

「エジュ！　あなたったら、前みたいに普通にしゃべれるようになったのね！」

「なんだい姉さん、いまごろ気づいたのかい？」

いたずらっ子のような笑顔を向けたエジュを、ハンナは力いっぱい抱きしめた。

「子供たちが二人も父祖の地に到達できたなんて、パパはなんて幸せ者なんでしょう。きっと誇らしく思ってくれているわ」

父のためにも、母のためにも、新しい人生を精一杯生きよう——ハンナはあらためてそう心に誓った。

結婚 MARRIAGE

学校を卒業した後、ハンナは難民船の上からはじめて目にした港町、ハイファに住むことを選んだ。住まいは『女性入植者の家《パイオニアウーマンズ・ハウス》』という、独身女性専用の共同住宅。そこに住む人たちともすぐに親しくなり、新しい職場――幼稚園にも、なんの問題もなく溶け込むことができた。

休みの日には、学生時代の友人のいるキブツ・ヤグールに遊びに行くことが多かった。エジュのいるテルアビブに行くときには――遠くて滅多に行けなかったが――バスに乗ったが、近くのヤグールへはいつもヒッチハイクだった。

その日もハンナは道端に立っていた。ハイファから途中のネシェルまでたどり着き、白い煙を上げているセメント工場のそばで、次の親切な車が通りかかるのを待っていた。

そのとき停まってくれた薄汚れた黒い高級車が、ナフタリだった。

「ヤグールまで乗せていただけませんか？」

「ん？　いいですよ」

運転席にいたのは肩幅の広い青年だった。顔には人懐っこい笑みがあったが、ハンナが乗り込んだ後、いつまでたってもひと言も口を利こうとしなかった。

「あのう……」

と、しばらくしてハンナのほうから声をかけた。

「あなたは……サブラなのですか？」

「ん？　まぁ、ほとんどね」

「ほとんど……？」

「ハンガリー生まれなんです。五歳のときにこっちに来たんですよ」

いったん話しはじめると、会話は途切れることがなかった。

「お名前をお聞きしてもよろしいかしら？」

「もちろん。ナフタリです。はじめまして」

「はじめまして。素敵なお名前ですこと。古代イスラエル十二支族のひとつですね。どちらへ行かれるんですか？」

「この先のアラブ人の村までね」

「まあ！　アラブの人たちの村に？」

「そうです。村の偉い人たちと会う約束なんです。友だちもたくさんいますよ」

「アラビア語をお話しになりますの？」

「もちろんですよ」

「あの……怖くはありませんの？　アラブの人たちのこと……」

「ぜんぜん！　子供のころから一緒に遊んでいますからね。一人ひとりは気のいい奴らですよ。臆病な奴だっているし。もし良かったら、一緒に行ってみますか？　自分の目で確かめてみるといい」

「と、とんでもない！　あの……ご遠慮します。お誘いくださってありがとう。でも、ヤグールの友だちと約束がありますの」

青年はわざわざキブツ集落への道を曲がってくれた。門の中まで乗り入れようとするのを、ハンナは止めた。

「あの、ここで結構です」

「ん？　そうですか？」

「あとは歩いて行けますから。ほら、あそこに見えるのが、友だちのヘドヴァの家なんです。ご親切に、どうもありがとうございました」

「話し相手がいて楽しかった。なんてお名前でしたっけ？」

「ハンナです。ハンナ・ホフベルグ。父はグリニャーニ村のアーロン・ホフベルグ」

「ははは、家系まで教えてくれなくてもいいのに。どこにお住まいなんです？」

「ハイファの『女性入植者の家』です」

「ああ、知ってますよ。またどこかで会うこともあるかもしれませんね」

薄汚れた高級車を見送り、ハンナはしばらくその場にたたずんでいた。それからいつもするように金網の柵の破れ目をくぐり、ヘドヴァの家に向かった。

「なにかあったのね？」

ドアを開けるなりヘドヴァは言った。どうやら顔に出ていたらしかった。

「出会ったの……」

「なんのことよ？　だれに？」

「ネシェルから車に乗せてくれたの。素敵な人なの……」

「あなたねぇ……」

ヘドヴァは大きなため息をついた。

「ちょっと口を利いただけで、『素敵な人……』とか言うわけ？」

「恋しちゃった……」

「なによそれ？　なんて名前なの？」

「ナフタリ……」

「へぇ、悪い名前じゃないわね。そんなにいい男だったの？」

「とっても……ほとんどサブラなの」

「ほとんどってなによ？」

「九〇パーセントってことよ」

「まったく、なに言ってるのよ。どこに住んでるの？」

「知らない」

「聞かなかったの？」

「知ってても、あなたには絶対教えない」

二人は顔を見合わせ、同時に吹き出した。

「まぁいいわ」とヘドヴァ。「行きましょう。今日はアブラハムに紹介するから」

「いやよ」とハンナ。「また笑いもしない堅物なんでしょう？」

「キブツの警備員なんだから、笑ってなんかいられないわよ。大変な役目なのよ。ほら、急がないと、食堂で私たちのことを待っているんだから」

「仕方ないわね……」

ハンナはしぶしぶ友人の後について外に出た。

食堂にいたのは思った通りの仏頂面《ぶっちょうづら》の男だった。自警団『ハーショメル』の上級指揮官だと名乗られても、ハンナの心はまったく動かなかった。背が低いのが彼女の趣味とは正反対だったのだ。

ハンナの気持ちなどおかまいなしに、ヘドヴァはいつもキブツの男たちを紹介したがった。それが風習だということはわかっていても、結婚したいと思っているわけでもないハンナには、余計なお節介だとしか思えなかった。

「ほう……」

と、警備員男性は品定めするような視線をハンナに向けた。

「あなたがハイファで幼稚園の先生をやっているという、古典ヘブライ語を話す珍しいお嬢さんですか」

ハンナは思わず顔をこわばらせた。不躾《ぶしつけ》な物言いが癪にさわったのだ。

〈やっぱり嫌な奴！　二度とヘドヴァの言うことなんか聞くもんか！〉

と心の中でつぶやき、なにも答えないでいた。

「おや？　お嬢さんはご機嫌がよろしくないのかな？　それとも早口すぎてわからなかったのかな？」

ますます虫酸《むしず》が走り、ハンナはヘドヴァの腕をこっそりつねった。気分が悪いと嘘をつき、食堂から逃げ出した。

「二度と嫌！　もうだれにも会わないわよ！」

ハンナがいくらそう言っても、まったく意に介さないのがキブツ生まれのヘドヴァだった。

「いろんなタイプの人がいるでしょう？　さぁ、次はモーシェのところに行くわよ。そろそろ彼に会ってみてもいいころだわ。牛小屋で働いているの」

「嫌だ！　聞いたわ。鼻が曲がって死んじゃうかもしれない。二十歳のころから一度もお風呂に入っていないって、だれかが言ってた。いったいその人、いまいくつなの？」

「三十とか、三十一とか、そんなところかしら」

「死んでも嫌っ！」

ハンナはその日の〝お見合い〟をすべて取り止めにしてもらい、女同士だけで夜遅くまで思う存分おしゃべりして、明くる日の午後ハイファに戻った。

それが彼女にとっての遅まきの青春の日々だった。『女性入植者の家』でも、親しくなった友人たちと誘い合い、カフェ——コーヒーだけを出すところではなく、若者たちが集うダンスホールのような場所——に出かけることがあった。

ナフタリと再会したのは、ひさしぶりにネリーと一緒に『ウインザー・カフェ』に出かけた夜だった。

「ネリー！　彼よ！　彼がいるわ！」

ハンナはネリーの腕を取り、激しく揺さぶった。

「痛いわね。彼ってだれ？」

「ほら、ナフタリよ！　車に乗せてもらったって言ったでしょう？」

ハンナは立ち上がろうとしたが、ネリーに引き戻された。

「よしなさい。ひとりじゃないみたいよ」

ナフタリの後ろには金髪女性がいた。しかも腕を組んでいるのを見て、ハンナは椅子にへたり込んだ。

「ほらね。そんなものなのよ。そうそういい男がフリーでいることなんてないんだから。運命的な出会いなんて夢のまた夢よ。たいていは醜い奪い合いが付きものなの。私はそんなのご免だわ。だいたい運命なんて——」

ネリーの悲観的な恋愛観は、ハンナの耳にまったく届いていなかった。ナフタリがハンナに気づき、近づいてきたのだ。

「地球は広いようで狭いものだね」

「そうですね……」と、ハンナは震える声で答えた。

「紹介するよ、アディーナだ」

と、ナフタリは連れの女性を引き合わせた。

かろうじて平静を保ちながら、ハンナは背の高い金髪美女と握手を交わし、即座に「手が冷たい人は心が温かい」という格言を思い起こした。

〈手が冷たくて、心も冷たい人だって、いくらでもいるわ……〉

アディーナはスラブ人、それも白系ロシア人だった。なによりもハンナを落胆させたのは、彼女がナフタリと結婚するつもりでいるらしいことだった。

「ほらね、言ったでしょう?」

ネリーのことを腹立たしく思いながら、ダンスフロアで踊る長身の美男と美女を、ハンナはまぶしいものを見るような顔で眺めていた。ナフタリと目が合うたびに、そうしたくはないのに、思わず目をそらした。

「踊っていただけませんか?」

ダンスの誘いがかかったが、背が高くてわりにハンサムだったにもかかわらず、ハンナは断った。代わりにダンスフロアに出ていったネリーは、急に立ち上がったハンナを見て、あわてて戻ってきた。

「どうしたの?」

「帰る」

「あなたが帰るなら、私も帰るわよ」

夜道を歩きながら、ハンナはまったく口を利こうとしなかった。

ネリーも同じく黙っていた。いつも前向きで明るく、なにがあってもへこたれない親友のはじめて見る様子に、どう言って慰めればいいのかわからなかったのだ。

しばらくすると、車のクラクションが二人を追いかけてきた。

「なぜ逃げ出したんだい?」

ヘッドライトの中に立ったのは、ナフタリだった。

「早く帰らないといけないだけよ」

と、ネリーがつっけんどんに応じた。

「ご一緒の金髪美女はどうなさったの? 放っておいてもいいの?」

「ああ、アディーナのことなら、友だちと先に帰ったよ。なんだか気分が良くなかったらしいんだ。乗りなよ。家まで送るよ」

「無理なさらなくても結構です」

言いながら、ネリーはそそくさと車の後部座席に乗り込んだ。

「言ってることと逆じゃない……」

ブツブツつぶやきながら、ハンナも後につづいた。

車中のナフタリは、はじめて会ったときと同じように、自分からは口を開こうとはしなかった。さりとて不機嫌だというわけでもなく、ずっと口笛を吹いていた。『家』の裏口に到着したとき、ハンナは真っ先に言った。

「ご親切に送ってくださって、ありがとうございます」

精一杯の勇気だった。つかえずに言えたことに、自分を褒めてやりたい気がした。これですべて忘れてしまおう——そう思っていた。

「どういたしまして」

と、ナフタリは丁重に応じ、ウインクしながら茶目っ気たっぷりに言い足した。

「コーヒーくらいお礼してほしいな」

うつむいてなにも言えなくなったハンナに代わり、ネリーが答えた。

「あら、うっかりしていましたわ。よろしければお入りになる？　コーヒーしかありませんけど」

裏口のドアを開け、つづいて釘を刺した。

「でも、私の大切な友だちに、これ以上ちょっかい出さないでくださいね」

共同の台所兼食堂でコーヒーを飲みながら、ハンナはやはり黙りこくっていた。

いたたまれない様子で、ネリーが切り出した。

「こんなことをしていて、あなたの恋人は怒らないの？」

「こんなことって？　恋人って？」とナフタリ。

「だから、あなたの金髪の彼女のことよ。たしか、アディーナとか言ったかしら？」

「ああ、あの娘なら、もう僕の恋人なんかじゃないんだ。僕の母がロシア人との結婚に反対でね」

「あらどうして？　とっても素敵な方なのに」

「だけど彼女は、ちょっと……」

言いよどんだナフタリに、ネリーが訊いた。ハンナもうつむいたまま、同じことを思っていた。

「ちょっと——なんなの？」

「うちの家柄には合わん！　——ってところかな」

口髭を指先で捻《ひね》り上げる真似をするナフタリを上目遣いに見つめながら、ハンナはつぶやいた。

「血統がふさわしくないってことか……どこかの王子様なのかしら……？」

「え？　なんだって？」

ナフタリに大げさに顔を覗き込まれ、

「な、なんでもありません！」

と、ハンナは真っ赤になって顔を伏せた。

ナフタリは「ふふ」と小さく笑い、コーヒーを一口すすって話しはじめた。「アディーナの家族はね、ロシア革命*の後にパレスチナに来たんだ。ロシア人は、ちょっと見には取っ付きにくそうだけど、根は優しい人たちだよ」

「ユダヤ人なの？」とネリー。

「そんなわけないわよ！」と、ハンナが割って入った。「あんなギリシャ彫刻みたいな顔したユダヤ人、見たことないもの！」

「ははは」

ナフタリに笑われて、ハンナは前よりも深く顔を伏せた。

「で？　ユダヤ人じゃないの？」とネリー。

「そうじゃないけど、家族全員でユダヤ教に改宗したんだ」

「どうしてそんなことしたの？」

「ネシェルのユダヤ人コミュニティーに溶け込むため――なんだろうね」

「素晴らしいことだわ！」と、ハンナはまた顔を上げた。

「そんな人たちを受け入れたネシェルの人たちも、素晴らしいじゃない！　それでもお母様は反対なの？」

「うーん、どう言えばいいかな……」と、ナフタリは困り顔になった。

「まぁ……僕の母に会ってみればわかるよ。アディーナの父親はバス運転手なんだ」

「だから、なに？」とネリー。

「ネシェル・セメント工場を建設した主任技師の息子が、バス運転手の娘と結婚するのを、うちの母は許さないんだ」

「王子様じゃないけれど、貴族階級ってところか……」

ハンナのつぶやきに、ナフタリはまたからからと笑った。

「それがさ、ただの貴族じゃないんだよ。オーストリア＝ハンガリー二重帝国とハプスブルク王朝——ゲルマン文化に根ざした、筋金入りなんだから、手に負えないのさ」

その瞬間、ハンナは父アーロンを思い起こした。だが懐かしさはなかった。ゲルマン文化がなにをしたのか、一生忘れることはない——そう思ったとたん、怒りと嫌悪感が込み上げ、自分をコントロールできなくなった。

ハンナの険しい顔つきを見て、ナフタリは首をかしげた。

「なにか……気に障ること言ったかな？」

「別にあなたに怒ったんじゃありません！」

「じゃあ、だれにだい？」

「オーストリア＝ハンガリー二重帝国にです！」

「僕の母に——ってこと？」

「あなたにはわからないことです！　あなたは九〇パーセント、サブラなんですから！」

「僕にはわからないって？　それこそわからないな。説明しようともしないで——」

ハンナは急に激しくむせび泣きはじめた。

「あなたのオーストリア＝ハンガリー二重帝国が私の家族を殺したの！　父も、母も、姉もよ！」

「僕のなんて言われても……」

うろたえるナフタリに、ネリーが言った。

「もう帰ったほうがいいわ」

「すまない。そんなつもりじゃなかったんだ。僕は……僕はオーストリア＝ハンガリー二重帝国のことなんかぜんぜん気にしちゃいないし、奴らのやったことはひどいことだと思っているんだ。神に誓ってもいい」

「いいから！　もう帰って！」

ネリーは叫びながら、ハンナを抱きしめた。

「また会いにくるからね、ハンナ。きっと来るよ。こんなことで終わりだなんて思わないでくれよ」

ナフタリが肩を落として去った後、しばらくして、ハンナは顔を上げ、涙を拭いた。

「私……ひどいことしちゃったわ。彼が悪いわけじゃないのに……」

「平気よ。また来るって言っていたじゃない」

「こんなヒステリー女に、また会いたいなんて思う？」

「あいつはまた来るわ。見てなさい、明日来るから。それにあなたは間違っていないわ。オーストリアもハンガリーも、ドイツと同じよ。大手を広げてヒトラーを迎え入れたんだから」

「私が間違っていてもいいのに……私の考えが正しいとき、いつも良くないことが起こるの」

「とにかくあいつは戻ってくる。もう寝ましょう。幼稚園の子供たちには、ハプスブルクの王様もコサック*騎兵も関係ないんだから」

翌日の夕刻、ハンナが仕事から戻ると、薄汚れた高級車が停まっていた。

運転席の青年がクラクションを鳴らしたが、ハンナは悲しげな笑顔を向けただけで、家の中に入ろうとした。青年はあわてて車から飛び出してきた。

「シャローム!*」

「シャローム……」

「我が輩はフランツ・ヨーゼフである!」

口髭を捻るふりをしながらのナフタリの冗談に、ハンナは少しだけ口の端を引き上げて応じた。

「ご尊顔拝謁《はいえつ》たまわり、恐悦至極に存じます、髭のない皇帝閣下」

「うむっ!」

と、ナフタリは嬉しそうな顔になった。

「今宵そちをウインザー・カフェに招待しようと思っておるのだが、どうじゃな?」

だが、ハンナは暗い目をして肩を落とし、ため息をついた。

「今日はちょっと……そんな気分じゃないわ……」

「気分はきっと変わるよ! 六時に迎えにくる!」

ナフタリは返事を待たず車に乗り込み、走り去って行った。

ハンナは自分の部屋に入り、ベッドに腰かけてしばらく悩んでいた。

〈もう会わないほうがいいに決まってる……でも……〉

前夜のことを謝ろう――そう自分を納得させ、出かけることにした。一応ネリーに報告すると、

「これを着ていきなさい!」と、真っ白いドレスを押し付けられた。

ハンナは約束の時間のずいぶん前から玄関口に立っていたが、迎えの車は一向に現れなかった。

一〇分、一五分と過ぎるうちに、不安にかられはじめた。からかわれたとは一度も思わなかった。なぜだかアラブ人の話を思い出し、居ても立ってもいられなくなった。

一時間遅れで黒い高級車がやってきたとき、ハンナは血相を変えて駆け寄った。

「なにがあったの？」

「乗ってくれ！　中で話す！」

ナフタリは顔を腫らしていた。

「大丈夫……？」

ハンナは運転席の青年の頬に触れた。

「ニュージーランドの糞野郎め！　このままじゃすまさないぞ！」

「なんのこと？　ニュージーランド人となにかあったの？」

ナフタリはまだ興奮冷めやらぬ様子だった。

「バラド・アル・シェイク村——僕の友だちがいるアラブ人の村だけど、そこに奇妙な検問があったんだ。僕は村人たちのほとんどと顔見知りだから、気にせず通ろうとした。ところが、見かけない奴らが隠れていた。アラブ人の過激派だよ。僕を罠にかけようと待っていたんだ。僕は銃を取り出し、奴らに向けて威嚇《いかく》射撃した。ギャングたちはそれだけで逃げて行ったんだけど、いきなりイギリス軍の装甲車に道を塞がれたんだ。銃座にいるニュージーランド兵が『発砲したのはだれだ？』と怒鳴った。僕は正直に自分だと答えた。するとそいつは……ちくしょう……あの糞野郎は、地面に這いつくばれと命じやがった。僕の銃を奪い、装甲車に連れ込もうとした。『武器を所持しているユダヤ人は、アラブのギャングたちに引き渡す。奴らの餌食になるがいい』なんて言うんだぜ。だから僕は、イギリス空軍の特務員証を見せて言った。『いまのは正当防衛だ。しかも貴官には私を逮捕する権限はない』ってね。そしたら――」

ナフタリは頬の傷に手をやった。

「これさ。いきなりライフルの台尻で殴り付けやがった。あの糞野郎……たまたまシンプソン大尉が車で通りかかってくれなかったら、かなりやばかったよ。シンプソン大尉はネシェル警察の監督官なんだけど、知ってるかな?」

ハンナはじっと黙っていた。

「とにかく――」と、ナフタリはつづけた。

「シンプソン大尉が、僕を取り囲んでいる兵士たちに『いったい何事だ?』と訊いた。僕を殴った糞野郎は少尉だから、直立不動で敬礼した。『その男がどうかしたのか?』ともう一度訊かれ、糞野郎は言ったよ。『市民に向かって発砲した不届き者です』。シンプソン大尉はそれには答えず、『ひどい目に遭ったな』って言いながら、僕のことを助け起こしてくれた。そのときの奴の顔ったらなかったよ。目を白黒させちゃってさ。大尉は奴に歩み寄って、厳しい声で言った。『この者は我が軍のために働いている、ハガナー*との特務連絡員だ。銃を返したまえ』。それでも奴は首を振ったよ。『できません。違法です』ってね。シンプソン大尉は、有無を言わさず銃を取り戻してくれたんだ。そして奴の名前なんかを手帳に書き込んで、検問を取り払うよう命じた。厳しい声でね。いい気味だったよ。でもあのニュージーランドの糞野郎は、『イエス・サー!』なんて言いながらも、僕のことを睨《にら》んでいやがった。〝憶えていろよ〟って目付きでさ」

ナフタリは助手席をちらりと見やって、鼻を鳴らした。

「ふん、そっちこそ憶えていろよ――だ！　今度会ったらナフタリ様の怖さを思い知らせてやる！」

ハンナは神妙な顔でつぶやいた。

「わかりました……」

「ん？　なにがだい？」

「あなたがどんなに怖い人か、よくわかりました」

「よせよ！」とナフタリはあわてた。

「怖いけど、そんなに怖くないんだ！　ちょっとだけだよ！　いや、ぜんぜん怖くなんかないよ！」

ハンナがプッと吹き出すと、ナフタリは頭を掻き、白い歯を見せた。

「本当だよ……なかなかいい奴なんだぜ。信用してくれていいよ」

青年の笑い方が、ハンナは大好きだった。

試練　TRIBULATION

「サブラって、なんのことだかわかってるの？」

その夜、ネリーの機嫌はあまり良くなかった。

「砂漠の植物――サボテンのことよ。実は甘くて食べられるけれど、外側は棘《とげ》だらけ。危険よ」

ハンナは夢見心地で答えた。

「でも、彼にはフランツ・ヨーゼフの血も入っているのよ。完全なサブラ人じゃないの」

「あの男でいいの？」

「あの人がいいわ」

「そう。じゃあ、いつ結婚するの？」

ハンナは真っ赤になった。

「結婚　なによ、いきなり？」

「なんだかあなたたちって、珍しいくらいお似合いだわ」

「そ、そんなにすぐには決められないわよ。まだハプスブルク家の男爵夫人に謁見《えっけん》してもいないのに……」

「いつ会うの？」

「わからないわよ。招待してもらってないし……」

「押し掛けなさいよ。自分から行くの」

「そんなのできっこないわよ！」

「ふふん」と、ネリーは鼻を鳴らした。

「あなたが試練をくぐり抜けられるかどうか、見物だわね」

「なによ、いじわるね」

と、ハンナは頬を膨らませた。

翌日のデートに、ナフタリはピカピカのハーレー・ダビッドソンに乗って現れた。

ヤグールのヘドヴァの家に向かう途中、ハンナは勇気を振り絞って切り出した。

「ねえナフタリ、できれば私……」

「なに？　聞こえないよ！」

風切り音に邪魔され、後部座席の娘は意欲をくじかれそうになった。

「あのね、できれば……」

「できれば？」

「できればぁ！　ご両親に会ってみたいの！　なんだか面白そうな気がするの！」

ナフタリは急にハンドルを切り、脇道に乗り入れた。

「どこに行くの？」

「父さんと母さんに会ってみたいんだろう？」

「ええっ！？　いまからなの？　ちゃんとした格好もしていないのよ？」

「平気だよ。父さんたちはそんなこと気にしやしないさ。姉貴はとやかく言うかもしれないけれど、無視してりゃいい。先に言っておくけど、姉貴のトーヴァはちょっとおかしいんだよ。とにかく気難しくて、口が悪いんだ」

「まるで正直に発言する権利が女性にはないみたいな言い方ね。きっと素敵なお姉さんだわ」

「素敵なもんか！　姉貴はなんでもずけずけ言いすぎるんだよ。しかも人の気持ちなんかお構いなしなんだ。ま、会えばわかるよ」

「試練ってわけね……」と、ハンナはつぶやいた。

「なに？」

「ううん、なんでもない。心配しないで、きっと皆様とうまくやってみせます」

「そう願いたいね」

と、ナフタリは意味深な言い方をした。

ハンナがまず目を見張ったのは、ナフタリの家の大きさだった。広い庭には車が三台も並んでいた。芝生に寝そべっていた二匹のダルメシアン犬が跳びはねるようにして駆け寄ってきた。犬たちをあしらいながら、ナフタリは言った。

「こっちがピフティ、こっちがヴィッキーだよ」

「お会いできて光栄でございます」

ハンナが犬たちに冗談まじりの丁寧な挨拶をしていると、不意に背後で声がした。

「今度はだれを連れてきたの、アンティ？」

振り返ると、金髪の女性が立っていた。とっさに言葉が出てこず、ハンナがうろたえて青い瞳と絹のスリッパを交互に見つめていると、金髪女性が口を開いた。

「このまん丸い目をした、黒髪のお嬢さんは何者なの？　犬語しかわからないの？」

「ハ、ハンナ・ホフベルグです」

と、ハンナはやっとのことで言葉を絞り出した。もう少しで「アーロン・ホフベルグの娘です」と言いそうになりながら、代わりに「お会いできて光栄でございます」と付け加え、手を差し出した。

「こちらこそ。奇妙なヘブライ語だこと」

金髪女性は手も声も冷たかった。

「ハンナならうちにもうひとりいるじゃないの。他に必要だとは思えないけれど？」

「うるさいな、姉貴は！」

ナフタリが割って入ってくれなかったら、ハンナは泣き出していたかもしれなかった。

「それより父さんと母さんはどこさ？」

「あら、どうして私が怒られないといけないわけ？　あなたが連れてくるガールフレンドたちには、いつも親切にしてあげているじゃない？」

「いいから！　父さんはいるの？　いないの？」

「お母様はお台所にいるわ。お父様は町会議員のフィリッチさんのところよ」

家の中に通されると、いろんな匂いが漂っていた。ローストチキンの焼ける匂い、タマネギとパプリカ*、それに葉巻の匂い。リビングルームは高級家具で埋め尽くされ、壁には子犬の描かれた巨大な油絵が掛けられていた。あちこちにある灰皿には、葉巻の吸い殻が山のように積まれていた。

ナフタリの母イロンカは、白いエプロンを着けてキッチンに立っていた。五十を少し過ぎたくらいだろうか、シニョン*にした髪には白いものが混じりはじめていた。がっちりした体つきだが、品が良く、「美人」と言ってもなんの差し支えもないほど整った顔立ちをしていた。ハンナは即座に母リヴカを思い出した。熱気のこもったキッチンで、汗ひとつかいていないところも似ていた。

「いいところに帰ってきたわ。味見してちょうだい。グヤーシュ*を作ったのよ」

言葉はわからなかったが、いきなり大きな木のスプーンを差し出されたハンナは、一口味見して、あわてて叫んだ。

「み、水！」

イロンカは豊満な胸を揺すって笑った。

「あらあら、少し辛いパプリカを使ってみたんだけど、辛すぎたのかしら？」

「彼女はガリツィアの生まれなんだ」とナフタリ。「あまり辛いのには慣れていないと思うよ」

「あら、ガリツィアなの？　あそこだって元はハンガリーだったのよ」

コップの水を飲み干したハンナは、目の前の母子が話しているのがどうやら、ハンガリー語らしいことを知り、同時に父アーロンの言ったことを思い出していた。ウィーンとブダペストの食べ物は辛すぎる。

〈パパは……少なくとも食べ物に関しては、間違っていないわ……〉

真っ赤になっている娘に水をもう一杯差し出しながら、イロンカは、

「このお嬢さんは何語を話すの？」

とナフタリに訊ねた。

「ポーランド語とヘブライ語だけだよ」

「カーッ！*」

イロンカの叫び声は、ハンナを脅えさせた。

「オヤン・セープ・ラーニャ！（残念だわ、とても可愛い娘さんなのに！）」

後ずさろうとするハンナの背中を支えながら、ナフタリは満足げに微笑み、言った。

「本当は彼女、ドイツ語もわかるんだよ」

イロンカは急に目を剥き、ハンナに向かってドイツ語を投げかけた。

「スプレッヘン・ジー・ドイッチェ？（ドイツ語がわかるの？）」

ようやく会話の糸口を与えられ、ハンナはほっと胸を撫で下ろした。

居間に移ると、思いがけず楽しいひと時が待っていた。ハンナは自分の第一印象が間違っていなかったことを知った。

〈ママみたいだわ……〉

何度もそう思った。

〈品があって、頭が良いところも……話をするのも、聴くのもとても上手なところも……緑がかった灰色の瞳まで……違うのはイディッシュ語を話さないことくらい〉

イスラエルにきて以来、ハンナはイディッシュ語を懐かしく思い出すことがあった。イディッシュ語は語彙が豊富で、ひと言か二言で感情をつぶさに伝えることができた。それに比べればドイツ語は、ハンナにとって数学の公式のような言葉だった。ミルクを出さない痩せた牛、茨《いばら》の花輪《リース》、オアシスのない砂漠――ドイツ語を話すとき、いつもそんな印象を抱いていた。SS隊員がブーツの踵を打ち鳴らす姿を思い起こすことさえあった。だがそのとき、ナフタリの母と話しながら、ハンナは自分が何語を話しているのかまったく気にしていなかった。

〈ママって呼びたいくらいだわ……トーヴァさんとも、少し精神医学を勉強して、慣れればきっとうまくやっていける……試練なんて言うほど深刻になることなかったんだ……〉

ネリーに良い報告ができる――そんなことを考えていると、細身の女性が入ってきた。赤茶のショートヘアにスラックス姿。化粧っけがまったくない。ハンナはすぐにそれがだれであるか察し、立ち上がって挨拶した。

「シャローム、ハンナ。お会いできて嬉しいわ」

「こちらこそ、お会いできて嬉しいわ。あなたがハンナなのね？」

「なんだかややこしいですね」

「ふふふ。本当にそうね」

ハンナは、歳の近いもうひとりのハンナのことも一目で気に入った。笑うと見える前歯の隙間が、とても可愛いらしいと思った。

「どこにお住まいなの？」と、ナフタリの妹のハンナ。

「ハイファです。『女性入植者の家』に住んでいるの」

「お仕事は？」

「幼稚園の先生です。ハンナは？」

「ユダヤ機関*で働いているのよ」

「まぁ、素晴らしいお仕事だわ。あなた方が、私たち難民がイスラエルに来る許可証を取ってくださったんですもの。桟橋で迎えてくださった、ベングリオン*さんやシャレットさんをご存知？」

「もちろん。毎日顔を合わせているわよ」

「あの……ひとつお聞きしたいんですけど、私たちがイスラエルを建国できる可能性は、どのくらいあると、ユダヤ機関の皆さまはお考えなの？」

「可能性は大いにあるわよ。修正シオニストたち*が邪魔しないでいてくれればね」

「僕の妹はすごいんだよ」とナフタリ。「イギリス軍人、それも士官だったのさ」

「まぁ、すごいわ！」

「そんな……大げさよ」

そのとき、家族団らんのただ中に、〝破壊者〟トーヴァが踏み入ってきた。

「なんだか騒がしいわねえ」

と、気難しい姉は皆の顔を見まわした。

「ところで、だれかピーターの電話を受けていない？」

一気に座が静まり返った。

「残念ね」とイロンカが応じた。「電話はありませんでしたよ」

「だれ？　ピーターって？」と、ナフタリの妹のハンナ。

「あなたたちには教えないわ」とトーヴァ。「まだ家族の一員になるって決まったわけじゃないんだから」

「なんだよそれ！」

と、ナフタリが食ってかかった。

「知ってるよ。あのピーターだろ？　イギリス人の。このあいだ港で会って、話したじゃいか。ユダヤ人との結婚に親が反対しているって、そう言ってたよ」

「なによ。なにもわかっていないくせに。私はキリスト教に改宗するつもりなの。いいえ、いっそ宗教は捨てる。無宗教が一番だわ。儀式だとか戒律だとか、面倒なのはもううんざり」

「一番好きなのは神秘主義なんだろう？」

「うるさいわね。あなたになにがわかるの？」

「ピーターが電話してこないのは宗教のせいなんかじゃないよ。人を見る目があるってことだよ――」

ハンナはナフタリの口を手で塞いだ。

「そんなことありません！　きっとピーターさんは電話してくると思います！」

つづいて話を逸らそうとした。

「トーヴァさんは学生なんですか？」

「退学になったんだよな」と、ナフタリがまた刺々しい言い方をした。

「そういうあなたこそなんなの？　自分は何様のつもり？」

「僕は、歯科助手だよ」

「そうね。高給取りなのよね。少しはお家にお金を入れたらどうなの？」

ハンナは急に立ち上がって叫んだ。

「そろそろ失礼させていただきます！　皆様にお会いできて、とても嬉しかったです！」

それが精一杯だった。

〈簡単に乗り越えられるような試練じゃないかもしれない……〉

落胆しつつ、家を出ようとしたところで、プラフ家の家長、ヨセフに出くわした。

葉巻をくわえたナフタリの父は、よく陽に灼《や》け、カーキ色のサファリルックに身を包んだ、イギリス紳士然とした人物だった。彫りの深い目鼻立ちと、大きく突き出た額が印象的だった。

「父さん、いいところで会ったよ」とナフタリ。

「おや？　アンティ、どうしておまえが家にいるんだ？　港に行っているはずじゃなかったのか？」

厳格そうだが、鷹揚《おうよう》な口ぶりだった。

「友だちのハンナを紹介させてよ。ドイツ語を話すんだ」

ナフタリの態度には、父への愛情と敬意が感じられた。

「はじめまして。お会いできて光栄です」

ハンナが緊張して会釈すると、ヨセフは角張った大きな顎《あご》で笑顔を作り、何度もうなずいた。

オートバイの後部座席にまたがったハンナの耳に、家の中からハンガリー語の罵声が聞こえてきた。

「また父さんに逆らってやがる……」とナフタリ。

「だれが？」

「トーヴァ姉さんさ。他にいないよ」

「問題はなんなの？」

「きっとまた金のことだろ」

「トーヴァさんは、お金をなにに使うの？」

「さあね。どうせ服とか化粧品とか買うんだろう」

「それがいけないことなの？　女の子なら当然でしょう？」

ナフタリは呆れ顔になった。

「まったく……君は優しい子だな。だれにでも味方するんだもんな」

「だって、あなたのお姉さんじゃない。あなたも味方してあげるべきよ」

「僕は姉貴に嫌われているからね」

「そんなことないわよ」

「まあ……そのうちわかるよ」

と、ナフタリはため息をついた。

「とにかく、父さんには君のことをちゃんとしたガールフレンドだって言ってあるからね」

「そうなの？」と、ハンナは頬を赤らめた。

「そうさ。だってそうだろう？」

顔を覗き込まれ、ハンナはますます赤くなった。

「もう行きましょう。約束に六時間も遅れちゃったわ。きっとヘドヴァはカンカンよ」

キブツ・ヤグールに着いたのは、ちょうど夕食のはじまる時刻だった。大食堂に向かって歩きながら、ハンナは気になっていたことをナフタリに訊ねた。

「神秘主義って……いったいなんなの？」

「ん？　なんのこと？」

「さっきお家で言っていたでしょう？　『一番いいのは神秘主義なんだろう』って、トーヴァさんに……」

「ああ、あれね……秘密にできる？」

「そんなに深刻なことなの？」

「まあ、どう言えばいいかな……」と、ナフタリは頭を掻いた。

「言いたくないのなら別にいいのよ……」

「そうじゃないよ。そうじゃないけど、説明しづらいんだよな……母さんと姉さんは、まあ、神秘主義者なのさ」

「どういうこと……？」

「僕もよく知らないんだけどね、聖書のサウル王*の話に出てくるエン・ドール*の霊媒女みたいなものなんだ。信じようと信じまいとね。死者と交信できるとか、どうやるのか詳しくは知らないけれど、そんなことさ」

「そういうのを……みんなで……お家の中でやるわけ？」

「家ではやらないよ。バット・ガリム*でね。月に二、三回出かけているみたいなんだ。大魔女のエン・ドール＝ヘルミナがいるんだ」

「大魔女……なの？」

「そう。死者と交信できるらしいんだ。僕にはまるでチンプンカンプンだし、父さんもまったく信じちゃいないけどね」

「でも……」

と、ハンナは神妙な口調になった。

「とてもいい方たちだわ。特にお母様は……」

「だろう？　自慢の母さんだよ。大好きなんだ」

ハンナはぱっと明るい顔になった。

「私も大好きよ！　いま聞いたことは忘れることにする」

「そうしてくれると助かるよ」

ナフタリと笑顔を交わし、ハンナは〈この程度のことに負けてなんかいられないわ！〉と思い直した。

ネリーにどう報告しようか考えていると、食堂のドアの前でナフタリが言った。それが本当の試練の入口であることに、ナフタリはもちろんのこと、ハンナも気づいていなかった。

「だけど、さっきも言ったけど、君はだれにでも味方するんだな。どんな人間にも良いところがあるって、そんなふうに思っているのかい？」

「そんなことないわ」

と、ハンナは首を振った。

「純粋に悪い人だっているわ」

「へえ」

と、ナフタリは意外そうな顔をした。

「そんなにはっきり言うとは思わなかったよ」

「心の底まで邪悪な人だっているの……」

そうつぶやいた後、ハンナはいきなり涙を流しはじめた。

ハンナの涙はいつもナフタリを困惑させた。恋人の心の奥底に、なにか辛い記憶があるらしいことに気づきながらも、触れないようにすることしかできない自分が、悔しくてならなかった。

ホロコースト*の地獄を生き延びた人々の話を聞くたびに、ナフタリはいつも顔を真っ赤にして、声高にののしった。

「ナチスの糞野郎どもをこの手で撃ち殺してやりたいよ！」

それは同時に、同胞への憤《いきどお》りでもあった。

「なぜヨーロッパのユダヤ人たちは、ハガナーやイルグン、レヒ*のような武装組織を作って抵抗しなかったんだ？」

戦後、絶滅収容所やガス室のことを知ったとき、どうして大勢の同胞たちが、戦おうともせず羊のように黙って殺されたのか、ナフタリには理解できなかった。「ユダヤ人の恥」だとさえ感じていた。自分なら、ドイツ兵の銃を奪い、敵を撃ち殺してやったのに――そう思っていた。

ナフタリを困らせていることに気づき、ハンナは涙を拭き、顔を上げた。

「どうして私がいつも、急に泣き出すのか、不思議に思っているんでしょう？」

「理由はわかっているよ」

と、ナフタリはいくぶん不機嫌に応じた。

「わかっているつもりだよ。君は絶滅収容所に入れられていたんだ。君の両親はシャワーを浴びに行って、そのまま戻ってこなかったんだ。そこはシャワー室なんかじゃなくて、ガス室だったんだ」

「違うわ」

ハンナは即座に否定した。

「私の両親はウクライナ人に殺されたの。私は収容所から逃げ出して、パルチザンとして戦ったの」

「パルチザン？」

ナフタリは怪訝《けげん》な顔をした。

「ユダヤ人が？　なんの話だい？　武器を持っていたとでも言うのかい？」

「そうよ」

ハンナは毅然《きぜん》とした表情になっていた。

「私は仲間たちと、森に隠れて戦ったのよ」

「君が？　どんな武器なんだい？　銃を撃ったこともあるのかい？」

「当たり前じゃないの」

と、ハンナは鼻で笑った。

「ドイツ兵たちに向けてライフル銃を撃ったわよ。仲間たちと作戦を練って、撤退中の部隊に奇襲をかけたわ」

ナフタリは黙り込んでいたが、ハンナはかまわずにつづけた。

「ユダヤ人を殺した卑劣なポーランド人やウクライナ人の家を襲ったことも、一度や二度じゃないの。悪人はいるの。私は憎んだわ。憎んで、憎んで、復讐心に凝り固まって、戦ったの」

ナフタリは眉間に皺を寄せて考え込んでいた。しばらくして、

「信じられないな……」

と、独り言のようにつぶやいた。

「そんなユダヤ人たちがいたのか……みんな食肉処理場に送られる羊みたいに、なんの抵抗もせずに殺されたんだとばかり思っていたよ……いや、それよりもまさか君が……信じられないな……」

ハンナは唇を噛んだ。

「そうよ。私は戦ったの。戦って、生き延びたの。大勢死んだなかで、私だけが生き延びたのよ」

涙を堪えながら、ナフタリの反応を待った。

ハンナはそのとき、自分でも怖くて見つめられなかったことに、正面から対峙していた。自分だけが生き延びたこと——それが心に大きなしこりとなって残っていることに、はじめて気づかされていた。どうすればいいのかわからず、泣き崩れてしまいそうになる自分を、必死で押さえつけていた。

「ハンナ……いま僕がどんな気分かわかるかい？」

そう言って顔を向けたナフタリは、目をキラキラ輝かせていた。

「すごいよ！　気分爽快だ！」

ハンナはナフタリの笑顔には応えなかった。

「私、もう帰るわ」

「え？　帰るって……？」

「家に帰るわ。送ってくださる？」

「いいけど……僕……なにかまた気に障ること、言ったかな？」

「そんなのじゃないわ」

恋人の心が読めないまま、ナフタリはオートバイを停めたところまで戻った。

「寒くないかい？」

と、優しく声をかけてみたが、

「平気よ」

と、ハンナの無表情は変わらなかった。

「良かったら、僕のジャケットを羽織りなよ」

「平気だってば。雪の降り積もった森の中でも、私は平気で寝ていたの。ここは暑すぎて、息が詰まりそうなくらいなの」

「ここじゃ、雪なんかほとんど降らないからなあ」

「降ってほしくなんかないわ。二度と見たくない」

ハンナの胸の鼓動を背中に感じながら、ナフタリはアクセルを振り絞り、夜道を飛ばした。

「怖くないかい？」

と、しばらくして声を張り上げた。

「平気よ！」

「僕のことは？」

「怖いような、怖くないような……」

「なに？」

「よくわからない！」

「聞かせてくれよ！」

突然そう言われ、ハンナはナフタリの革ジャケットをぎゅっと握った。

「いったいどうやって生き延びたのさ？」

ハンナの過去に触れないようにしてきていたナフタリは、もう訊かずにはいられなかった。

「ソドムとゴモラにもねぇ！」

と、ハンナは風に負けないように声を張り上げた。

「善人はいるのよ！」

「どういうことさ？」

「ヴァルター大尉、ムージエ先生、それから衛生兵の……まさか名前を思い出せないなんて……記憶に蓋《ふた》をしちゃっていたんだわ……ローレンス……そう、ローレンスよ。みんなにもう一度会いたいわ。会って……どうしたいのか、なにを言いたいのかわからないけれど、そんなの会えばわかることだわ」

ハンナは、考え込んでいるらしいナフタリに訊ねた。

「あなたはドイツ軍についてなにを知っているの？　戦争の間なにをやっていたの？」

ナフタリはすぐには答えなかった。

「なにって……他のみんなと大して変わらないよ。西の砂漠で連合軍がナチスを打ち負かした後、僕は捕虜収容所の警備をやっていたんだ。捕虜のひとりが僕を見て、『ユダヤ人か？』と聞いてきた。ドイツ兵さ。『そうだ』と答えると、奴は親指で首を切る仕草をした。仲間たちに止められなかったら、その場でそいつを殺していたよ」

ハンナはなにも言わなかった。

「それで、さっき君が言った人たちは、いったい何者なのさ？」

「わかる？」

答える代わりに、ハンナは左腕をまくり上げてナフタリの横に突き出した。

ナフタリはハンドルを握ったまま、対向車のヘッドライトに照らされた瞬間、ハンナの腕にちらりと目をやった。

「小さな丸い傷跡があるようだけど、なんだか銃で撃たれた痕《きず》みたいだな……」

ナフタリはしばらく考え込んだ。

「まさか！　撃たれたのか」

「そうよ。ドイツ兵に狙撃されたの。胸にもあるわ」

ナフタリが息を飲んだのを、ハンナは感じ取った。

「まさかそんな……心臓をはずれたとしても……肺に穴が開いちゃあ、とても助からないだろう？」

「私の肺には銃弾が残っているの。だれが助けてくれたんだと思う？」

「まさかドイツ兵じゃないよな……そんなのありっこないし……」

黙ったまま否定しないハンナに、ナフタリは目を剥いた。

「そうなのか！　ドイツ兵が君の命を救ってくれたのか！　ユダヤ人だって気づかれなかったんだね」

ナフタリの体にまわした腕に力を込め、ハンナは言った。

「違うわ。みんな私がユダヤ人だって知っていたの」

「まさか！　それなのに君を助けたっていうのか？　ドイツ国防軍の兵士たちが？」

「そうよ。ロシアから撤退してきた第一装甲師団の、衛生兵と、軍医と、情報将校が――」

「イヤッホーーーーッ！」

突然、ナフタリは夜空に向かって歓喜の雄叫びを上げた。

「きゃっ！」

ハンナは驚き、オートバイから振り落とされそうになった。

「な、なによ急に？」

ナフタリの叫びはつづいた。

「会いに行こう！　一緒に会いに行こうよ！　僕らが結婚した後、絶対にその人たちに会いに行こう！」

ハンナは目を白黒させた。

「いま言ったこと……本気なの？」

「どっちがさ？　君の命の恩人に会いに行くこと？　それとも結婚のこと？」

「いじわる！」

「どっちも本気だよ！」

ハンナの熱い涙は、あふれ出ると同時に風に吹き飛ばされ、後方の闇に散っていった。

生命　LIFE

「ガリツィアの田舎娘なんかと結婚なさるとは思わなかったわよねえ」

「抵抗する意気地もなかった難民なんでしょう?」

「いいお家柄だとばかり思っていたのに」

ネシェルの市場で、ナフタリの母イロンカは奥様連中の噂話の種にされていた。

「みなさん……なんておっしゃっているのかしら?」

と、ハンガリー・ソーセージを買いながら、肉屋のデウッシに訊ねた。

「関わり合いにはなりたくありませんが……」

肉屋はソーセージを包みながら首を振った。

「ガリツィア州がどうとかこうとか……あっしもヘブライ語は苦手でねえ。今日はソーセージだけでよろしいんで？　ディスノー・シャイト*も入ってますぜ」

「あら、それもいただくわ」

「へい！」

「きっとまた息子の結婚相手のことだわ……」

「あっしにはかかわりのねぇことですが」

と、肉屋はハムを厚めに切りながら言った。

「家柄が合わねぇとか、意気地がねぇとかなんとか、なんだかそんなことのようですが」

「今度うちに来る嫁が、頭も気立ても良いもんだから、ひがんでるんだわ。リプスキーさんのところのユーディットはおしゃべりなだけの役立たずなんだから」

イロンカがこれみよがしに大声で言ったため、リプスキー夫人が顔を赤くしてやってきて、肉屋に話の内容を教えるよう迫った。肉屋は困り果てたが、プラフ夫人のほうがどう考えても良客だと判断し、言われるままに通訳した。

「ご忠告差し上げただけよ！　ガリツィア娘には気をつけたほうがよろしくてよ！」

リプスキー夫人はそう言い捨て、市場から出て行った。

「デウッシさん」

と、イロンカは肉屋に笑顔で囁《ささや》いた。

「結婚式にはパプリカのたっぷり利いた上等なソーセージをたくさんいただくわ」

「へい、プラフ奥さん。願ってもないことで」

「それに、だれかがまたうちの嫁のことをとやかく言っているようだったら、教えてちょうだい」

「へい、必ずお耳にお入れします。トランシルヴァニア*人を信用してくだせえ」

デウッシは派手に胸を叩いた。

結婚式に先立ち、ハンナはハイファの尊敬された、ラビ・カニエルに呼ばれ、戦争中に体験したことをすべて話すよう命じられた。白い顎髭《あごひげ》を胸までたらしたラビは、始終黙りこくって耳を傾けていた。すべて聞き終えた後、言ったのは一言だけだった。

「婚姻の前に『清めの沐浴の儀式』を受けるように」

ハンナは少なからず不満だった。

〈それだけなの？　他に言うことはないの？〉


結婚式にはエジュが参列してくれた。

ネクタイを締めるのを嫌がり、牛小屋の臭いが染み付いていることを気にして、人に近づきたくないと言っていたハンナの弟は、大勢のプラフ家の親族たちに取り囲まれ、質問攻めに合った。両親と姉が殺されたこと、戦争がはじまってすぐに赤軍に入隊した兄がいること、いまもロシアに生きているかもしれないこと——などを、休みなく説明しなければならなかった。

——グリニャーニ村ってどこなの？

——ポーランド東部のガリツィア地方です。

——ガリツィア人なのかい？

――そう、僕たちはガリツィア人です。

――ガリツィア人って、どんな人たちなの？

――目の前にいますよ。

――結婚はしているの？

――していません。

――牛小屋で働いているのかね？

――そうです。臭いますよね。でも大型トラックの運転手になりたいと思っているんです。

――お姉さんは幼稚園の先生なのでしょう？

――そうです。だけどもったいないですよ。姉はとても頭がいいから。

――アディーナはどうなった？

――だれですって？　知らないな。

――ほら、あそこ、庭の隅っこにいる金髪だよ。

――ああ、きれいな人ですね。でもやっぱり知らないなあ。

――キブツの生活はどんなだい？

――仕事は大変かい？

――どこにある？

――危険はない？

――エルサレムの近くです。アラブ人と緊張状態にありますが、独力で治安を守っています。ハショメール・ハツァイールかって？　違います。社会主義シオニストのアフドゥト・ハアヴォダ党とマパイ労働党に所属しています。違いますよ、僕らは共産主義者じゃありません。百二十人くらいで共同生活しています。天気？　ここと変わりませんよ。そうです、新鮮な牛乳はおいしいですよ。僕は畑には出ません。牛小屋で働いていますからね。そうです、いつも絞りたての牛乳を飲んでいますよ。姉は二歳年上です。僕もドイツ語を話せます。両親がそういう教育方針だったんです。ポーランド語、イディッシュ語、ウクライナ語もね。そうです、姉はドイツ軍人に命を救われたんです。そうですよね、信じがたいことですよね。どこにいるかって？　そのドイツ人が？　わかりませんよ。いいえ、僕は会っていません。その前に離ればなれになりましたから。軍医も姉の命の恩人ですが、どこにいるかわかりません。そうですよね、信じられない話ですよね。いいですよ、いつでもいらしてください。子供たちはきっと喜びますよ。新鮮な牛乳はとてもおいしいですからね。そうです、いつも飲んでいます。僕らは大きな食堂で一緒に食事します。料理は交替制です。みなさんにもご馳走しますよ。いいえ！　まさか！　そんなことはありませんよ！　絶対にありません！　乱交なんかありません！　夫婦関係はどこよりも厳格です！

「楽しんでくれているかしら？」

と花嫁は、人混みから逃げ出してようやくひと息ついている弟に話しかけた。

「ネーム！（とんでもない！）　まるで拷問だよ！　ハンガリー人たちはなんでも知りたがって、もう少しで僕もハンガリー語を話せるようになりそうだよ。少しイディッシュ語を話そうよ」

「そう言えば……」

と、ハンナはイディッシュ語になった。

「あなたのところの牛乳を仕入れられるかどうか、知りたがっていたわよ」

「へえ、だれが？」

「ナフタリのお父様よ。商売には貪欲なの……だけど、あまり興味ないでしょう？」

「悪いけど、まったくないね。姉さんが格調高いハプスブルク家の直系と結婚できて、父さんはさぞや喜んでいるだろうけどさ」

「ようやくよ。戦争の生き残りへの風当たりは強いのよ。『ユダヤ人の恥』だなんて言われるんだから」

「みたいだね。僕はキブツにいるからわからないけどさ」

「あなたは知らなくていいわ……ところで、向こうにいる、帽子をかぶった背の高いイギリス紳士、わかる？」

「だれだい？　警官みたいだな」

「違うわ、あれがピーターよ。ナフタリのお姉さん、トーヴァと結婚した勇敢な人。女の子が生まれてもうじき三つになるわ。トーヴァは家族みんなでイギリスに引っ越したがっているの。ユダヤ人でいることが大嫌いみたいなの」

「ふん！」

と、エジュは鼻を鳴らした。

「ヒトラーに会えば良かったんだ。そうすれば、自分が何者かよくわかったのに」

「本当ね……だけど、会わなかったことが、彼女の運命なのかもしれないわ」

エジュは小さくうなずき、なにも言わなかった。

「どう？　ピーターと話してみたい？」

「遠慮するよ。もううんざりだよ。僕は村に帰りたいよ。ここは僕のいる所じゃない」

「いまさら村に帰ってなにをするって言うの？　ゼニグ・タスのために働くの？　あそこもあなたの場所じゃないわ。私たちの国は――」

「そうじゃないよ、姉さん。僕の村、キブツ・ナーンさ。ハンガリー人も、ハプスブルク家も、イギリス紳士も、もううんざりなんだ。牛たちのところに帰りたいよ」

「ふふふ」

とハンナは笑った。

「ごめんなさいね、あなたにばかり苦労かけちゃって……」

ため息をひとつつき、庭を見渡した。

花婿側のテーブルは多彩な顔ぶれで華やいでいた。ナフタリの両親をはじめとするプラフ家の面々、大勢のハンガリー人の親族たち、市民兵組織ハガナーのメンバー、ネシェルのイスラエル人とサブラ、イギリス軍の将校と兵士たち、アラブ人の族長、それに神秘主義者らしき人々――。

もう一方の花嫁側はと言えば、寂しいかぎりだった。ブルリアとベニュ、シャローム・グラフとデボラ夫妻、ツヴィ・ブーフビンダーとその家族、あとは数人の友人だけだった。

「みんなはどこにいるのかしら……？」

ハンナのつぶやきの意味がわからず、エジュは首をかしげた。

「なに？　だれのことだい？」

ハンナは答えなかった。

花嫁は父と母の顔を探していたのだ。彼女の父アーロンは、花嫁とともに祭壇に向かって歩くはずだった。ハプスブルク王朝の子孫たちとの歓談を、心ゆくまで楽しむはずだった。母リヴカは、祭壇の横に立てられた天蓋《フッパー》の脇で、嬉し涙を流すはずだった。自慢の料理を振る舞い、皆を喜ばすはずだった。

「ねぇエジュ、教えてよ……」

ハンナの頬を涙が伝った。

「みんなはどこにいるの？　パパは？　ママはどこ……？」

「姉さん……」

「ムニュ兄さんは？　シオニスト・クラブに出かけていて、私の結婚式のことを忘れているの？　チポラ姉さんは？　学校の授業を休めなかったの？」

涙は止めどなく滴り落ち、朝露のように芝生の上を転がった。

「教えてよ、エジュ……ヴァルターはどこ？　ムージエ先生はどこ？　ローレンスはどこにいるの？」

ハンナは広い庭を見まわしつづけた。

「ローラは？　ヤーコブはどこ……？　ファンゲルは？　ユルカは？　ミシェルは？　コッツィ

工場長は？　ジンゲル先生は……？　いったいみんなどこにいるの？」

エジュは立ち上がり、姉を優しく抱きしめた。

「みんなここにいるよ。姉さんの心にいる」

ほうぼうから笑い声が聞こえていた。ワルツの調べが聞こえていた。

「だれにもわからないよ」

と、エジュはハンナの耳元に囁《ささや》いた。

「僕らがどんな思いをしてきたか、ここにいる人たちにはだれにもわからない……だけど、それでもいいじゃないか。みんな僕らの心の中にいるんだ」

腕に力を込め、ぎゅっと抱きしめようとしたエジュを、ハンナは急に突き飛ばした。

驚いて目を白黒させた弟に、大きな笑顔を向けた。

「涙はもうお終い！　さあ、食べるわよ！」

「腹ぺこだよ、姉さん！」

と、エジュもいたずらっ子のような笑顔をはじけさせた。

「コーシェル料理にしてもらってよかったわ！　とびきり辛いハンガリー・ソーセージの山がいくつもできるところだったのよ！」

そう言うや、ハンナは弟の手を引き、宴《うたげ》の中に駆け込んでいった。

《完》

著者あとがき

ハンナは私の母です。一九九〇年、イスラエルのハイファで永遠の眠りにつきました。本書は母が生前聞かせてくれた話を基にしています。

母がその後どのような人生を送ったかに、ご興味をお持ちの読者の皆様もおられることでしょう。母は結婚後、それはイスラエルの建国と重なりますが、主婦になり、少々太りました。ネシェルに住み、祖母リヴカのように、毎日夕暮れには玄関口に座り、父ナフタリの帰宅を待ちました。父はイスラエル国防軍に加わり、特務曹長になりました。やがて二人は、私を含む三人の子宝に恵まれ、一般的な親たちとさほど変わらない、不安と喜びに彩られた日々を送りました。

そうそう、物語中では生死のわからなかったローラですが、母の結婚後間もなくイスラエルにやってきました。二人はずっと仲の良い従姉妹同士でした。

やがて母は、発達障害の子供たちの教育、ならびにその家族の方々への支援活動を行なうようになり、一生を捧げました。彼女の献身的かつ革新的な活動は、多方面から高い評価を受け、数々の賞を賜ることになりました。

また母は、多大な労力を費やし、戦後ドイツ東部に取り残されていたヴァルター・ローゼンクランツ氏を捜し当てました。東ドイツ当局から一日だけの入国許可を得て、東ベルリンで命の恩人と再会することができたのです。

ドイツ軍人であるにもかかわらず、危険を冒して母を救ってくれたローゼンクランツ氏は、歴史の中に埋もれている多くの偉人たちのうちの、たったひとりにすぎないでしょう。本書は、氏をはじめ、ソドムとゴモラ*に住んでいた多くの善良な人々の物語です。

（*ソドムとゴモラ――旧約聖書・創世記。住民の道徳的腐敗と風俗退廃のため神に滅ぼされた都市）

私は、精神的なこと、道徳的なこと、その他多くの人生に大切な価値観を母に教わりました。その教えに従い、私は医者となり、人々を手助けすることのできる道に進みました。幼いころ、母の膝の上で波乱に満ちた冒険の数々を聞かされました。神様はご存知でしょうが、自分がヤクトロウの森の中の塹壕《ざんごう》に隠れていて、いまにもドイツ軍兵士が捜しにやってくるような気がして、恐ろしくて眠れない夜が何度もありました。母はたびたび、夜中に飛び起きて泣きはじめることがありました。アラブ人のメイドに、「もしイスラエルがなくなったら、匿《かくま》ってもらえるかしら？」と、繰り返し訊ねていました。そんな多くの不安とともに、母は私に不屈の精神も植え付けてくれました。私が戦地で危機に直面したとき、何度救われたかわかりません。休暇で前線から戻ったとき、激しい戦闘に嫌気がさして泣き言をいう私を、母は叱咤しました。

「戦いなさい！　あなたは戦うことができるのだから！」

一九八八年、私はグリニャーニ村、リヴォフ、ヤクトロウ、クロヴィスを訪問し、母のことを知る人たちに会い、話を聞くことができました。ピフルカ家の人々は、リヴカ・ホフベルグに作り方を習ったマッツォ・ボールをふるまってくれました。その旅の話を母と分かち合ったとき、私は言葉では言い尽くせないほどの喜びに満たされました。

私は本書の原稿を、最期の時が迫っていた母に読んでもらうことができました。再三言われていたことでしたが、死の床で、私は母に誓うように言われたのです——彼女の家族とその物語を、私の子供たちにも受け継ぐようにと。そしてできるだけ多くの人々に知ってもらうようにと。

母の願いを私がどれほど実現させたいと望んでいたか、数年間の調査と執筆にどれほど情熱を注いでいたか、病床の母は気づいていなかったかもしれません。しかし、母は最後に私の原稿に目を通し、私がすべてを正しく捉えていることを確認してくれました。

母がどれほど素晴らしい人物だったか、もっと聞いていただきたいことがたくさんあります。でもこれ以上はつづけられないようです。涙で胸が詰まってしまい、言葉にならなくなってきました。

戦争中にユダヤ人を救ってくれたドイツ人がいた——これはまごうことなき事実なのです。どんな暗闇にも希望の光はきっと射し込む——そのことを知ってほしい。それが本書に込めた私の願いです。

《日本の読者のみなさまへ》

六百万人のユダヤ人が虐殺された悲惨な戦争中にも、善意を捨てなかった人々は大勢いました。本書はそんな歴史の中に埋もれている偉人たちの物語です。

それは、戦時中にリトアニア日本領事館の杉原千畝《ちうね》氏が、迫害を逃れてきたユダヤ人たちに日本への入国査証を発給し、たったひとりで数千の命を救ってくださったことにも重なります。

エルサレムにあるヤド・ヴァシェム・ホロコースト記念館には、窮地に立たされたユダヤ人たちを救ってくれた人々を讃える記念樹が、その人数分——何千本も植えられています。杉原氏の樹も、ヴァルター・ローゼンクランツ氏の樹も、木こりのリーヒ・ヴィンツェヴィッチ氏の樹もあります。私たちは、人類史上未曾有の惨劇のさなかにおいて人間性を失わず、人道主義を忘れることのなかった人々と、彼らの高潔な行ないの数々を決して忘れることはありません。

日本語版の翻訳・執筆に情熱を傾けてくださった松本清貴氏、ならびに出版を実現してくださった株式会社ミルトスの河合一充氏に感謝を捧げます。ご援助くださった広島県福山市ホロコースト記念館館長・大塚信牧師に感謝を捧げます。そしてなによりも、お読みくださった読者の皆様に心よりの感謝を捧げます。私の母の体験が、平和への願いを今一度呼び起こすための一助になれましたなら、これほど幸いなことはありません。

ギオラ・アーロン・プラフ

用語解説

家族

ボリシェヴィキ　ロシア語で「多数派」の意。ソビエト連邦共産党とその党員を指した。
リヴォフ　ポーランド南東部の大都市。現在はウクライナ領で、リヴィウと呼ばれる。（地図参照）
スターリングラード　ソ連西部の重工業都市。現在のロシア、ヴォルゴグラード。
コーシェル料理　ユダヤ教の戒律（豚肉や鱗のない魚は使わないなど）に則った料理。
スターリン　ソ連共産党の指導者。独裁体制を樹立し、人民委員会議長。最高軍司令官として対ドイツ戦争を主導した。
コムソモール　全連邦レーニン共産主義青年同盟。共産主義を子供たちに教える組織。
シオニスト　シオニズムを支持する人々。シオニズムとはシオンに帰り、ユダヤ人の民族郷土を建設しようとする運動。国家建設あるいは精神的センターを目指す、いろいろの派があった。
イディッシュ語　中世ドイツ語を基に、ヘブライ語と混合した東欧ユダヤ人の言語。
トーラー　旧約聖書中の、もっとも重要とされる『モーセの五書』（創世記、出エジプト記、レビ記、民数記、申命記）を指し、広義にはユダヤ教の教え全体を意味する。
アハッド・ハアム　ウクライナ出身のユダヤ人作家。文化シオニズムの提唱者として著名な人物。
ヘブライ語　旧約聖書に用いられている言語。現在はイスラエル国の公用語に復活している。
オーストリア＝ハンガリー二重帝国　かつてはヨーロッパのほぼ全域を支配していたハプスブルク王

朝末期の帝国。一九一八年、第一次世界大戦敗北にともない、皇帝カール一世を最後に瓦解。

ハプスブルク　十世紀に現在のドイツ南西部に興った貴族で、一二七三年から五世紀以上にわたり神聖ローマ皇帝を世襲し、ヨーロッパ中部に権勢を振るいつづけた由緒ある家門。

ゲルマン　ヨーロッパ北・西部のゲルマン諸語を話す民族の総称。

スラブ　ヨーロッパ中・東部からロシアにかけ、スラブ諸語を話す民族の総称。ヨーロッパには古くからスラブとゲルマンの対立があった。

フランツ・ヨーゼフ　オーストリア＝ハンガリー二重帝国の皇帝。一九一六年、第一次世界大戦の終焉を見ることなく死去。ハプスブルク王朝の実質的な最後の皇帝と言われる。

ヒトラー　ドイツ・ナチス党（国家社会主義ドイツ労働者党）の指導者。自らを総統《フューラー》と称して『第三帝国』を建設。反ユダヤ主義（ユダヤ民族抹殺）とゲルマン人（政策的にはアーリア人）の優越性を主張し、侵略政策を執る。ドイツは突如ポーランドに侵攻、第二次大戦となる。ポーランドは首都ワルシャワを一カ月で陥落させられ、国土をドイツとソ連に東西分割占領された。

赤軍　ソ連軍の正式名称。革命旗の色に由来する。

NKVD《エヌ・カー・ヴェー・デー》　ソ連内務人民委員部。政治警察、刑事警察、国境警察、諜報機関を統括する機関。

エレッツ・イスラエル　ヘブライ語で「イスラエルの地」。旧約聖書の物語の主要な舞台であり、紀元前に古代イスラエル王国があったことから、ユダヤ民族の父祖の地とされる、西アジア、地中海東端を指す。第一次大戦後から第二次大戦後までイギリスの委任統治領。一般にはパレスチナと呼ばれており、イスラエル国の建国は戦後の一九四八年だったが、それ以前からユダヤの人々は「エレッツ・イスラエル」または「イスラエル」の呼称を好んだ。

シオン　旧約聖書中のエルサレムの雅称。広義には、エレッツ・イスラエルをも指す。

初恋

マルクス主義とレーニン主義　ユダヤ人マルクスとドイツ人エンゲルスが構築した広範な哲学・思想体系がマルクス主義。資本主義の矛盾と社会主義体制建設の必然性を説いた。ソビエト連邦のレーニンが発展させたものはレーニン主義（レーニニズム）と呼ばれた。

レニングラード　首都モスクワに次ぐソ連第二の都市。現在のロシア、サンクトペテルブルグ。

十月革命　第一次世界大戦末期、ロシア革命の頂点。帝政が崩壊し、ソビエト社会主義共和国が誕生。

ゲーテ、シラー　ともに近世ドイツを代表する偉大な詩人・作家。

ラビ　ユダヤ教に精通した学者。司祭や神父のような聖職者ではないが、共同体の指導者にもなる。

エサウの手とヤコブの声　イスラエル民族の父祖イサクの、双児の息子たち。兄エサウの長子の権利を、謀略により弟ヤコブが奪う。旧約聖書の創世記の物語に出てくる。

悪夢

義勇軍　市民が組織する非正規の民間軍事団体。市民軍。

ゲットー　古くはヨーロッパ史に登場するユダヤ人居住区のこと。ナチスドイツがユダヤ人を強制的に収容・隔離するために設置した区域、および同目的で建設された拘禁施設の呼称として一般的に用いられる。大戦中、ポーランドには、大小四〇〇カ所以上あった。

アーリア人　古くはインド・ヨーロッパ語族の総称だが、ナチスドイツでは非ユダヤ系の白人全般を指した。アーリア人を「優等民族」と位置づけ、ユダヤ人を「劣等」として蔑視し差別した。

イスラエルの栄光は必ず現れる　原文は旧約聖書のサムエル記上五章二九節より。イスラエルの栄光である神は決して偽らない、必ずその み旨は空しく地に落ちたりしない、の意。第一次大戦中、パレスチナで英国側に立って情報活動をしたユダヤ人秘密結社「ニリ」の合い言葉であった。

雷鳴

シャバット　ユダヤ教の安息日。金曜の日没から土曜の日没まで。労働を休み、安息する聖なる日。
シモン・ペトルーラ　第一次大戦末期、ソ連に抵抗し、ウクライナ独立を掲げて戦った指導者。
ごらん、冬は去り、雨の季節は　旧約聖書の「ソロモンの雅歌」二章一一節より。
士師記　旧約聖書の一巻。王国以前の古代イスラエルのカリスマ的指導者たちの記録。
スペインの殉教者　中世スペインでは、キリスト教徒から多くのユダヤ人が殺された。

地獄

ナチスドイツ武装親衛隊　通称ＳＳ　陸・海・空の国防軍三軍に並ぶ武装部隊。ヒトラーの意のままに動き、占領地支配とゲットーの管理を行なった。
ズロチ　ポーランドの通貨単位。
ジキチ　ロシア南西部の山村。第一次大戦中、ドイツ・ロシア間で激しい攻防戦が繰り広げられた。
プシェミシラーニ　ポーランド南東部の町。現在はウクライナ領。（地図参照）
ダビデの星　現在のイスラエル国旗の図案にもなっているユダヤの紋章。六角の星。

勇気

ユーデンラート　ナチス占領地のユダヤ人に、ナチスの指令を実行するために組織させたもの。

ソドム　旧約聖書・創世記。住民の道徳的退廃のため、ゴモラとともに神に滅ぼされた都市。

第三帝国　ナチス政権下にあったドイツの呼称。神聖ローマ帝国を第一帝国、第一次大戦以前の帝政ドイツを第二帝国と位置づけ、ゲルマン民族の復権と自民族中心主義を謳《うた》った。

抵抗

ペリシテ人　旧約聖書中、古代イスラエル人と敵対した人々。前十三世紀頃エーゲ海からパレスチナに侵入した。有名な『サムソンとデリラ』の物語などもペリシテ人との争いが舞台。

カディッシュ　ユダヤ教の礼拝で重要な、神への賛美の祈り。特に、死者のために遺族が捧げる。

復讐

サムソン　旧約聖書の、豪勇で知られた古代イスラエルの士師。恋人デリラに裏切られて怪力の源であった長髪を失い、捕らえられて目を抜かれる。しかし死に際しては、大勢の敵を道連れにした。

パルチザン　フランス語で、一般市民が組織した非正規の戦闘部隊。第二次大戦中にヨーロッパ各地でドイツ軍に対しゲリラ活動を行なった。英語ではレジスタンス。

ヨシュア・ビン・ヌン　旧約聖書で、モーセの従者。モーセの跡を継いだ。

バル・コフバ　ローマ帝国に抵抗して、紀元一三五年ユダヤ人反乱を導いた英雄。

秘密

兵站部　戦闘部隊の後方で兵器や食料の管理補給に当たる部隊。

ウラソフチック　ロシア解放軍の兵士。スターリンへの不信からドイツ軍に投降したアンドレイ・ウラソフ将軍麾下《きか》の部隊がドイツ軍に加担し、主にパルチザンを相手に戦った。
ルーテニア人　東欧の山岳地帯に住むスラブ系民族。
ビショフタイニッツ　現在のチェコ西部、ドイツ国境にほど近い都市のドイツ語名。（地図参照）
スワビア人　ドイツ東部バイエルン地方の少数民族。

告発

シオンに還れ　シオンはエルサレムの別称だったが、紀元前六世紀、新バビロニア帝国に占領されて祖国を追われた「バビロン捕囚」以降、ユダヤ教徒たちは「父祖の地」への帰還の夢をこの言葉「シオンに還れ」に託した。十九世紀末から国家建設を目指す「シオニズム運動」を展開した。
アマレク人　旧約聖書・出エジプト記一七章八節以下にある、古代イスラエル人と敵対した民族。あらゆる時代に、ユダヤ民族の敵として現れるとのユダヤ伝承がある。女戦士などいなかったが、本文中のはハンナの夢の話。
モーセ　旧約聖書・出エジプト記他に載る、古代イスラエルの指導者。民をエジプトの奴隷から解放し、律法（モーセの五書）を民に与え、約束の地カナンへと導いた。
ゲシュタポ　ナチス党の政治警察機関。反ナチス運動を厳しく取り締まった。

逃避

クニッテルフェルト　オーストリア南部の都市。ウィーンから約一八〇キロ。（地図参照）
マルク　当時のドイツ通貨単位。
フォリント　当時のハンガリー通貨単位。

宿命

連合国が北フランスを取り戻して　一九四四年六月、連合国軍がドイツ占領下にあったフランスのノルマンディー半島に強行上陸し、戦局に一大転換がもたらされた。連合国とは、アメリカ、イギリス、ソ連など枢軸国（ドイツ、イタリア、日本）と敵対した国々。

洗礼　キリスト教信者になるための儀式。

教父／教母　カトリック教会で、子供の洗礼に付き添い、精神的な親としてその後の成長を見守る。

幻覚

イタリア人捕虜　イタリアはドイツの同盟国だったが、ムッソリーニに反旗を翻《ひるがえ》し、対ドイツ抗戦を行なったバドリオ将軍麾下の兵士たちが、捕虜となり、収容されていた。

事あるごとに棒で殴られ　強制労働収容所には「棒打ち刑」と呼ばれる懲罰があった。

ヒトラー・ユーゲント　ナチスドイツの青少年団。若者にファシズム思想を植え付ける教育機関。

解放

イギリス軍が川向こうのユーデンブルクにいる　戦争終結直後、オーストリアはアメリカ、イギリス、フランス、ソ連の四カ国により分割占領されていた。

マメー、マメー！　イッヒ、スターブ、アヴェク！　イディッシュ語。話せばユダヤ人とわかる。

ルブリン　ポーランド北東部の都市。ユダヤ人が多く住んでいた古都。

ワルシャワのゲットーでユダヤ人たちが武装蜂起　移転先の強制収容所が労働の場所ではなく、処刑所であることに気づいたワルシャワ・ゲットーのユダヤ人たちは、一九四三年四月十九日、ドイツ軍に対して武力抵抗を試みた。貧弱な武器で粘り強く戦ったが、一カ月後に鎮圧された。

インスブルック　オーストリア西部、ドイツとイタリアに挟まれたチロル州にある都市。アルプスの山々を臨む風光明媚な保養地として有名。（地図参照）

エルサレム　古代イスラエル王国の都。ユダヤ人の聖都。イスラエル建国後は首都となる。

ラトビア　ヨーロッパ北部、バルト海に面した『バルト三国』のひとつ。第二次大戦中はドイツ、ソ連に相次いで占領された。

旅路

タルムード　口伝律法の集成であるユダヤ教の聖典。二つの版があった。

キブツ　イスラエル独特の、生活と生産、所有が共同化された共同農村。労働の成果を平等に分かちあう。建国前に二〇〇近いキブツが出来て、移民・難民を受け入れ、建国に貢献した。

ホーラ　ユダヤ民族の伝統的なダンス。

イギリスの許可が得られ次第　第一次世界大戦後（一九一九年）から、第二次世界大戦後のイスラエル建国（一九四八年）まで、パレスチナは国際連盟の監督下でイギリスに委任統治されていた。

祝禱《しゅくとう》　キリスト教やユダヤ教における祝福の祈り。

アウシュヴィッツ　ポーランド南部の大規模な絶滅収容所。ここ一カ所で一五〇万人のユダヤ人が殺されたとされる。（犠牲者総数は五〇〇万とも六〇〇万とも言われている）

バビ・ヤール　ナチスドイツのソ連侵攻にともない、一九四一年九月末、多数のユダヤ人が虐殺された所。ウクライナの首都キエフ近郊の渓谷。

神聖な祖国愛よ、自由よ、愛しき自由よ　フランス国歌『ラ・マルセイエーズ』

青春

ハイファ　イスラエル北部の港町。イスラエル帰還者の祖国への玄関口になった。
カルメル山　イスラエル、ハイファにある山。西側に地中海、北側にエズレル平原が広がっている。
ハショメール・ハツァイール　社会主義シオニスト青年運動。大戦中、メンバーの青年は『ワルシャワ・ゲットーの蜂起』などで、反乱軍としても戦った。
サブラ　イスラエル生まれのユダヤ人のこと。「サボテンの実」の意。
フランク　イディッシュ語でスペイン系ユダヤ人（スファラディ）をさす。トルコ語から借用。
テルアビブ　ユダヤ人が一九一〇年、砂丘に建設した、地中海岸の都市。（地図参照）
キブツ・ナーン　テルアビブ郊外のキブツ。一九三〇年に創設。

結婚

ロシア革命　第一次大戦末期、帝政が崩壊し、社会主義国家ソビエト連邦が誕生した。
コサック　帝政ロシアの騎兵として活躍した、勇猛果敢なスラブ系民族、軍事共同体。
シャローム　ヘブライ語の挨拶の言葉。「平安がありますように」の意。
ハガナー　イギリス委任統治時代にあった、ユダヤ人による自衛組織の一つ。後に国防軍となる。

試練

パプリカ　ハンガリーで常食される香辛料。

シニョン　頭の後ろで丸めた髪型。
グヤーシュ　香辛料パプリカを使用したハンガリー風シチュー。鯉の身が使用される。
カーッ！　オヤン・セープ・ラーニャ！　ハンガリー語。
ユダヤ機関　世界シオニスト機構の執行機関。建国前に、ユダヤ人の自治政府の役を果たした。
ベングリオン　ユダヤ機関の長。労働シオニズムの指導者。イスラエルの初代首相となる。
修正シオニスト　建国前に、主流派の社会主義シオニストと、右派の修正シオニストの対立があった。
サウル王　古代イスラエル王国初代の王。
エン・ドール　サムエル記中、サウル王の要請で、サムエルを死から呼び起こした霊媒女の出身地。
バット・ガリム　ハイファ近郊の臨海地区。
ホロコースト　古来は「大虐殺」の意。特にナチスドイツによるユダヤ人虐殺を指す。
ハガナー、イルグン、レヒ　いずれもイギリス委任統治時代の、ユダヤ人による地下武装組織。

生命

ディスノー・シャイト　ハンガリーの豚肉ハム。直訳すると「豚のチーズ」。
トランシルヴァニア　現在のルーマニア中部・北西部の地域。中世にはハンガリー領だった。

訳者あとがき

本書の原題は『*Glimmers of Light in a Betraying Land*』(Shengold Publishers, Inc.)。小説のタイトルらしく和訳を試みるなら、『裏切りの大地、希望の光』などが適当でしょう。けれども僕は、著者ギオラ・プラフ(Giora A. Praff)氏の了解を得て『ハンナの戦争』とさせていただきました。理由はいろいろですが、なによりも少女ハンナのことが大好きだからです。

つづいて私事を書かせてもらいます。二十一世紀がはじまった年、僕はサンフランシスコにいました。ニューヨークで超高層ビル群が崩壊するというきわめて暴力的な「新世紀の幕開け」を身近に体験しました。以来十年、世界各地でのテロリズム、民族紛争、ミサイル飛来、核実験、領土争い等の血なまぐさいニュースがメディアに上らない日はなく、幼いころ夢に想い描いていた未来に落胆しきっていました。

プラフ氏に出会ったのはそのころです。人類史上未曾有の惨劇――第二次世界大戦のさなかで懸命に生きようとする少女ハンナの心に想いを馳せ、ナチスドイツ、旧約聖書、ユダヤ教、ハプスブルク王朝、イスラエル――多くの資料をひもときながら、二つのことを考えつづけました。

ひとつは、なぜハンナは生き延びることができたのか。読む人それぞれに答えを見つけることでしょうが、僕はまず彼女のコミュニケーション能力を挙げたいと思います。言葉です。ハンナは多国語を流暢に操る。これはつまり、言語とともにそれを母語とする人々のメンタリティーをも理解できるということです。この少女は、異文化に対する敬意、ならびに思いやりを持ち合わせていたのです。

もうひとつの疑問はもっと個人的なこと。「なぜこんなにもハンナに惹かれるのか?」でした。物語中のドイツ軍将校ローゼンクランツのごとく「ユダヤの魔法にでもかけられたのか?」と自問しました。僕自身が、彼女の立ち寄った街ハンガリー・ブダペストに住んでいたこと、オーストリア、チェコ、ドイツを旅し、まったく同じ列車に乗った経験があることなども、まったく無関係ではなかったでしょう。けれども、なによりも魅力を感じたのはこれが実話に沿った物語だということでした。ひとりの少女の眼前に繰り広げられた戦争の生の姿であり、偽りのない世界図なのです。

ハンナの旅路は、群衆への憎悪ではなく、個人への感謝で終わります。戦争を引き起こしつづけているイデオロギーの確執は、また経済圏・民族・国・宗教という枠組み、ならびにそれら相互間のエゴや利害の衝突は、たとえ千年経とうが消え失せるようなものではないのかもしれません。加えて群衆は常に暴徒と化す危険をはらんでいるものなのかもしれません。けれども、ひるがえって個人を見やれば、心の奥底に光があるのではないか。その光——善意にだけは、希望を寄せてもよいのではないか。そう思わせてくれるのです。

プラフ氏に「なぜあなたの母は生き延びることができたと思うか？」という質問を投げかけてみると、やはり同じ答えが返ってきました。しかもそれは「伝染する」のだと――。

「幼いころ、私も同じことを母に繰り返し訊ねたものです。母ははっきりと答えてくれず、『なぜだと思うの？』と聞き返してきました。私には奇跡だとしか思えなかった。もしくは、母を救った人たちはやはりユダヤ人だったのではないかと。ですが、大人になり、世界各地で医療活動に従事するうちに、ひとつの考えを持つようになったのです。それは、善意は伝染する――ということ。善人は善人を見つける。善なるオーラの力がつながり合うのだと言ってもいいかもしれません。か弱いユダヤ人少女の無条件の善意が、人々の心の奥底に隠された善意を引き出したのだと、今は思えるのです」

プラフ氏の風貌は「ほぼサンタクロース」と言えば、一番わかりやすいかもしれません。大学病院の内科医を務めた後、カリフォルニア州とイスラエルで二重生活を送りながら、カンボジア、ベトナム、タイなどの開発途上の地域での医療活動に従事してきておられます。また、世界各地でホロコーストに関する講演も行なっておられます。

「戦争は国家間、民族間の戦いであるとともに、個人のなかの善と悪の戦いでもあるのです。ナチスのために数百万人の殺戮《さつりく》に加担しながらも、兵士たちは己の魂を救う術《すべ》を探し求めていた。ユダヤ人の逃亡に手を貸すことは多大な危険をともなう行為だったにもかかわらず、彼らは母を助けた。母の命を救うことにより、彼らは彼ら自身の魂を救ったのです」

改稿を重ねながらプラフ氏に質問を繰り返すうち、僕の頭のなかにはひとつの言葉が浮かんでいました。仏性《ぶっしょう》――命あるものにあまねく存在する光を意味する仏教用語です。僕は日本人の観点から、ハンナが生き延びた理由を本当に腑《ふ》に落としました。

言葉は違えど、住む世界は違えど、人が人であることに変わりはない、そして大切にすべきことにも変わりはないのです。海外製のファンタジー冒険譚《アドベンチャー》を読むように、日本の若い世代に読んでもらえる機会を創り出したい、当たり前の日常では感じることのできない世界を身近に感じてもらいたい、どんな状況にも希望があることを知ってほしい――プラフ氏と僕の願いは重なり、そしてそれに応えてくれたのが、ミルトスの河合一充氏でした。

ユダヤ教とイスラエルに詳しい河合氏は、監修に当たってくださいました。多大な感謝とともに、不穏当な内容も少なからず含む書を世に送り出す決断を下された気骨に、心より賞賛の意を表したいと思います。

また、翻訳に当たり参考にさせていただいた多くの文献を著された先人の方々とその偉業に、あらためて感謝を捧げさせていただきます。

ハンナはきっと、雲の上で喜んでくれていることでしょう。

二〇一一年四月十九日　過越しの祭の日に　松本清貴

● 著者紹介

ギオラ・A・プラフ（Giora A. Praff）

1952年10月9日、イスラエル、ハイファ生まれ。73年、第四次中東戦争に、戦車指揮官として従軍。エルサレムのヘブライ大学、イタリアのパドゥア大学、テルアビブのサクラー医科大学を卒業後、83年のレバノン戦争に従軍。後、ジョンズ・ホプキンス大学シナイ病院にて、内科専門医として勤務し教鞭を執る。現在はカリフォルニア州とエルサレムのキブツでの二重生活を送りつつ、アメリカ医療協会（AMA）の医師として、また国際赤十字（IRC）の人道主義医師として、ネイティブ・アメリカンならびに開発途上国への医療援助活動に従事。グルジア、アルメニア、カンボジア、タイ、ベトナム等、世界各地での多方面にわたる医療および博愛主義活動に対し、多くの賞を受賞。

● 訳者紹介

松本清貴（まつもと きよたか）

1965年1月1日生まれ。福岡県出身。CCSF陶芸彫刻科中退。89年に渡米し、サンフランシスコの広告代理店『Total Design Concepts』にカメラマンとして勤務。商業写真撮影に携わりながら建築・映画関係を主とする日本の雑誌に寄稿。01年、サンフランシスコ市内の路上生活者を撮り歩いた写真詩集『風のかけら』を自費出版。同年、東南アジアを半年間放浪した後、帰国。数々の職を経て、作家・井上篤夫氏に師事し、小説翻訳を学ぶ。ハンガリーとオーストラリアにもそれぞれ1年間在住。

ハンナの戦争

2011年 5月14日 初版発行

著　者　ギオラ・A・プラフ
翻訳者　松本清貴
発行者　河合一充
発行所　株式会社 ミルトス
〒102-0073 東京都千代田区九段北1-10-5
九段桜ビル2F
TEL 03-3288-2200　FAX 03-3288-2225
振替口座 00140-0-134058
http://myrtos.co.jp　pub@myrtos.co.jp

印刷・製本 シナノ印刷（株）　Printed in Japan　ISBN 978-4-89586-151-9
定価はカバーに表示してあります。